Rebecca Serle

In fünf Jahren

Roman

*Aus dem Amerikanischen
von Judith Schwaab*

btb

Die Originalausgabe erschien 2020 unter dem Titel »In five years«
bei Atria Books, Simon & Schuster Inc., New York.

Sollte diese Publikation Links auf Webseiten Dritter enthalten,
so übernehmen wir für deren Inhalte keine Haftung,
da wir uns diese nicht zu eigen machen, sondern lediglich auf
deren Stand zum Zeitpunkt der Erstveröffentlichung verweisen.

Penguin Random House Verlagsgruppe FSC® N001967

3. Auflage
Deutsche Erstveröffentlichung Juni 2022,
btb Verlag in der Penguin Random House Verlagsgruppe GmbH,
Neumarkter Straße 28, 81673 München
Copyright © der Originalausgabe 2020 by Rebecca Serle
Covergestaltung: semper smile, München,
nach einem Entwurf von SimonandSchuster
Covermotiv: © Pand P Studio/Shutterstock; Reservoir Dots/Shutterstock
Satz: Uhl + Massopust, Aalen
Druck und Einband: GGP Media GmbH, Pößneck
SL · Herstellung: sc
Printed in Germany
ISBN 978-3-442-77014-4

www.btb-verlag.de
www.facebook.com/btbverlag

*Für Leila Sales,
die die vergangenen fünf Jahre zum Leuchten gebracht hat,
und die fünf davor auch.*
Wir haben es geträumt, weil es bereits geschehen war.

Die Zukunft ist das Einzige, bei dem du sicher sein kannst, dass sie dich nicht im Stich lässt, Junge, hatte er gesagt. *Die Zukunft wird dich immer finden. Bleib stehen, und sie findet dich.* So wie das Land eben zum Meer muss.

Marianne Wiggins, *Evidence of Things Unseen*

Über die Brücke nach Manhattan zu gehen. Kuchen.

Nora Ephron

1

Fünfundzwanzig. Jeden Morgen, bevor ich die Augen aufmache, zähle ich bis fünfundzwanzig. Das ist eine meditative Technik zur Beruhigung, die dem Gehirn dabei hilft, sich besser zu erinnern, zu konzentrieren und achtsam zu sein, doch der eigentliche Grund, warum ich es tue, ist, dass mein Freund David genau so lange braucht, um neben mir aus dem Bett zu steigen und die Kaffeemaschine einzuschalten. Und so lange dauert es auch, bis ich die frisch gemahlenen Bohnen rieche.

Sechsunddreißig. So viele Minuten brauche ich, um mir die Zähne zu putzen, zu duschen, mein Gesicht mit Gesichtswasser zu reinigen, ein Serum, Tagescreme und Make-up aufzutragen und mir für die Arbeit ein Outfit auszusuchen. Wenn ich mir die Haare wasche, sind es dreiundvierzig.

Achtzehn. So lange brauche ich zu Fuß von unserer Wohnung in Murray Hill bis zur East Forty-Seventh Street, wo die Kanzlei Sutter, Boyt & Barn ihren Sitz hat.

Vierundzwanzig. So viele Monate sollte man meiner Meinung nach mit jemandem zusammen sein, bevor man sich eine gemeinsame Wohnung sucht.

Achtundzwanzig. Das richtige Alter, um sich zu verloben. Dreißig. Das richtige Alter, um zu heiraten. Mein Name ist Dannie Kohan. Und ich glaube an ein Leben nach Zahlen.

»Viel Glück für das Bewerbungsgespräch«, sagt David, als ich in die Küche komme. Heute. 15. Dezember. Ich trage einen Bademantel und habe mir ein Handtuch um die Haare geschlungen. Er ist immer noch im Schlafanzug, und sein braunes Haar zeigt für jemanden, der noch nicht mal die Schallgrenze von dreißig überschritten hat, einen bemerkenswert hohen Anteil an Grau, aber mir gefällt es. Er sieht dadurch würdevoller aus, besonders, wenn er seine Brille trägt, was er oft tut.

»Danke«, sage ich. Ich schlinge die Arme um ihn, küsse ihn auf den Hals und dann auf die Lippen. Ich habe mir bereits die Zähne geputzt, aber David hat morgens nie schlechten Atem. Nie. Als wir uns damals gerade erst kennengelernt hatten, dachte ich, er stehe vor mir auf, um sich rasch ein bisschen Zahnpasta auf die Zähne zu schmieren, doch als wir dann zusammenzogen, stellte ich fest, dass er von Natur aus frischen Atem hat. Er wacht einfach so auf. Von mir kann man das nicht behaupten.

»Kaffee ist fertig.«

Er blinzelt mich an, und mir geht das Herz auf bei dem Gesicht, das er dabei macht, wie zerknittert es aussieht, wenn er versucht, etwas zu erkennen, aber seine Kontaktlinsen noch nicht drin hat.

David holt einen Kaffeebecher aus dem Regal und schenkt mir ein. Ich gehe zum Kühlschrank, und als er mir die Tasse reicht, gebe ich ein bisschen Kaffeeweißer dazu. Coffee Mate, Haselnussgeschmack. David hält das für Frevel, aber er sieht es mir nach. Genau so ist er: ein Mann mit einer festen Meinung, aber großzügig.

Ich nehme meine Kaffeetasse und setze mich in unsere Kochnische mit Blick auf die Third Avenue. Murray Hill ist nicht gerade das glamouröseste Viertel in New York und hat ungerechtfertigterweise einen schlechten Ruf (jedes Mitglied einer studentischen jüdischen Verbindung, ob Männlein oder Weiblein, ob aus New York, New Jersey, Connecticut oder Pennsylvania, sucht sich nach der Schule hier eine Wohnung, und die meisten tragen das Sweatshirt der Pennsylvania State University), doch nirgendwo sonst in der Stadt könnten wir uns eine Zweizimmerwohnung mit eigener Küche in einem Gebäude mit Portier leisten, obwohl wir zusammen genommen mehr Geld verdienen, als es einem Paar Achtundzwanzigjähriger eigentlich zusteht.

David ist in der Finanzbranche tätig und arbeitet als Investmentbanker bei Tishman Speyer, einem Zusammenschluss von Immobilienmaklern. Ich bin Firmenanwältin. Und heute habe ich ein Bewerbungsgespräch bei der besten Anwaltskanzlei der Stadt. Wachtell. Das Mekka. Besser geht's nicht. Das legendäre Hauptquartier der New Yorker Anwaltschaft, das seinen Sitz in einer schwarzgrauen Festung an der West Fifty-Second Street hat. Alle Spitzenanwälte des Landes arbeiten dort. Die Liste der Mandanten ist endlos, die Kanzlei vertritt alles, was Rang und Namen hat: Boeing, ING, den Telekommunikationsriesen AT&T. Die größten Firmenfusionen, alle Deals, die über Wohl und Wehe unserer globalen Märkte entscheiden, finden in den heiligen Hallen von Wachtell statt.

Seit ich zehn war und mein Vater mich gelegentlich zu einem Lunch bei Serendipity und einer Matinee in die Stadt mitnahm, wollte ich für Wachtell arbeiten. Jedes Mal, wenn wir an den großen Gebäuden am Times Square vorbeigingen, bestand ich darauf, bis zur West Fifty-Second Street 51 hochzugehen, weil ich unbedingt einen Blick auf das CBS Building werfen wollte, wo Wachtell bereits seit dem Jahr 1965 seine Büros hat.

»Du wirst das Ding heute rocken, Baby«, sagt David. Er reckt sich, zeigt einen Streifen Bauch. David ist groß und schlaksig. Alle seine T-Shirts sind zu klein, wenn er sich streckt, aber ich sehe es gern. »Bist du bereit?«

»Natürlich.«

Als ich zu diesem Bewerbungsgespräch eingeladen wurde, hielt ich es zuerst für einen Witz. Klar, ein Headhunter von Wachtell ruft mich an, das glaubt doch keiner. Da musste Bella, meine beste Freundin – eine impulsive, Überraschungen liebende Blondine, wie sie im Buche steht –, jemanden eingespannt haben, um mich zu veräppeln. Doch dann stellte sich heraus, dass es stimmte. Wachtell, Lipton, Rosen & Katz wollten ein Gespräch mit mir führen. Heute, am 15. Dezember. Ich schrieb mir das Datum sofort in meinen elektronischen Kalender. Bei diesem Termin würde nichts dazwischenkommen.

»Vergiss nicht, dass wir heute Abend essen gehen«, sagt David. »Das muss gefeiert werden.«

»Ich werde heute noch gar nicht erfahren, ob ich den Job kriege«, teile ich ihm mit. »So läuft das nicht mit Bewerbungsgesprächen.«

»Echt? Das musst du mir genauer erklären.« Er flirtet mit mir. David ist ein großer Flirter. Man würde es kaum glauben, wenn man ihn sieht – meistens ziemlich zugeknöpft –, aber er ist ein witziger Typ. Das ist eins der Dinge, die ich am meisten an ihm liebe. Und weshalb ich mich gleich in ihn verliebt habe.

Ich hebe die Augenbrauen, und er schaltet einen Gang runter. »Natürlich kriegst du den Job«, grinst er. »Ist vorherbestimmt.«

»Ich weiß deine Zuversicht zu schätzen.«

Ich belasse es dabei, denn ich weiß, was heute Abend passieren wird. David tut sich hart damit, ein Geheimnis für sich zu behalten, und er ist ein noch schlechterer Lügner. Heute Abend, zwei Monate nach meinem achtundzwanzigsten Geburtstag, wird David Andrew Rosen mir einen Heiratsantrag machen.

»Zwei Esslöffel Raisin Bran, halbe Banane?«, fragt er und hält mir eine Müslischale hin.

»Große Tage sind Bagel-Tage«, sage ich. »Weißfisch. Das weißt du doch.«

Bevor wir einen großen Fall abschließen, mache ich immer einen Zwischenstopp bei Sarge's auf der Third Avenue. Ihr Weißfischsalat kann mit dem von Katz's Delicatessen downtown mithalten, und selbst mit Schlange muss man nie länger als viereinhalb Minuten warten. Ich bin begeistert von so viel Effizienz.

»Vergiss bloß nicht das Kaugummi«, sagt David und nimmt neben mir Platz. Ich schlage die Augen nieder und nehme einen Schluck Kaffee. Er schmeckt süß und warm.

»Du bist spät dran«, sage ich zu ihm. Das wurde mir eben erst klar. David müsste schon seit Stunden weg sein. Seine Arbeitszeit richtet sich nach der Börse. Aber womöglich geht er heute überhaupt nicht ins Büro. Vielleicht muss er ja noch den Ring abholen.

»Ich dachte, ich verabschiede dich gebührend.« Er schaut auf seine Uhr. Es ist eine Apple. Ich habe sie ihm zu unserem zweijährigen Jubiläum geschenkt, das vier Monate her ist. »Aber jetzt muss ich mich beeilen. Ich wollte noch ins Fitness.«

David geht nie ins Fitness-Studio. Er zahlt einen monatlichen Beitrag bei Equinox, hat die Mitgliedschaft aber in zweieinhalb Jahren höchstens zweimal genutzt. Mein Freund ist von Natur aus rank und schlank; am Wochenende joggt er ab und zu. Wir kabbeln uns öfter wegen der unnötigen Ausgabe, deshalb spreche ich das Thema heute Morgen nicht an. Nichts soll uns den heutigen Tag verderben, erst recht nicht so früh am Morgen.

»Klar«, sage ich. »Ich mach mich jetzt fertig.«

»Aber du hast doch noch Zeit.« David zieht mich an sich und schiebt eine Hand in den Ausschnitt meines Bademantels. Ich lasse sie, wo sie ist. Eins, zwei, drei, vier ...

»Ich dachte, du bist spät dran. Und ich muss mich konzentrieren.«

Er nickt. Küsst mich. Hat verstanden. »Dann holen wir heute Nacht alles nach«, sagt er.

»Und führe mich nicht in Versuchung«, sage ich neckend und kneife ihn in den Bizeps.

Mein Handy, das auf dem Nachttischchen im Schlafzimmer in der Ladestation liegt, klingelt, und ich gehe hin. Als ich es in die Hand nehme, erscheint auf dem Screen das Bild einer blauäugigen, blonden Göttin, die der Kamera seitlich die Zunge herausstreckt. Bella. Ich bin überrascht. Normalerweise wacht meine beste Freundin nicht vor Mittag auf, wenn sie die ganze Nacht unterwegs war.

»Guten Morgen«, sage ich. »Wo bist du? Doch nicht in New York.«

Sie gähnt. Ich sehe sie vor mir, wie sie sich irgendwo auf einer Terrasse am Meer räkelt, nur notdürftig von einem Seidenkimono verhüllt.

»Nicht New York. Paris«, sagt sie.

Nun, das erklärt auch ihre Gesprächigkeit zu so früher Stunde.
»Ich dachte, du fliegst erst heute Abend?« Ich habe ihre Flugdaten auf meinem Handy. UA 57, Abflug Newark zwanzig vor sieben.

»Ich bin früher geflogen«, sagt sie. »Dad wollte sich heute Abend zum Essen treffen. Will vermutlich über Mom lästern.« Sie hält inne, und ich höre sie niesen. »Was machst du so?«

Weiß sie von heute Abend? David hätte es ihr gesagt, denke ich, aber auch Bella kann schlecht Geheimnisse für sich behalten – besonders vor mir.

»Ein wichtiger Tag in der Arbeit, und heute Abend gehen wir essen.«

»Richtig. Essen«, sagt sie. Sie weiß es bestimmt.

Ich schalte auf Lautsprecher und schüttele mein Haar. Sieben Minuten werde ich brauchen, um es zu föhnen. Ich schaue auf die Uhr. Acht Uhr siebenundfünfzig. Genug Zeit. Das Gespräch ist erst um elf.

»Fast hätte ich dich vor drei Stunden angerufen.«

»Na, das wäre wirklich früh gewesen.«

»Aber du würdest trotzdem drangehen«, sagt sie. »Du Wahnsinnige.«

Bella weiß, dass ich mein Handy die ganze Nacht anhabe.

Bella und ich sind beste Freundinnen, seit wir sieben Jahre alt waren. Ich, das nette jüdische Mädchen aus der Main Line in Philadelphia. Sie, eine Prinzessin mit französischen und italienischen Wurzeln, deren Eltern zu ihrem dreizehnten Geburtstag eine Party schmissen, die jede Bat Mitzwa in den Schatten stellt. Bella ist ein verwöhntes, sprunghaftes Wesen und mehr als nur ein bisschen bezaubernd. Diese Wirkung hat sie nicht nur auf mich. Überall, wo sie hingeht, liegen ihr die Leute zu

Füßen. Man muss sie einfach mögen, und sie gibt es einem doppelt und dreifach zurück. Aber sie ist auch zerbrechlich und so dünnhäutig, dass man oft Angst hat, ihr zu nahe zu treten oder sie zu verletzen.

Das Bankkonto von Bellas Eltern ist prall gefüllt und leicht zugänglich, ihre Zeit und Aufmerksamkeit hingegen nicht. Als Kind und Jugendliche hat Bella praktisch bei uns gewohnt. Uns beide gab es immer nur im Doppelpack.

»Bells, ich muss los. Ich hab dieses Bewerbungsgespräch heute.«

»Ach ja, richtig! Watchman!«

»Wachtell.«

»Was ziehst du an?«

»Wahrscheinlich ein schwarzes Kostüm. Ich trage immer ein schwarzes Kostüm.« Ich bin im Geiste bereits dabei, meinen Schrank zu durchforsten, obwohl ich weiß, was ich anziehe, seit die Kanzlei mich angerufen hat.

»Wie aufregend«, witzelt sie, und ich sehe sie vor mir, wie sie ihr kleines, spitzes Näschen rümpft, als hätte sie gerade etwas Unappetitliches gerochen.

»Wann bist du zurück?«, frage ich.

»Wahrscheinlich Dienstag«, sagt sie. »Aber ich weiß es noch nicht. Vielleicht treffe ich mich mit Renaldo, und dann würden wir noch für ein paar Tage an die Riviera fahren. Du glaubst es kaum, aber da ist es herrlich um diese Zeit. Keiner da. Du hast alles für dich ganz allein.«

Renaldo. Den Namen habe ich schon eine Weile nicht mehr gehört. Ich glaube, er war vor Francesco, dem Pianisten, und nach Marcus, dem Filmemacher. Bella ist immer verliebt, immer. Doch so innig und dramatisch ihre Romanzen auch sind, sie halten nie länger als ein paar Monate. Ganz selten, wenn überhaupt, bezeichnet sie jemanden als ihren Freund. Ich glaube, der letzte war der auf dem College. Und was ist eigentlich mit Jacques?

»Viel Spaß«, sage ich. »Schreib mir, wenn du landest, und schick Fotos, vor allem von Renaldo. Nur für die Akten, du weißt schon.«

»Ja, Mama.«

»Hab dich lieb«, sage ich.

»Ich dich noch mehr.«

Ich föhne mir die Haare und glätte sie mit dem Eisen, damit sie an den Spitzen nicht krisselig werden. Als Schmuck lege ich die kleinen Perlenstecker an, die mir meine Eltern zum Collegeabschluss geschenkt haben, und meine Lieblingsuhr von Movado, die mir David letztes Jahr zu Hanukkah gekauft hat. Das Kostüm, das ich mir ausgesucht habe, hängt, frisch von der Reinigung, hinter der Schranktür. Als ich hineinschlüpfe, ziehe ich, Bella zu Ehren, noch ein rot-weißes Shirt mit Rüschen darunter. Ein kleiner Farbklecks, der Leben in die Bude bringt, wie sie sagen würde.

Ich gehe zurück in die Küche und drehe mich einmal um die eigene Achse. David ist nicht besonders weit gekommen, seit ich draußen war; er hat sich weder angezogen noch macht er Anstalten zu gehen. »Und, was meinst du?«, frage ich ihn.

»Du bist eingestellt«, sagt er. Er legt mir eine Hand auf die Hüfte und küsst mich auf die Wange.

Ich lächele ihn an. »So lautet der Plan«, sage ich.

*

Wie vorauszusehen ist es bei Sarge's um zehn Uhr morgens relativ leer – die meisten kommen sehr früh auf dem Weg zur Arbeit vorbei –, und so dauert es nur zwei Minuten und vierzig Sekunden, bis ich meinen Bagel mit Weißfisch in Händen halte. Heute esse ich im Gehen, aber manchmal bleibe ich auch an dem Stehtisch am Fenster. Dort gibt es zwar keine Hocker, aber genug Platz, um meine Tasche abzustellen.

Die Stadt hat sich bereits für die Festtage aufgeputzt. Die Straßenlaternen brennen, die Fenster sind beschlagen. Die Temperatur ist knapp über null, was für einen New Yorker Winter angenehm mild ist. Und es hat noch nicht geschneit, daher ist das Laufen in High Heels ein Kinderspiel. So weit, so gut.

Um Viertel vor elf stehe ich vor dem Hauptquartier von Wachtell. Irgendwie schlägt mir das doch auf den Magen, und ich werfe den Rest meines Bagels in die Tonne. Das ist es also. Darauf habe ich die vergangenen sechs Monate hingearbeitet. Na ja, eigentlich die vergangenen achtzehn Jahre. Mit jedem Aufnahmetest für die Uni, jeder Geschichtsstunde, jeder Minute, die ich für meine Juraprüfungen gebüffelt habe, in unzähligen Nächten bis zwei Uhr morgens. Jedes Mal, wenn ich in der Kanzlei für etwas zusammengestaucht wurde, das ich nicht getan hatte, oder für etwas, das ich *doch* getan hatte, und alles, wofür ich gekämpft und mir den Allerwertesten aufgerissen habe, hat zu diesem einen Moment geführt, mich auf ihn vorbereitet.

Ich werfe ein Kaugummi ein, hole tief Luft und betrete das Gebäude.

Der Wolkenkratzer West Fifty-Second Street 51 ist ein Riese aus Stein, doch ich weiß genau, durch welche Tür ich zu gehen habe und an welchem Tresen ich mich anmelde (Eingang Fifty-

Second, gleich der erste Tisch). Ich habe diese Szene so oft in meinem Kopf durchgespielt, dass ich sie abspulen kann wie eine Ballerina ihre Tanzschritte. Zuerst die Tür, dann abbiegen, ein kleiner Schwenk nach links und ein paar Treppen hoch. *Eins zwei drei, eins zwei drei ...* Die Türen des Fahrstuhls öffnen sich auf dem dreiunddreißigsten Stock, und ich hole tief Luft. Ich kann sie spüren, die Energie, sie geht mir ins Blut, während ich mich umschaue und die Leute sehe, die sich in den verglasten Konferenzräumen bewegen, rein und raus, wie Statisten der Anwaltsserie *Suits*, die extra für heute angeheuert wurden – für mich, für den Genuss dieses Vorstellungsgesprächs. Alles hier strotzt vor Leben. Kurz habe ich das Gefühl, man könnte zu jeder Tages- und Nachtzeit hier reinmarschieren, und es wäre immer genau das, was man jetzt sieht. Samstags um Mitternacht, am Sonntag um acht Uhr morgens. Es ist eine Welt jenseits von Zeit und Raum, die nach ihren ganz eigenen Regeln funktioniert.

Das hier ist es, was ich will. Was ich immer gewollt habe. An einem Ort zu sein, der niemals stillsteht. Umgeben zu sein vom Schritttempo und Rhythmus der Großartigkeit.

»Ms Kohan?« Eine junge Frau tritt auf mich zu. Sie trägt ein Etuikleid von Banana Republic, keinen Blazer. Eine Empfangsdame. Das weiß ich, weil alle Anwältinnen bei Wachtell ein Kostüm tragen müssen. »Bitte hier durch.«

»Vielen Dank.«

Sie führt mich am Großraumbüro vorbei. Ich werfe einen Blick hinein, sehe die Arbeitsplätze in voller Pracht. Glas und Holz und Chrom. *Money, money, money,* klingelt es in meinem Kopf. Sie bringt mich zu einem Konferenzraum mit einem langen Tisch aus Mahagoni. Darauf stehen eine Karaffe mit Wasser sowie drei Gläser. Eine ebenso feinsinnige wie vielsagende Information. Dann werden also zwei Partner der Kanzlei an dem Vorstellungsgespräch teilnehmen, nicht nur einer. Das ist natürlich gut so, es ist wunderbar. Ich bin bestens vorbereitet. Ich könnte ihnen praktisch einen Grundriss ihrer Büros aufzeichnen. Alles kein Problem.

Aus zwei Minuten werden gefühlte fünf und dann zehn. Die Rezeptionistin ist schon lange weg. Gerade überlege ich, ob ich mir ein Glas Wasser einschenken soll, als die Tür aufgeht und Miles Aldridge hereinkommt. Jahrgangsbester in Harvard. *Yale Law Journal.* Und Senior Partner bei Wachtell. Der Mann ist eine Legende, und jetzt steht er im selben Zimmer wie ich. Ich hole tief Luft.

»Ms Kohan«, sagt er. »Ich freue mich sehr, dass Sie es einrichten konnten.«

»Natürlich, Mr Aldridge«, sage ich. »Freut mich sehr, Sie kennenzulernen.«

Er hebt ganz leicht die Augenbrauen. Es beeindruckt ihn, dass ich aus dem Stand weiß, wie er heißt. Volle Punktzahl.

»Wollen wir?« Er bedeutet mir, mich zu setzen, und ich nehme Platz. Er gießt für uns beide ein Glas Wasser ein. »Also«, sagt er. »Fangen wir an. Erzählen Sie mir ein bisschen von sich selbst.«

Ich ackere mich durch die Antworten, die ich mir in den vergangenen Tagen zurechtgelegt, die ich ausgefeilt und verfeinert habe. Gebürtig aus Philadelphia. Mein Vater war Inhaber eines Beleuchtungsgeschäfts, und mit gerade mal zehn Jahren half ich ihm im Hinterzimmer mit Verträgen und anderem Papierkram. Bevor ich sie nach Herzenslust zuordnen und ablegen konnte, musste ich immer ein wenig hineinlesen und verliebte mich sogleich in das System, das dahintersteckte, und die Tatsache, dass Sprache – diese reine Wahrheit in den Worten – unverhandelbar war. Es war wie Poesie, doch eine Poesie, aus der etwas herauskam, Gedichte mit einer konkreten Bedeutung und einer Macht, die einklagbar war. Und ich wusste, genau das war es, was ich einmal machen wollte. Ich studierte Jura an der Columbia und wurde Zweite meines Jahrgangs. Zunächst war ich bei der Staatsanwaltschaft des Southern District of New York tätig, doch dann wurde mir klar, was ich immer schon gewusst hatte: dass ich Firmenanwältin werden wollte. Ich wollte als Juristin in einem Bereich tätig sein, bei dem viel auf dem Spiel steht, der von Dynamik und Konkurrenzdenken geprägt ist und in dem sich – o ja – eine Menge Geld verdienen lässt.

Warum?

Weil ich genau dafür geschaffen bin, dafür ausgebildet wurde. Und weil es mich genau hierhergebracht hat, an den Ort, an dem ich immer sein wollte. Das Mekka. Das Hauptquartier.

Wir gehen meinen Lebenslauf durch, Punkt für Punkt. Aldridge ist überraschend gründlich, was nur zu meinem Vorteil ist, weil es mir mehr Gelegenheit gibt, über das zu sprechen, was ich vorzuweisen habe. Er fragt mich, warum ich glaube, so gut zu der Kanzlei zu passen, und zu welcher Arbeitskultur ich neige. Als ich aus dem Fahrstuhl gekommen sei, sage ich, und dieses pulsierende, niemals endende Geschehen in den Büros gesehen habe, hätte ich das Gefühl gehabt, endlich zu Hause zu sein. Das ist nicht übertrieben, und das sieht er. Er schnalzt mit der Zunge.

»Ein Ambiente, das immer auf Angriff gepolt ist«, erwidert er. »Und endlos, wie Sie sagen. Viele halten das nicht durch.«

Ich verschränke die Hände auf dem Tisch. »Ich kann Ihnen versichern, dass das bei mir kein Problem sein wird«, sage ich.

Und dann stellt er mir die sprichwörtliche Frage. Die, auf die man sich vorbereitet, denn sie wird immer gestellt. *Wo sehen Sie sich selbst in fünf Jahren?*

Ich hole tief Luft, und dann gebe ich ihm meine hieb- und stichfeste Antwort. Nicht nur, weil ich sie mir zurechtgelegt habe. Sondern weil sie der Wahrheit entspricht. Ich weiß es. Das habe ich immer.

Ich werde hier arbeiten, bei Wachtell, als Senior Associate. Ich werde in meinem Jahrgang die Gefragteste bei Firmentransaktionen sein. Ich werde unfassbar gründlich und unglaublich effizient sein. Präzise und zuverlässig wie ein Schweizer Uhrwerk. Und ich werde auf dem Weg zum Junior Partner sein.

Und im Privatleben?

Ich werde mit David verheiratet sein. Wir werden in Gramercy Park wohnen, mit Blick auf den Park. Wir werden eine Küche haben, die wir lieben, und am Tisch Platz genug für zwei Computer. Wir werden jeden Sommer in die Hamptons fahren, an Wochenenden gelegentlich in die Berkshires. Natürlich nur, wenn ich nicht ins Büro muss.

Aldridge ist zufrieden. Ich habe das Ding gerockt, das sehe ich. Wir geben uns die Hand, und dann ist die Rezeptionistin wieder da, führt mich durch das Großraumbüro hindurch zum Fahrstuhl, der mich zurück in das Land der Sterblichen bringt. Das dritte Glas neben der Wasserkaraffe war bloß dazu da, mich in die Irre zu führen. Cleverer Schachzug.

Nach dem Meeting fahre ich nach Downtown, zu Reformation, einem meiner liebsten Klamottenläden in SoHo. Ich habe mir freigenommen, und es ist erst Mittag. Jetzt, wo mein Vorstellungsgespräch vorüber ist, kann ich meine ganze Aufmerksamkeit auf das lenken, was heute noch vor mir liegt.

Als David mir sagte, er habe einen Tisch im Rainbow Room reserviert, wusste ich sofort, was das bedeutet. Wir hatten bereits darüber gesprochen, uns zu verloben. Ich wusste, dieses Jahr würde es passieren, doch eigentlich hatte ich schon nach dem Sommer damit gerechnet. Rund um die Feiertage ist die Hölle los, im Winter ist David im Job besonders eingespannt. Aber er weiß, wie sehr ich die Stadt liebe, wenn sie festlich beleuchtet ist, und deshalb wird es heute Abend passieren.

»Willkommen bei Reformation«, sagt die Verkäuferin. Sie trägt eine schwarze Marlenehose und einen eng anliegenden weißen Rollkragenpullover. »Wie kann ich Ihnen helfen?«

»Heute Abend werde ich mich verloben«, sage ich. »Und dafür brauche ich was zum Anziehen.«

Eine halbe Sekunde lang schaut sie mich überrascht an, dann beginnt ihr Gesicht zu leuchten. »Wie aufregend!«, ruft sie. »Dann sehen wir uns doch mal um. Woran hatten Sie denn gedacht?«

Ich nehme tonnenweise Klamotten mit in die Kabine. Röcke und Kleider mit tiefem Rückenausschnitt, eine Hose aus rotem Crêpe mit passendem, locker schwingendem Oberteil. Das rote Outfit probiere ich als Erstes, und es sitzt perfekt. Ein bisschen Drama Queen, aber es hat auch Klasse. Seriös, aber mit dem gewissen Kick.

Ich betrachte mich im Spiegel. Ich strecke die Hand aus.

Heute, denke ich. *Heute Abend.*

2

Der Rainbow Room liegt im fünfundsechzigsten Stock von Rockefeller Plaza 30. Das Restaurant bietet einen der spektakulärsten Ausblicke in ganz Manhattan, und aus seinen herrlichen Fenstern und von seinen Terrassen aus kann man das Chrysler Gebäude und das Empire State Building sehen, die inmitten der Skyline schweben. David weiß, dass ich grandiose Ausblicke liebe. Bei einem unserer ersten Dates nahm er mich zu einem Event im obersten Stockwerk des Metropolitan Museum of Arts mit. Auf dem Dach wurden einige Kunstwerke von Richard Serra gezeigt, und im Schein der untergehenden Sonne sahen die Skulpturen aus, als stünden sie in Flammen. Das ist mittlerweile zweieinhalb Jahre her, und er hat nie vergessen, wie begeistert ich damals war.

Normalerweise ist der Rainbow Room nur für größere Events geöffnet, doch ausgewähltes Publikum kann ihn auch unter der Woche nutzen. Da Tishman Speyer, wo David arbeitet, Besitzer und Verwalter des Rainbow Room und der zugehörigen Immobilie ist, stehen diese Reservierungsmöglichkeiten zuerst den Angestellten der Kanzlei zur Verfügung. Normalerweise ist es fast unmöglich, einen Platz zu bekommen, aber für einen Heiratsantrag ...

David hat sich mit mir in der Bar SixtyFive verabredet, einer Cocktaillounge gleich neben dem Restaurant. Die Terrassen sind verglast, weshalb man selbst bei eisigen Temperaturen den wundervollen Ausblick genießen kann.

Unter Davids Vorwand, er komme »direkt aus dem Büro«, haben wir beschlossen, uns hier zu treffen. Als ich nach Hause kam, um mich umzuziehen, war er nicht da, und ich kann nur vermuten, dass er noch letzte Besorgungen oder einen Spaziergang machte, um seine Nerven zu beruhigen.

David trägt einen marineblauen Anzug mit einem weißen Hemd und eine rosa und blau gemusterte Krawatte. Natürlich ist im Rainbow Room ein Sakko Pflicht.

»Du siehst toll aus«, sage ich.

Ich ziehe meinen Mantel aus und reiche ihn ihm, sodass mein feuerrotes Outfit darunter zum Vorschein kommt. Eine Farbe, die für mich eher gewagt ist. Er pfeift durch die Zähne.

»Und du siehst unglaublich aus«, sagt er. Er reicht meinen Mantel einem vorbeigehenden Bediensteten. »Möchtest du was trinken?«

Er fummelt an seiner Krawatte herum, und ich denke, dass er natürlich aufgeregt ist. Ich finde es rührend. Außerdem stehen ihm ein paar Schweißperlchen auf der Stirn. Er ist offenbar zu Fuß gekommen.

»Klar«, sage ich.

Wir nehmen nebeneinander an der Bar Platz, bestellen zwei Gläser Champagner. Wir stoßen an. David schaut mich mit großen Augen an. »Auf die Zukunft!«, sage ich.

David kippt die Hälfte seines Glases hinunter, dann fällt ihm etwas ein. »Ich kann es nicht glauben, dass ich nicht gefragt habe!«, sagt er. Er fährt sich mit dem Handrücken über die Lippen. »Wie war's denn?«

»Ich hab die Sache in der Tasche.« Ich stelle mein Glas ab und schaue ihn siegesbewusst an. »Ehrlich gesagt lief es wie geschmiert. Hätte nicht besser sein können. Aldridge hat das Gespräch mit mir geführt.«

»Was, echt? Und wie stellen sie sich das zeitlich vor?«

»Er sagte, sie melden sich bis spätestens Dienstag. Wenn ich den Job kriege, würde ich nach den Feiertagen anfangen.«

David nimmt noch einen Schluck. Er legt seine Hand um meine Taille und drückt mich. »Ich bin so stolz auf dich. Wieder ein Schritt weiter.«

Der Fünfjahresplan, den ich Aldridge erklärt habe, ist nicht nur mein eigener – es ist *unserer*. David und ich haben ihn uns ausgedacht, als wir gerade mal sechs Monate zusammen waren und klar wurde, dass das zwischen uns ernst ist. David wird aus dem Investmentbanking aussteigen und anfangen, bei einem Hedgefonds zu arbeiten – damit kann man wesentlich mehr Kohle verdienen und hat weniger mit Firmenbürokratie zu kämpfen. Wo wir leben wollten, darüber bestand von vornehrein Einigkeit – für uns beide war es immer Gramercy. Der Rest hat sich mit der Zeit ergeben, eins nach dem anderen.

»In der Tat.«

»Mr Rosen, Ihr Tisch ist bereit.«

Hinter uns steht ein Mann im weißen Frack und begleitet uns aus der Bar, den Flur entlang und in den großen Saal des Restaurants.

Ich habe den Rainbow Room bislang nur in Filmen gesehen, doch es ist ein wunderschöner Raum, der perfekte Ort für eine Verlobung. Runde Tische sind in mehreren Reihen um eine kreisförmige Tanzfläche angeordnet, über der ein riesiger funkelnder Kronleuchter hängt. Es wird gemunkelt, dass die Tanzfläche sich langsam dreht, eine kreisende Scheibe in der Mitte des Raums. Überall verteilt stehen üppige Blumenarrangements, wie bei einer Hochzeit. Das Ambiente ist festlich und glamourös, wie aus der guten alten Zeit. Frauen in Pelz. Brillanten. Der Geruch von gutem Leder.

»Wunderschön«, hauche ich.

David drückt mich an sich und küsst mich auf die Wange.

»Wir haben was zu feiern«, sagt er.

Ein Kellner zieht einen Stuhl für mich zurück. Ich nehme Platz. Eine weiße Serviette wird schwungvoll entfaltet und auf meinem Schoß ausgebreitet.

Die weichen, langsamen Klänge von Frank Sinatra ertönen über der Tanzfläche. In der Ecke schmachtet ein Sänger.

»Das ist zu viel«, sage ich. Was ich meine, ist, dass es perfekt ist. Es ist genau richtig. Das weiß David. Deshalb ist er der, der er ist.

Genau genommen würde ich nicht sagen, dass ich eine Romantikerin bin. Aber ich glaube an Romantik; damit meine ich, dass man ein Rendezvous lieber telefonisch ausmacht, statt sich eine App zu schicken, dass man nach der ersten Nacht Blumen bekommt und bei seiner Verlobung Frank Sinatra hört. Und ich glaube an New York City im Dezember.

Wir bestellen noch einmal Champagner, diesmal eine Flasche. Einen kurzen Moment lang überschlage ich, was der heutige Abend wohl kosten wird.

»Denk lieber nicht drüber nach«, sagt David, der Gedanken lesen kann. Das liebe ich an ihm – dass er immer genau weiß, was ich denke, als würden wir nicht nur dasselbe Buch lesen, sondern hätten es auch auf derselben Seite aufgeschlagen.

Der Schampus kommt. Kühl und süß und prickelnd. Unser zweites Glas an diesem Abend ist schnell geleert.

»Sollen wir tanzen?«, fragt David.

Ich sehe zwei Paare auf der Tanzfläche, sie tanzen zu »All the Way«.

Through the good or lean years, and for all the in-between years...

Plötzlich habe ich das Gefühl, gleich wird David zum Mikro greifen und mir in der Öffentlichkeit einen Antrag machen. Er ist von Natur aus kein Mensch, der gerne eine Show abzieht, aber durchaus selbstbewusst, und er hat keine Angst davor, vor Leuten zu sprechen. Doch die Vorstellung macht mich nervös: wie der Ring in einem Schokoladensoufflé serviert wird, wie David vor mir auf die Knie geht, und alle schauen zu...

»Willst *du* denn tanzen?«, frage ich ihn.

David hasst Tanzen. Bei Hochzeiten muss ich ihn buchstäblich auf die Tanzfläche zerren. Er findet, er hat kein Rhythmusgefühl, und das stimmt auch, aber das haben sowieso die wenigsten Männer. Aber zu Michael Jacksons »P. Y. T.« gibt es keine falschen Bewegungen – außer am Tisch sitzen zu bleiben.

»Warum nicht?«, sagt er. »Jetzt sind wir nun mal da.«

Er hält mir seine Hand hin, und ich ergreife sie. Während wir die paar Stufen zur Rotunde hinabsteigen, kommt ein neues Lied. »It Had to Be You«.

David nimmt mich in die Arme. Die beiden anderen Paare – sie sind älter – lächeln anerkennend.

»Weißt du«, sagt David, »ich liebe dich.«

»Das weiß ich«, sage ich. »Ich meine, ist auch gut so.«

Ist das jetzt der Moment? In dem er die bedeutendste aller Fragen stellt?

Doch David schiebt mich nur weiter über die Tanzfläche, langsam drehen wir unsere Runden. Das Lied geht zu Ende. Ein paar Leute klatschen. Wir kehren an unseren Platz zurück. Plötzlich bin ich enttäuscht. Und wenn ich mich irre? Wir bestellen. Einen einfachen Salat. Den Hummer. Wein. Der Ring ist weder in der Schere des Hummers versteckt noch schwimmt er in einem Glas Bordeaux. Wir stochern beide mit unseren hübschen Silbergabeln im Essen herum und essen kaum etwas. David, der normalerweise eine Plaudertasche ist, bemüht sich offenbar krampfhaft, sich zu konzentrieren. Mehr als einmal stößt er sein Wasserglas um und stellt es wieder hin. *Jetzt mach schon,* möchte ich ihm sagen. *Ich sag schon Ja.* Vielleicht sollte ich meine Antwort in Cherrytomaten drapieren.

Dann kommt der Nachtisch. Schokoladensoufflé, Crème Brûlée, Pavlova. Er hat von allen dreien bestellt, aber auch hier steckt kein Ring im Puderzucker. Als ich aufblicke, ist David weg. Denn er kniet rechts von meinem Stuhl und hält die Schachtel in der Hand.

»David.«

Er schüttelt den Kopf. »Sag zur Abwechslung mal nichts, okay? Lass mich das jetzt einfach durchziehen.«

Die Leute um uns herum murmeln, dann wird es still. An den umliegenden Tischen werden Handys gezückt und auf uns gerichtet. Selbst die Musik wird leiser.

»David, die Leute schauen.« Doch ich lächele. *Endlich.*

»Dannie, ich liebe dich. Ich weiß, wir sind beide keine besonders sentimentalen Typen, und ich sag dir so was nicht oft, aber du sollst wissen, dass unsere Beziehung für mich nicht einfach nur Teil eines Plans ist. Du bist für mich was ganz Besonderes, und ich möchte dieses Leben mit dir teilen. Nicht weil wir uns so ähnlich sind, sondern weil wir perfekt zusammenpassen, und ich kann mir einfach nicht mehr vorstellen, dieses Leben ohne dich zu verbringen.«

»Ja«, sage ich.

Er lächelt. »Ich meine, vielleicht lässt du mich jetzt endlich diese Frage stellen.«

Jemand in der Nähe bricht in Gelächter aus.

»Tut mir leid«, sage ich. »Bitte frag.«

»Danielle Ashley Kohan, willst du meine Frau werden?«

Er klappt die Schachtel auf, und darin steckt ein schlichter Platinring mit einem Diamanten im Kissenschliff, flankiert von zwei dreieckigen Steinen. Modern, clean, elegant. Genau der richtige Ring für mich.

»Du darfst jetzt antworten«, sagt er zu mir.

»Ja«, sage ich. »Absolut. Ja.«

Er richtet sich auf und küsst mich, und die Leute rund um uns herum beginnen zu klatschen. Ich höre das Klicken von Kameras, das *Ah* und *Oh* der Gäste an den Nachbartischen, einige gratulieren.

David nimmt den Ring aus der Schachtel und lässt ihn auf meinen Finger gleiten. Einen Moment lang bekommt er ihn nicht über den Knöchel – meine Hände sind vom Champagner geschwollen –, doch als er es geschafft hat, sitzt der Ring so perfekt, als wäre er immer schon da gewesen.

Ein Kellner erscheint wie von Zauberhand und stellt eine Flasche auf den Tisch. »Mit besten Grüßen des Hauses!«, sagt er. »Herzlichen Glückwunsch!«

David nimmt wieder Platz. Er hält meine Hand über den Tisch hinweg. Ich bewundere den Ring, bewege die Hand im Kerzenlicht hin und her, um ihn zum Funkeln zu bringen.

»David«, sage ich. »Der ist toll.«

Er lächelt. »Er sieht super an dir aus.«

»Hast du den ausgesucht?«

»Bella hat mir geholfen«, antwortet er. »Ich hatte große Sorge, sie würde mir die Überraschung verderben. Du kennst sie doch, vor dir kann sie kein Geheimnis verbergen.«

Ich lächele. Ich drücke seine Hand. Da hat er recht, aber das brauche ich ihm nicht zu sagen. Das ist das Gute an Beziehungen; es ist gar nicht nötig, alles auszusprechen. »Ich hatte keine Ahnung«, erwidere ich.

»Tut mir leid, dass es so öffentlich wurde«, sagt er und wirft einen Blick in die Runde. »Ich konnte nicht widerstehen. Dieser Platz hier schreit förmlich danach.«

»David«, sage ich. Ich schaue ihn an. Meinen Zukünftigen. »Du sollst wissen, dass ich noch zehn weitere Heiratsanträge in der Öffentlichkeit durchstehen würde, wenn das bedeutet, dass ich deine Frau werde.«

»Nein, das würdest du nicht«, sagt er. »Aber du kannst mich von allem überzeugen, und das ist eins der Dinge, die ich an dir liebe.«

*

Zwei Stunden später sind wir zu Hause. Vor lauter Hunger und weil uns von dem vielen Champagner und Wein der Kopf schwirrt, hocken wir uns vor den Computer und bestellen Thai-Essen bei Spice-Online. So sind wir eben. Wir geben siebenhundert Dollar für ein Dinner aus, und dann kommen wir heim und essen gebratene Nudeln für acht Dollar. Hoffentlich wird sich das nie ändern.

Ich möchte mich, wie sonst auch, umziehen und meine Jogginghose anziehen, aber etwas hält mich davon ab – nicht heute Abend, noch nicht. Wäre ich anders, eine andere Frau – Bella zum Beispiel –, dann hätte ich jetzt Reizwäsche an. Diese Woche hätte ich mir etwas Schönes gekauft. Ich hätte mir einen knappen String und den passenden BH angezogen und verführerisch in der Tür gestanden. Scheiß auf das Pad Thai. Doch dann wäre ich vermutlich auch nicht mit David verlobt.

Wir sind beide keine großen Trinker, und der viele Alkohol hat seine Spuren hinterlassen. Ich rücke auf der Couch ein wenig von David ab und lege meine Füße auf seinen Schoß. Er drückt den Spann meines Fußes, massiert die zarte Stelle, die von den High Heels ein wenig malträtiert wurde. Ich spüre, wie mir ganz leicht schwindelig wird und mir die Augen zufallen. Ich gähne. Innerhalb einer Minute schlafe ich ein.

3

Langsam wache ich auf. Wie lange habe ich geschlafen? Ich drehe mich im Bett herum und schaue auf die Uhr am Nachttisch: zweiundzwanzig Uhr neunundfünfzig. Ich strecke meine Beine. Hat mich David ins Bett gebracht? Das Bettzeug fühlt sich frisch und kühl an, und ich ziehe kurz in Erwägung, die Augen einfach wieder zu schließen und weiterzuschlafen, doch dann würde ich die Nacht unserer Verlobung verpassen, und ich zwinge mich, die Augen offen zu halten. Wir haben immer noch Champagner zum Trinken, und wir müssen unbedingt Sex haben. Das gehört zu einer Verlobungsnacht einfach dazu. Ich gähne, blinzele, setze mich dann auf, atme erschrocken aus. Denn ich liege nicht in unserem Bett. Ich bin nicht einmal in unserer Wohnung. Ich trage ein rotes Abendkleid mit perlenbesetztem Ausschnitt. Und ich bin irgendwo, wo ich noch nie war.

Ich könnte mir einreden, dass ich träume, doch ich glaube es eigentlich selbst nicht. Ich kann meine Beine und Arme fühlen, höre mein ängstlich klopfendes Herz. Wurde ich entführt? Ich schaue mich im Zimmer um. Bei näherem Hinsehen erkenne ich, dass ich mich in einem Loft befinde. Das Bett, in dem ich liege, steht direkt an einem hohen, durchgängigen Fenster, von dem aus man einen Blick hat auf... Long Island City? Ich schaue hinaus, versuche irgendein Gebäude zu erkennen, an dem ich mich orientieren kann. Dann fällt mein Blick auf das Empire State Building, das sich in weiter Ferne aus dem Wasser erhebt. Ich bin also in Brooklyn, aber wo? Ich sehe die Skyline von New York City auf der anderen Seite des Flusses, die Manhattan Bridge. Was bedeutet, dass ich in Dumbo bin, dem malerischen Viertel, abgekürzt *Down Under The Manhattan Bridge Overpass*. Hat mich David in ein Hotel gebracht? Ich sehe einen Backsteinbau auf der anderen Straßenseite, mit einer Art braunem Scheunentor. Offenbar findet da eine Party statt. Ich sehe Kamerablitze und jede Menge Blumen. Vielleicht eine Hochzeit.

Die Wohnung ist nicht riesig, wirkt aber großzügig und luftig. Zwei mit blauem Samt bezogene Sessel stehen vor einem Couchtisch aus Glas und Stahl, am Fußende des Bettes eine orangerote Kommode. Bunte persische Teppiche machen den offenen Raum wohnlich, wenn auch einen Tick unordentlich. An der Decke freiliegende Rohre und Balken. An der Wand hängt ein Druck. Er zeigt eine pyramidenförmige Typografie wie beim Augenarzt mit dem Text I WAS YOUNG I NEEDED THE MONEY. Ich war jung und brauchte das Geld...

Wo zum Teufel bin ich?

Ich höre ihn, bevor ich ihn sehe. Er ruft: »Bist du wach?«

Ich erstarre. Soll ich mich verstecken? Versuchen, abzuhauen? Ich sehe eine große Tür aus Stahl, am anderen Ende des Lofts, dort, wo die Stimme herkommt. Wenn ich schnell bin, könnte ich es dorthin schaffen, bevor...

Er kommt um die Ecke, wo sich vermutlich die Küche befindet. Er trägt eine schwarze Anzughose und ein schwarzblau gestreiftes Hemd, oben aufgeknöpft.

Ich reiße die Augen auf. Ich möchte schreien; vielleicht tue ich es auch.

Der gut gekleidete Fremde kommt auf mich zu, und ich rutsche schnell auf die andere Seite des Bettes, die zum Fenster liegt.

»Hey«, sagt er. »Alles okay?«

»Nein!«, sage ich. »Gar nichts ist okay.«

Er seufzt. Meine Antwort scheint ihn nicht zu überraschen. Habe ich so viel getrunken? »Du bist eingeschlafen.« Er fährt sich mit der Hand über die Stirn. Mir fällt auf, dass er über dem linken Auge eine Narbe hat.

»Was machst du hier?« Ich bin auf dem Bett so weit zurückgewichen, dass ich jetzt mit dem Rücken direkt am Fenster sitze.

»Na komm«, sagt er.

»Kennst du mich?«

Er kniet sich mit einem Bein aufs Bett. »Dannie«, sagt er. »Fragst du mich das wirklich?«

Er weiß, wie ich heiße. Und die Art und Weise, wie er das sagt, macht mich irgendwie stutzig. Ich hole tief Luft. Er sagt es, als hätte er genau das schon öfter gesagt.

»Ich weiß nicht«, antworte ich. »Ich weiß nicht, wo ich bin.«

»Es war ein schöner Abend«, sagt er. »Findest du nicht?«

Ich schaue an meinem Kleid herunter. Erst jetzt wird mir klar, dass es mir gehört. Meine Mom und ich haben es bei einer Shoppingtour vor drei Jahren zusammen mit Bella gekauft. Bella hat das gleiche in Weiß.

»Doch«, sage ich, ohne nachzudenken. Als wüsste ich es. Als wäre ich dabei gewesen. Was geht hier vor?

In diesem Moment fällt mein Blick auf den Fernseher. Er war die ganze Zeit an, der Ton auf leise gestellt. Er hängt an der Wand gegenüber vom Bett, es laufen die Nachrichten. Auf dem Bildschirm sind unten das Datum und die Zeit eingeblendet. 15. Dezember 2025. Ein Mann in blauem Anzug plappert über das Wetter, hinter ihm eine Wolke, aus der Schneeflocken rieseln. Ich versuche zu atmen.

»Was ist denn?«, fragt er. »Soll ich ausschalten?«

Ich schüttele den Kopf, wie ein Roboter. Ich sehe, wie er zum Couchtisch geht und nach der Fernbedienung greift. Auf dem Weg dahin zieht er sein Hemd aus der Hose.

»Der Wetterdienst warnt die Ostküste vor einem Schneesturm, der auf uns zukommt. Über Nacht ist mit bis zu fünfzehn Zentimeter Schnee zu rechnen, bis Dienstag mit weiteren heftigen Schneefällen.«

2025. Das kann nicht sein, natürlich nicht. Fünf Jahre ...

Das hier muss irgendein übler Scherz sein. Bella. Als wir noch jünger waren, hat sie mir ständig irgendwelche Streiche gespielt. Zu meinem elften Geburtstag hat sie es zum Beispiel geschafft, ohne Wissen meiner Eltern ein Pony in unseren Garten zu stellen. Als wir morgens aufwachten, war es einfach da und schubste die Schaukel mit dem Kopf.

Doch selbst Bella würde es nicht schaffen, ein falsches Datum in die Nachrichtensendung der Öffentlich-Rechtlichen zu bekommen. Oder doch? Und wer ist dieser Typ hier? O mein Gott, David.

Der Mann im Loft dreht sich um. »Hey«, sagt er. »Hast du Hunger?«

Bei dieser Frage knurrt mein Magen. Ich habe zum Abendessen kaum etwas gegessen, und in welchem Paralleluniversum ich mich auch befinde – das Pad Thai ist jedenfalls noch nicht da.

»Nein«, sage ich.

Er legt den Kopf schief. »Klingt aber so, als hättest du.«

»Nein, habe ich nicht«, beharre ich. »Ich will nur ... ich brauche nur ...«

»Was zu essen«, sagt er. Er lächelt. Mir kommt die Frage in den Sinn, wie weit sich die Fenster öffnen lassen.

Ich gehe langsam um das Bett herum.

»Willst du dich vorher noch umziehen?«, fragt er mich.

»Ich ...«, fange ich an, aber ich weiß nicht, wie ich den Satz beenden soll, weil ich nicht weiß, wo wir sind. Und wo ich überhaupt etwas zum Anziehen finden soll.

Ich folge dem Mann in einen begehbaren Schrank, der direkt neben der Schlafnische liegt. Reihenweise Taschen und Schuhe und Klamotten, die nach Farben sortiert hängen. Deshalb weiß ich es auf der Stelle: Das ist mein Schrank. Was bedeutet, dass das hier meine Wohnung ist. Ich lebe hier.

»Ich bin nach Dumbo gezogen«, sage ich laut.

Der Mann lacht. Und dann zieht er eine Schublade gleich in der Mitte des Schranks auf und nimmt eine Jogginghose und ein T-Shirt heraus. Mir bleibt das Herz stehen. Die gehören ihm. Er wohnt also auch hier. Wir sind ... zusammen. *David.*

Ich lege den Rückwärtsgang ein und suche nach dem Bad. Es liegt links vom Wohnzimmer. Ich mache die Tür zu und schließe ab. Spritze mir kaltes Wasser ins Gesicht. *Denk nach, Dannie, denk nach.*

Im Bad stehen all die Produkte, die ich so liebe. Abba Body Cream und Teebaumölshampoo. Ich tupfe mir ein bisschen MyChelle-Serum aufs Gesicht. Der vertraute Duft tröstet mich. Hinter der Tür hängt ein Bademantel mit meinen Initialen, den ich schon ewig habe. Außerdem eine schwarze Pyjamahose mit Tunnelzug und ein altes Columbia-Sweatshirt. Ich schäle mich aus dem Kleid und ziehe beides an.

Ich streiche etwas Hagebuttenöl auf meine Lippen und schließe die Tür wieder auf.

»Wir haben Nudeln oder … Nudeln«, ruft der Mann aus der Küche.

Zuallererst muss ich herausfinden, wie der Knabe heißt.

Seine Brieftasche.

David und ich teilen uns die Lebenshaltungskosten in einem Verhältnis sechzig zu vierzig, basierend auf dem, was wir verdienen. Das haben wir beschlossen, als wir zusammenzogen, und es seither nicht mehr geändert. Ich habe noch nie in seine Brieftasche geschaut, außer einem einzigen Mal, bei dem ein scharfes Messer und seine Krankenversicherungskarte eine Rolle spielten.

»Nudeln klingen gut«, rufe ich.

Ich gehe zum Bett zurück, wo seine Hose über einem Stuhl hängt, die Beine schleifen auf dem Boden. Mit einem kurzen Blick in Richtung Küche durchsuche ich die Hosentaschen. Ziehe seine Brieftasche heraus. Abgewetztes Leder, keine erkennbare Marke. Ich klappe sie auf, schaue hinein.

Der Mann in der Küche blickt nicht auf, während er einen Topf mit Wasser füllt.

Ich ziehe zwei Visitenkarten heraus. Eine gehört zu einer chemischen Reinigung. Die andere ist eine Bonuskarte von Stumptown. Drei Kaffees sind bereits abgestempelt.

Dann finde ich seinen Führerschein. Aaron Gregory, dreiunddreißig Jahre alt. Die Fahrerlaubnis ist vom Staat New York ausgestellt; Aaron ist eins achtzig und hat grüne Augen. Ich stecke alles wieder zurück.

»Möchtest du Tomatensauce oder Pesto?«, fragt er aus der Küche.

Ich versuche es. »Aaron?«

Er lächelt. »Ja?«

»Pesto«, sage ich.

Ich gehe in Richtung Küche. Wir schreiben das Jahr 2025, ein Mann, der mir noch nie begegnet ist, ist mein Freund, und ich lebe in Brooklyn.

»Ich hatte auch mehr Lust auf Pesto.«

Ich nehme am Küchentresen Platz. Die Barhocker sind aus Kirschholz und haben einen Metallrücken; ich kenne sie nicht, und sie gefallen mir auch nicht besonders.

Ich schaue mir den Typen genauer an. Er ist blond und sieht mit seinen grünen Augen und dem ausgeprägten Kinn wie einer der Superhelden aus den Marvel-Comics aus. Ziemlich heiß. Zu heiß für mich, um ganz ehrlich zu sein. Ich spüre, wie mir flau im Magen wird. Ist es das, was in fünf Jahren aus mir wird? Ich lebe mit einem goldblonden Adonis zusammen in einem Künstlerloft? O Gott, weiß meine Mutter davon?

Das Wasser kocht, und er lässt die Pasta hineingleiten. Dampf wallt auf, und er macht einen Schritt zurück, wischt sich die Stirn ab.

»Bin ich immer noch Anwältin?«, frage ich plötzlich.

Aaron schaut mich an und lacht. »Natürlich«, sagt er. »Wein?«

Ich nicke, stoße einen Seufzer der Erleichterung aus. Dann sind also einige Dinge aus dem Ruder gelaufen, aber nicht alle.

Damit kann ich umgehen. Ich muss nur David suchen und herausfinden, was da passiert ist, dann kommt alles wieder ins Lot. Ich bin immer noch Anwältin. Gott sei Dank.

Als die Nudeln fertig sind, gießt er sie ab und vermischt sie im Topf mit Pesto und Parmesan. Auf einmal merke ich, dass mir fast schwindelig ist vor Hunger. Ich kann nur noch an eines denken – ans Essen.

Aaron holt zwei Weingläser aus dem Schrank. Man sieht, dass er sich in der Küche auskennt. Meiner Küche. Unserer Küche.

Er schenkt mir ein Glas Rotwein ein und reicht es mir über den Küchentresen. Es ist ein gehaltvoller Wein, mit viel Körper. Vielleicht ein Brunello. Nichts, was ich normalerweise kaufe.

»Essen ist fertig.«

Aaron drückt mir einen riesigen Teller mit dampfenden Pesto-Spaghetti in die Hand, und noch bevor er den Tresen umrundet und Platz genommen hat, schaufele ich mir bereits eine Gabel voll in den Mund. Mitten im Kauen geht mir der Gedanke durch den Kopf, das alles hier könnte so eine Art wissenschaftlicher Test sein, und er will mich vergiften, aber ich bin einfach zu hungrig, und es ist mir egal.

Die Pasta ist köstlich – warm und würzig –, und die nächsten paar Minuten schaue ich nicht einmal von meinem Teller hoch. Als ich es endlich tue, sehe ich, dass er mich anstarrt.

Ich wische mir den Mund mit einer Serviette ab. »Sorry«, sage ich. »Ich hab das Gefühl, seit Ewigkeiten nichts mehr gegessen zu haben.«

Er nickt und schiebt seinen Teller von sich. »Dann haben wir jetzt zwei Möglichkeiten. Wir können uns entweder nur betrinken, oder wir betrinken uns und spielen *Stadt, Land, Fluss*.«

Ich liebe Gesellschaftsspiele aller Art, was er natürlich weiß. David ist mehr der Kartenspieler. Er hat mir Bridge und Rommee beigebracht. Brettspiele findet er kindisch; wenn wir schon spielen, soll es wenigstens etwas sein, das unsere Gehirntätigkeit anregt, was sowohl Bridge als Rommee tun.

»Ich bin für besaufen«, sage ich.

Aaron drückt liebevoll meinen Arm. Ich habe das Gefühl, seine Hand ist immer noch da, auch als er schon losgelassen hat. Da geht etwas Seltsames vor. Wie eine geheimnisvolle Anziehungskraft. Eine elektrische Ladung, die im ganzen Raum herrscht, ihn erfüllt.

Aaron gießt Wein nach. Wir lassen unsere Teller auf dem Tresen stehen. Und was jetzt? Auf einmal wird mir klar, dass er mit mir ins Bett will. Er ist mein Freund, und er will mich berühren. Ich spüre es ganz genau.

Ich gehe schnurstracks zu einem der blauen Samtsessel und setze mich. Er schaut mich von der Seite an. *Puh.*

Auf einmal fällt mir etwas ein. Ich schaue voller Panik auf meine Hand hinab. An meinem Ringfinger steckt ein Verlobungsring. Es ist ein gelber Diamant, ein Solitär mit lauter kleinen Steinchen rundum. Ein altmodischer und etwas wunderlicher Ring. Ganz anders als der, den mir David heute Abend an den Finger gesteckt hat. Kein Ring, den ich mir aussuchen würde. Und doch steckt er da an meinem Finger.

Scheiße. Scheiße. Scheiße. Scheiße.

Ich springe von meinem Sessel auf. Ich gehe im Loft auf und ab. Soll ich gehen? Und wohin? In meine alte Wohnung? Vielleicht wohnt ja David noch dort. Aber wie groß ist die Wahrscheinlichkeit? Wahrscheinlich lebt er mit seiner ganz normalen, nicht ausgetickten Ehefrau in Gramercy. Vielleicht kann er ja alles wieder einrenken, wenn ich ihm sage, was passiert ist. Er wird mir verzeihen für das, was mich offenbar hierhergebracht hat – in dieses Loft, mit einem Fremden, während David auf der anderen Seite der Brücke lebt. Er war immer schon gut im Lösen von Problemen. Er wird es schon richten.

Ich stehe auf und gehe in Richtung Tür. Ich muss hier raus. Weg von dem Gefühl, das diesen Raum durchflutet. Wo hängen bloß meine Mäntel und Jacken?

»Hey«, ruft Aaron. »Wo gehst du hin?«

Schnell, denk nach. »Nur ins Deli«, sage ich.

»Ins Deli?«

Aaron steht auf und kommt zu mir herüber. Und er legt die Hände an mein Gesicht, an beide Wangen, rechts und links. Seine Hände sind kühl, und einen Moment lang versetzen mich die Temperaturveränderung und die Zärtlichkeit der Bewegung in eine Art Schock. Ich versuche, zurückzuweichen, doch er hält mich fest.

»Bleib. Bitte geh jetzt nicht.«

Er sieht mich an, und seine Augen sind feucht, offen. Das ist also die Macht, die dieser Typ auf mich ausübt. Dieses Gefühl. Es ist ... neu und vertraut zugleich. Es ist schwer, gewichtig. Überall um uns herum. Und ich merke, dass ich – ohne es eigentlich zu wollen – bleiben möchte.

»Okay«, flüstere ich. Weil da immer noch seine Haut auf meiner ist, und seine Augen schauen mich immer noch an, und obwohl ich nicht die leiseste Ahnung habe, warum ich beschlossen habe, mein Leben mit diesem Mann zu verbringen, weiß ich, dass in unserem gemeinsamen Bett jede Menge los ist, weil das hier ... etwas ganz Großes ist. Ich spüre seine Resonanz in meinem Körper, ein Beben, das mich durchläuft wie eine seismische Welle und lange anhält. Draußen gerät der Himmel ins Wanken.

Er nimmt meine Hand, geht in Richtung Bett, und ich folge ihm. Der Wein hat mich träge gemacht, und ich habe große Lust, mich hinzulegen, mich auszustrecken... Ich setze mich auf die Bettkante.

»Fünf Jahre«, murmele ich.

Aaron schaut mich nur an. Er lehnt sich in die Kissen zurück. »Hey«, sagt er. »Kannst du mal herkommen?«

Doch es ist keine Frage, nicht wirklich, denn darauf gibt es nur eine Antwort.

Er streckt die Arme aus, und ich lasse mich aufs Bett sinken. Ich kann ihn spüren, diesen Zug an meinen Gliedern, als wäre ich eine Marionette, die an einem Faden ganz langsam zu ihm gezogen wird.

Gott helfe mir, ich lasse es zu, dass er mich in die Arme nimmt. Er zieht mich an sich, und ich spüre seinen Atem warm an meiner Wange.

Sein Gesicht kommt näher, und dann... Jetzt wird er mich küssen. Werde ich es zulassen? Ich denke darüber nach, denke an David und an die muskulösen Arme von diesem Aaron. Doch bevor ich noch lange das Pro und Kontra dieser Situation abwägen und zu einer Entscheidung kommen kann, sind da seine Lippen... auf meinen Lippen.

Sie landen ganz sanft dort, und sie bleiben... nur ein Hauch, als wollte er, dass ich mich an sie gewöhne. Und dann schiebt er langsam die Zunge zwischen meine Lippen.

O mein Gott.

Ich schmelze dahin. Ich vergehe. Etwas Derartiges habe ich noch nie erlebt. Nicht mit David, und auch nicht mit Ben, meiner anderen festen Beziehung, nicht einmal mit Anthony, mit dem ich in Florenz eine kurze Affäre hatte. Das hier ist etwas ganz anderes. Er küsst und berührt mich, als würden wir uns schon lange Zeit kennen. Immerhin – ich befinde mich in der Zukunft, dann ist es ja vielleicht wirklich so ...

»Bist du sicher, dass alles in Ordnung ist?«, fragt er mich. Ich sage nichts, sondern ziehe ihn an mich.

Seine Hände gleiten unter mein Sweatshirt, und es ist schneller weg, als ich denken kann. Ich spüre die kühle Luft auf meiner nackten Haut. Trage ich keinen BH? Ich trage keinen BH. Er beugt sich über mich und nimmt eine meiner Brustwarzen in den Mund.

Das hier ist der Wahnsinn. Ich bin wahnsinnig. Ich habe den Verstand verloren.

Es fühlt sich so gut an.

Jetzt sind auch die restlichen Klamotten weg. Von irgendwoher – aus einer anderen Stratosphäre – höre ich ein Auto hupen, ein Zug rumpelt vorbei, die Stadt da draußen macht einfach weiter.

Er küsst mich leidenschaftlicher. Schon sind wir in der Horizontalen. Alles fühlt sich unglaublich an. Seine Hände streichen über meinen Bauch, sein Mund ist an meinem Hals. Bis zum heutigen Tage hatte ich niemals einen One-Night-Stand – aber das hier zählt als einer, oder? Wir kennen uns erst seit einer Stunde, und gleich werden wir miteinander schlafen.

Ich kann es kaum erwarten, Bella davon zu erzählen. Sie wird begeistert sein. Sie wird ... aber was, wenn ich es nie mehr zurück schaffe? Was, wenn dieser Typ wirklich mein Verlobter ist und kein Fremder und ich all die Einzelheiten dieser wilden Liebesnacht mit niemandem teilen kann?

Er drückt mit dem Daumen die Stelle an meiner Hüfte, die mich verrückt macht, und all die Gedanken über Raum und Zeit verfliegen durch das leicht gekippte Fenster.

»Aaron«, sage ich.

»Ja.«

Er rollt sich auf mich drauf, und dann erkunden meine Hände die Muskeln an seinem Körper, die Mulden seines Rückens, wie eine Landschaft – Berg und Tal, Härte und Kraft. Ich recke mich ihm entgegen, diesem Mann entgegen, der ein Fremder für mich ist und zugleich genau das Gegenteil. Er legt die Hände um mein Gesicht, sie gleiten über meinen Hals, hinab zu meinem Brustkorb, packen mich. Sein Mund ist drängend, gierig. Meine Finger packen seine Schultern. Ganz langsam und dann ganz plötzlich vergesse ich, wo ich bin. Und dann spüre ich nur noch Aarons Arme um mich herum.

4

Ich schrecke aus dem Schlaf hoch, greife mir an die Brust.
»Hey, hey«, sagt eine vertraute Stimme. »Du bist wach.«
Als ich aufblicke, sehe ich David, der sich über mich beugt, eine Schüssel Popcorn in der Hand. Er hält auch eine Flasche Wasser – also nicht den Wein, den ich gerade getrunken habe. *Getrunken?* Habe ich nur getrunken? Ich schaue an mir herab und sehe, dass ich immer noch mein rotes Ensemble von Reformation anhabe. Was zum Teufel ist da gerade passiert?

Ich rappele mich hoch. Ich bin wieder auf der Couch. David hat sich umgezogen und trägt sein Sweatshirt vom Schachteam und eine schwarze Jogginghose. Wir sind in unserer Wohnung.

»Ich dachte schon, du wärst k. o. gegangen«, sagt David. »Und würdest unsere große Nacht verpassen. War ja klar, dass diese zweite Flasche uns den Rest geben würde. Ich hab schon zwei Ibuprofen eingeworfen, willst du auch eine Tablette?« Er stellt die Schüssel mit dem Popcorn und das Wasser ab und beugt sich über mich, um mich zu küssen. »Sollen wir unsere Eltern jetzt anrufen oder morgen? Die werden alle ausflippen.«

Ich zermartere mir den Kopf über das, was er da sagt. Ich

bin völlig verwirrt. Das alles muss ich geträumt haben, aber... wie kann das sein? Noch vor gefühlten drei Minuten habe ich mit jemandem namens Aaron im Bett gelegen. Wir haben uns geküsst, seine Hände waren überall, und dann hatten wir den tollsten Sex, den ich jemals in meinem Leben hatte. Ich habe im Traum mit einem Fremden geschlafen. Ich verspüre das dringende Bedürfnis, meinen Körper zu berühren, meine physische Realität zu bestätigen. Instinktiv verschränke ich die Arme vor der Brust.

»Alles okay mit dir?«, fragt David. Er hat seine fröhliche Stimmung abgelegt und schaut mich aufmerksam an.

»Wie lange war ich weggetreten?«, frage ich ihn.

»Etwa eine Stunde«, sagt er. Langsam scheint ihm etwas zu dämmern. Er beugt sich näher zu mir. Die Nähe seines Körpers fühlt sich irgendwie bedrängend an. »Du, mach dir keine Sorgen, du kriegst diesen Job. Ich kann mir vorstellen, dass dich das stresst, und vielleicht war das auch alles zu viel für einen Tag, aber die können gar nicht anders, als dich einzustellen. Du bist die perfekte Kandidatin.«

Fast hätte ich gefragt: *Welchen Job?*

»Das Essen ist gekommen«, sagt er und lehnt sich zurück. »Ich habe es in den Kühlschrank gestellt. Ich hol die Teller.«

Ich schüttele den Kopf. »Ich habe keinen Appetit.«

David schaut mich mit einer Mischung aus Staunen und Ungläubigkeit an. »Wie ist das möglich? Vor einer Stunde hast du mir gesagt, dir ist flau vor Hunger.« Er steht auf und geht in die Küche, ohne auf mich zu achten, macht den Kühlschrank auf, holt mehrere Behälter heraus. Pad Thai. Hähnchencurry. Gebratener Reis. »Alles deine Lieblingsgerichte«, sagt er. »Warm oder kalt?«

»Kalt«, sage ich. Ich ziehe die Decke enger um mich.

David kommt zurück, balanciert die Take-away-Schachteln auf Tellern. Er beginnt, die Deckel abzunehmen, und mir steigen die köstlichen Düfte in die Nase, süß und säuerlich und würzig.

»Ich hatte den verrücktesten aller Träume«, sage ich. Vielleicht werde ich schlauer aus der Situation, wenn ich darüber rede. Möglicherweise sollte ich es einfach loswerden, mich davon befreien. »Ich kann nur einfach … ich kann diesen Traum nicht abschütteln. Habe ich im Schlaf geredet?«

David häuft sich Nudeln auf den Teller und greift nach einer Gabel. »Nö. Glaube nicht. Aber ich war eine Weile unter der Dusche, also vielleicht schon.« Er schiebt sich eine große Gabel voll Pad Thai in den Mund und kaut. Ein paar Nudeln landen daneben, auf dem Boden. »War es ein Albtraum?«

Ich denke an Aaron. »Nein«, sage ich. »Ich meine, nicht ganz.«

David schluckt. »Gut. Deine Mom hat zweimal angerufen. Ich bin mir nicht sicher, wie lange wir sie noch hinhalten können.« David legt seine Gabel ab und schlingt den Arm um mich. »Aber ich hatte eigentlich für heute Abend noch was vor. Nur wir beide.«

Mein Blick fällt auf meine Hand. Der Ring, der richtige, steckt wieder an meinem Finger. Ich atme aus.

Mein Handy summt.

»Bella schon wieder«, sagt David und sieht ein bisschen genervt aus.

Ich bin schon runter von der Couch, schnappe mir das Telefon und nehme es mit ins Schlafzimmer.

»Ich schalt mal die Nachrichten an«, ruft mir David hinterher.

Ich mache die Tür hinter mir zu und nehme den Anruf entgegen. »Hallo, Bells.«

»Super, dass du drangehst!« Es ist laut im Hintergrund, Stimmengemurmel – offenbar ist sie am Feiern. Sie lacht glockenhell. »Du bist verlobt! Gratuliere! Gefällt dir der Ring? Erzähl mir alles!«

»Bist du immer noch in Paris?«, frage ich sie.

»Ja!«, sagt sie.

»Wann kommst du nach Hause?«

»Ich bin mir nicht sicher«, erwidert sie. »Jacques möchte ein paar Tage nach Sardinien fahren.«

Aha. Jetzt ist es wieder Jacques. Wenn Bella in fünf Jahren in einer ganz anderen Wohnung aufwachen würde, würde sie nicht mal mit der Wimper zucken.

»Im Dezember?«

»Es soll da jetzt sehr ruhig und romantisch sein.«

»Ich dachte, du fährst mit Renaldo an die Riviera.«

»Na ja, er hat einen Rückzieher gemacht, und jetzt hat mir Jacques eine SMS geschickt, dass er in der Stadt ist, *et voilà*. Planänderung!«

Ich setze mich auf mein Bett. Schaue mich um. Dort stehen die fluffigen grauen Sessel, die ich mir von meinem ersten Gehalt bei Clarknell gekauft habe, hier die Eichenkommode, die mir meine Eltern überlassen haben. Und dort hängt die Bakelitlampe, die David aus seiner Junggesellenbude in Turtle Bay mit in die Beziehung gebracht hat.

Und ich sehe das Loft in Dumbo vor mir, in all seiner kühlen Pracht. Die blauen Samtsessel.

»Hey«, sage ich. »Ich muss dir erzählen, was mir Verrücktes passiert ist.«

»Erzähl mir alles!«, brüllt sie aus dem Telefon, und ich sehe sie vor mir, wie sie sich mitten auf einer Tanzfläche auf dem Dach eines Pariser Hotels in den Armen von Jacques wiegt.

»Ich bin mir nicht ganz sicher, wie ich es erklären soll. Ich bin eingeschlafen, und ... ich habe nicht geträumt. Ich schwöre dir, ich war in dieser Wohnung, und da war dieser Typ. Es war so real. Als wäre ich wirklich dort gewesen. Ist dir jemals so was passiert?«

»Nein, Schatz, wir gehen ins Marais!«

»Wie bitte?«

»Tut mir leid, hier sind alle am Verhungern, und es wird schon hell. Wir sind schon seit Ewigkeiten am Feiern. Aber wie war es denn nun? Wie im Traum, sagst du? Hat er dich auf der Terrasse gefragt oder im Restaurant?« Ich höre ein Knallen, dann fällt eine Tür ins Schloss, und am anderen Ende der Leitung wird es still.

»Oh, das Restaurant«, sage ich. »Ich erzähl dir alles, wenn du da bist.«

»Aber ich *bin* da! Ich bin da!«, sagt sie.

»Das bist du nicht«, erwidere ich lächelnd. »Pass auf dich auf, ja?«

Ich sehe vor mir, wie sie mit den Augen rollt. »Ja, ja, ist ja gut«, erwidert sie. »Ich wünschte nur, du würdest dich mehr amüsieren.«

»Ich amüsiere mich ja«, sage ich.

»Lass mich raten. David sitzt vor der Glotze und guckt CNN live, und du hast dir eine Feuchtigkeitsmaske aufgelegt. Mensch, ihr habt euch *verlobt!*«

Ich tippe mit einem Finger an meine Wange. »Du täuschst dich. Nur trockene Haut hier.«

»Wie war denn das Bewerbungsgespräch?«, fragt sie. »Ich habe es nicht vergessen, nur kurz nicht daran gedacht.«

»Es war ganz toll, wirklich. Ich glaube, ich kriege den Job.«

»Natürlich kriegst du ihn. Es müsste schon ein Riss durchs Universum gehen, damit du ihn nicht kriegst, und ich bin mir nicht sicher, ob das wissenschaftlich überhaupt möglich ist.«

Ich spüre, wie mir ganz klamm in der Brust wird.

»Darauf stoßen wir an, wenn ich zurück bin, Sektfrühstück mit allem Pipapo«, sagt sie. Bei ihr geht eine Tür auf, und es wird wieder sehr laut im Telefon. Ich höre, wie sie Bussis verteilt.

»Ich weiß, wie sehr du Sektfrühstück hasst«, sage ich.

»Aber dich liebe ich.«

Die Hintergrundgeräusche werden noch lauter, dann legt sie auf.

David kommt ins Schlafzimmer, sein Haar ist verwuschelt. Er nimmt seine Brille ab und reibt sich den Nasenrücken.

»Bist du müde?«, fragt er mich.

»Eigentlich nicht«, antworte ich.

»Nein, ich auch nicht.« Er steigt ins Bett. Er greift nach mir. Aber ich kann nicht. Jetzt nicht.

»Ich hol mir noch Wasser«, sage ich. »Zu viel Champagner. Möchtest du auch Wasser?«

»Klar.« Er gähnt. »Tust du mir einen Gefallen und schaltest das Licht aus?«

Ich stehe auf und mache das Licht aus. Ich gehe ins Wohnzimmer zurück. Doch statt mir ein Glas Wasser einzuschenken, trete ich ans Fenster. Der Fernseher ist aus, und es ist dunkel, doch die Straßen sind lichtdurchflutet. Ich schaue hinab. Selbst zu dieser Uhrzeit, weit nach Mitternacht, ist auf der Third

Avenue einiges los. Es sind Leute draußen – sie lachen und schreien. Offenbar sind sie auf dem Weg zu den Bars unserer Jugend: Joshua Tree, Mercury Bar. Dort tanzen sie bis zum Morgengrauen zur Musik der Neunziger, einer Zeit, die sie gar nicht kennen. Lange Zeit stehe ich dort. Es vergehen gefühlte Stunden. Langsam wird es ruhig, das typische New Yorker Geräuschgemisch. Als ich zurück ins Schlafzimmer komme, schläft David tief und fest.

5

Ich kriege den Job; natürlich kriege ich ihn. Eine Woche später rufen sie mich an und machen mir ein Angebot, das einen Hauch unter meinem derzeitigen Gehalt liegt. Ich pokere sie noch ein wenig nach oben, und am 8. Januar kündige ich. David und ich ziehen nach Gramercy. Fast auf den Tag genau ein Jahr später. Wir finden eine große, unmöblierte Mietwohnung in dem Haus, das wir immer schon bestaunt haben. »Wir bleiben so lange, bis sich eine Wohnung findet, die wir kaufen können«, sagt David. Ein Jahr später trifft genau dieser Fall ein, und wir kaufen sie.

David beginnt für einen Hedgefonds zu arbeiten, den sein Exchef bei Tishman gegründet hat. Ich werde zum Senior Associate befördert.

Viereinhalb Jahre vergehen. Winter und Herbst und Sommer. Alles läuft nach Plan. Alles. Nur dass David und ich nicht heiraten. Wir setzen nie ein Datum fest. Wir sagen, wir hätten zu viel zu tun, was ja auch stimmt. Wir sagen, wir machen es, wenn der Zeitpunkt passt – und das tut er nie. In dem einen Jahr hat sein Dad Herzprobleme, im nächsten ist der Umzug. Gründe gibt es immer, und auch gute, aber keiner davon ist der wahre Grund. Die Wahrheit ist: Jedes Mal, wenn wir kurz davorstehen, denke ich wieder an diese Nacht, diese Stunde, diesen Traum, diesen Mann. Und die Erinnerung daran bremst mich aus, bevor ich auch nur in die Startlöcher komme.

Nach jener Nacht habe ich eine Therapie begonnen. Die Nacht ging mir einfach nicht aus dem Kopf. Die Erinnerung daran war real, genau so, wie ich sie in Wirklichkeit erlebt hatte. Ich hatte das Gefühl, verrückt zu werden, und das war der Grund, warum ich mit niemandem darüber reden wollte, nicht einmal mit Bella. Was sollte ich denn sagen? Dass ich in der Zukunft aufgewacht war? Und Sex mit einem Fremden hatte? Das Schlimmste ist, dass mir Bella vermutlich sogar geglaubt hätte.

Ich weiß, Therapeuten sind dazu da, den Wahnsinn auszuloten, der in deinem Gehirn sein Unwesen treibt, und dir dann dabei zu helfen, ihn loszuwerden. Deshalb suchte ich gleich in der darauffolgenden Woche jemanden an der Upper West Side auf. Überall wärmstens empfohlen. In New York sitzen alle erstklassigen Seelenklempner an der Upper West Side.

Die Praxis der Therapeutin war hell und freundlich, wenn auch etwas steril, mit nur einer einzigen riesigen Pflanze. Ich konnte nicht herausfinden, ob sie echt war oder nicht, denn sie stand auf der anderen Seite des Sofas, hinter dem Stuhl der Therapeutin, und es wäre unmöglich für mich gewesen, sie zu berühren.

Dr. Christine. Eine der Ärztinnen, die ihren Vornamen mit dem Doktortitel kombinieren, um zugänglicher zu wirken. Was ihr nicht gelang. Sie trug mehrere Schichten von Eileen-Fisher-Klamotten – Leinen und Seide und so dicht gesponnene Baumwolle, dass ihr Körper darunter nicht mehr zu erkennen war. Sie war um die sechzig.

»Was führt Sie zu mir?«, fragte sie.

Ich hatte schon einmal eine Therapie gemacht, als mein Bruder Michael gestorben war. Fünfzehn Jahre war es her, dass er bei einem Autounfall ums Leben gekommen war, bei dem Alkohol im Spiel war; kurz nach halb zwei Uhr nachts klingelte die Polizei bei uns an der Tür. Er hatte nicht am Steuer gesessen, sondern auf dem Beifahrersitz. Die Schreie meiner Mutter waren das Erste, das ich hörte.

Meine Therapeutin hatte mich damals dazu gebracht, über Michael zu reden, über unsere Beziehung, und dann hatte sie mich den Unfall zeichnen lassen, so wie ich ihn mir vorstellte, was ich für eine Zwölfjährige unpassend fand. Einen Monat lang ging ich hin, vielleicht länger. An viel kann ich mich nicht erinnern, nur dass meine Mom und ich hinterher immer Eis essen gingen, als wäre ich sieben Jahre alt und nicht schon fast dreizehn. Oft wollte ich gar keins, aber ich bekam immer zwei Kugeln After Eight. Damals schien es mir wichtig zu sein, mitzuspielen, und das blieb lange Zeit auch so.

»Ich hatte einen sonderbaren Traum«, sagte ich nun zu Dr. Christine. »Ich meine, mir ist etwas Seltsames passiert.«

Sie nickte. Ein paar Seidenschichten kamen ins Rutschen.

»Möchten Sie mir davon erzählen?«

Ich tat es. Ich berichtete ihr von meinem und Davids Verlobungsabend, dass ich zu viel Champagner getrunken hatte und eingeschlafen war, und dass ich dann im Jahr 2025 in einer fremden Wohnung neben einem Mann aufgewacht war, den ich noch nie zuvor gesehen hatte. Dass ich mit ihm geschlafen hatte, ließ ich unter den Tisch fallen.

Als ich mit dem Reden aufhörte, schaute sie mich lange an. Es war mir unangenehm.

»Erzählen Sie mir mehr über Ihren Verlobten.«

Auf der Stelle machte sich Erleichterung in mir breit. Ich wusste, worauf sie hinauswollte: Ich war mir mit David unsicher, und deshalb projizierte mein Unterbewusstsein eine Art alternative Wirklichkeit, in der ich die Verpflichtung, die ich gerade eingegangen war, nicht zu tragen hatte.

»Er ist toll«, sagte ich. »Wir sind jetzt seit mehr als zwei Jahren zusammen. Er ist sehr zielstrebig und liebevoll. Er ist eine gute Partie.«

Da lächelte Dr. Christine. »Das ist wundervoll«, sagte sie. »Was, glauben Sie denn, würde er über die Erfahrung denken, die Sie mir da gerade geschildert haben?«

Natürlich hatte ich David nichts davon erzählt. Das versteht sich von selbst. Was sollte ich denn auch erzählen? Er würde denken, ich sei verrückt, und er hätte recht.

»Er würde sagen, es sei nur ein Traum gewesen, und ich hätte Stress in der Arbeit gehabt.«

»Und würde das stimmen?«

»Ich weiß nicht«, sagte ich. »Deshalb bin ich hier.«

»Wie mir scheint«, sagte sie, »sperren Sie sich dagegen, zu sagen, dass es nur ein Traum war, sind sich jedoch nicht sicher, was es bedeuten würde, wenn es das nicht wäre.«

»Was könnte es denn sonst sein?« Ich wollte wirklich wissen, worauf sie eigentlich hinauswollte.

Dr. Christine lehnte sich in ihrem Stuhl zurück. »Eine Vorahnung vielleicht. Ein psychosomatischer Trip.«

»Das sind doch auch nur andere Bezeichnungen für Träume.«

Sie lachte. Sie hatte ein schönes Lachen. Die Seide kam wieder ins Rutschen. »Manchmal passieren unerklärliche Dinge.«

»Wie zum Beispiel?«

Sie schaute mich an. Unsere Zeit war um.

Nach der Sitzung fühlte ich mich seltsamerweise besser. Als hätte ich dadurch, dass ich dorthin ging, das Ganze endlich als das betrachtet, was es war: verrückt. Ich hatte diesen ganzen sonderbaren Traum an sie abgeben können. Jetzt war er ihr Problem, nicht meins. Sie konnte ihn zusammen mit all ihren Scheidungen, Eheproblemen und Mutterkonflikten abheften. Und ganze viereinhalb Jahre ließ ich ihn dort auch.

6

Es ist ein Samstag im Juni, und ich bin mit Bella zum Brunch verabredet. Wir haben uns seit fast zwei Monaten nicht mehr gesehen, was so lange noch nie vorgekommen ist, einschließlich ihres Aufenthalts in London 2015, als sie für sechs Wochen nach Notting Hill zog, um zu malen. Ich ersticke in Arbeit. Der Job ist toll und unmöglich zugleich. Nicht hart – unmöglich. Es ist so viel Arbeit da, jeder Tag ist so voll wie eine ganze Woche. Ich hänge immer hinterher. David sehe ich vielleicht fünf Minuten am Tag, wenn einer von uns abends kurz aufwacht, um den anderen schläfrig zu begrüßen. Wenigstens haben wir den gleichen Schichtrhythmus. Wir arbeiten beide für ein Leben, das wir unbedingt wollen und auch haben werden. Gott sei Dank sind wir uns da einig.

Heute regnet es. Es ist ein feuchtes Frühjahr gewesen, in diesem Jahr 2025, weshalb der Regen nichts Außergewöhnliches ist, aber ich habe mir ein paar neue Kleider bestellt und gehofft, eines davon zu tragen. Bella nennt meinen Stil »konservativ«, weil ich in neunzig Prozent der Fälle ein Kostüm trage, weshalb ich mir heute vorgenommen hatte, sie mit einem ungewohnten

Outfit zu überraschen. Pustekuchen. Stattdessen schlüpfe ich wetterbedingt in eine Jeans, ein weißes Madewell-T-Shirt, und dazu trage ich meinen Trenchcoat von Burberry und knöchelhohe Gummistiefel. Es sind gerade mal achtzehn Grad. Warm genug, um in einem dicken Pullover zu schwitzen, aber eisig, wenn man keinen dabeihat.

Wir sind im Buvette verabredet, einem kleinen französischen Café im West Village, in dem wir schon seit Jahren Stammgäste sind. Dort gibt es die besten Eiergerichte und den leckersten Croque Monsieur auf dem Planeten – und der Kaffee ist stark und würzig. Genau jetzt kann ich einen großen Pott davon gebrauchen.

Es ist auch eines von Bellas Lieblingslokalen. Sie kennt alle Kellner. In unseren Jugendtagen war sie oft hier, um zu zeichnen.

Schließlich muss ich ein Taxi nehmen, weil ich mich nicht verspäten will, obwohl ich genau weiß, dass Bella eine Viertelstunde zu spät dran sein wird. Sie hält immer das akademische Viertel ein, ganz gleich, wohin sie geht.

Doch als ich das Café betrete, ist sie schon da und sitzt am Fenster an einem Zweiertisch.

Bella trägt ein langes, fließendes Kleid mit Blumenmuster, das am Saum nass ist – bei ihren nur knappen eins sechzig schleift es auf dem Boden – und dazu einen purpurroten Samtblazer. Ihr Haar ist offen und fällt ihr in weichen Locken, die aussehen wie gesponnene Wolle, bis über die Schultern. Sie ist schön. *Ciao, Bella.* Jedes Mal, wenn ich sie sehe, werde ich daran erinnert, wie sehr sie ihrem Namen gerecht wird.

»Das kann ja wohl nicht wahr sein«, sage ich. »Du bist früher da als ich?«

Sie zuckt mit den Achseln, ihre Kreolen wippen. »Ich konnte es nicht erwarten, dich zu sehen.« Sie steht von ihrem Stuhl auf und drückt mich an sich. Sie duftet so wie immer. Teebaum und Lavendel mit einem Hauch Zimt.

»Ich bin nass«, jaule ich, lass sie aber trotzdem nicht los. Es fühlt sich einfach zu gut an. »Ich habe dich auch vermisst.«

Ich lege meinen Schirm unter dem Stuhl ab und hänge meinen Regenmantel über die Lehne. Drinnen ist es frischer, als ich dachte. Ich reibe mir die Hände, um mich aufzuwärmen.

»Du siehst älter aus«, sagt sie.

»Sehr charmant, vielen Dank.«

»So meine ich das nicht. Kaffee?«

Ich nicke.

Sie hält ihre Tasse hoch, damit der Kellner sie noch mal auffüllt. Bella kommt hier wesentlich häufiger her als ich. Sie wohnt nur drei Blocks entfernt, an der Ecke Bleecker und Charles, in einem Brownstone in einer Etagenwohnung, die ihr Vater ihr vor zwei Jahren gekauft hat. Die Wohnung hat drei Zimmer und ist auf Bellas unverwechselbar bunte und nonchalante Boho-Style-Art eingerichtet. Ach-ich-hab-gar-nicht-lang-drüber-nachgedacht-aber-sieht-toll-aus-nicht?

»Was macht denn Dave-Schätzchen heute Morgen?«, fragt sie.

»Er ist ins Fitnessstudio gegangen«, sage ich und falte meine Serviette auseinander.

»Fitness?«

Ich zucke mit den Achseln. »Hat er gesagt.«

Bella klappt den Mund auf, um etwas zu sagen, und macht ihn wieder zu. Sie mag David. Oder zumindest glaube ich das. Vermutlich wäre es ihr lieber, wenn ich mit jemand Abenteuerlustigerem zusammen wäre, jemandem, der mich ein bisschen aus meiner Komfortzone holt. Aber was ihr nicht bewusst ist – oder sie geflissentlich vergisst –, ist, dass sie und ich nicht die gleiche Person sind. David ist genau richtig für mich und für das, was ich mir im Leben wünsche.

»Also«, sage ich. »Erzähl mir alles. Wie läuft's in der Galerie? Und wie war's in Europa?«

Vor fünf Jahren hatte Bella eine Ausstellung mit ihrer Kunst in einer kleinen Galerie in Chelsea namens Oliander. Sie war ausverkauft, und danach machte sie noch eine. Dann, vor zwei Jahren, wollte der Inhaber, besagter Oliander, den Laden verkaufen und kam zu Bella. Die zapfte ihren Fonds an und kaufte die Galerie. Zwar malt sie nicht mehr so viel wie früher, aber mir gefällt es, dass ihr Leben eine gewisse Stabilität bekommen hat. Die Galerie bedeutet, dass sie nicht einfach ständig von der Bildfläche verschwinden kann – zumindest nicht wochenlang am Stück.

»Die Depreche-Ausstellung ist fast ausverkauft«, sagt sie. »So ein Mist, dass du die verpasst hast. Die war spektakulär. Bisher mein Favorit.« Das sagt Bella von jedem Künstler, dessen Werke sie zeigt. Es ist immer der Beste, der Großartigste, und sie hat den allergrößten Spaß, den man sich nur vorstellen kann. Für Bella verläuft das Leben immer auf der Überholspur.

»Die Geschäfte gehen so gut, dass ich mir überlegt habe, ob ich noch eine Chloe anstellen soll.«

Chloe ist seit drei Jahren ihre Assistentin und kümmert sich bei Oliander um die ganze Logistik. Sie hat Bella schon zweimal geküsst, was der geschäftlichen Beziehung der beiden jedoch keinen Abbruch getan hat.

»Ja, mach das doch.«

»Vielleicht habe ich dann mehr Zeit, um wieder zu malen, oder für die Bildhauerei. Ist schon Monate her, dass ich was gemacht habe.«

»Manchmal muss man Opfer bringen, um seine Träume zu verwirklichen.«

Sie lächelt mich von der Seite an. Der Kaffee kommt. Ich gieße mir etwas Milch ein und nehme genüsslich einen großen Schluck.

Als ich aufblicke, lächelt sie mich immer noch an. »Was denn?«, frage ich.

»Nichts. Du bist nur so ... ›Opfer bringen, um seine Träume zu verwirklichen‹. Wer sagt denn so was?«

»Führungspersönlichkeiten. Firmenchefs. CEOs.«

Bella rollt mit den Augen. »Wann bist du so geworden?«

»Erinnerst du dich denn, dass ich jemals anders war?«

Bella legt ihre Hand unters Kinn. Sie schaut mir direkt ins Gesicht. »Ich weiß nicht«, sagt sie.

Mir ist klar, was sie meint, aber ich will nie wirklich darüber reden. War ich denn als Kind anders? Bevor mein Bruder starb? War ich jemals spontan und sorglos? Und habe ich begonnen, mein Leben zu planen, damit keiner plötzlich vor meiner Tür auftauchen und alles über den Haufen werfen kann? Wahrscheinlich. Aber daran kann ich jetzt nicht mehr viel ändern. Ich bin, wer ich bin.

Der Kellner kommt auf seiner Runde wieder bei uns vorbei, und Bella hebt eine Augenbraue, als wolle sie mich fragen: *Bist du endlich bereit?*

»Bestell du«, sage ich.

Sie spricht nur Französisch mit ihm, zeigt auf verschiedene Gerichte auf der Speisekarte und diskutiert darüber. Ich liebe es, wenn sie Französisch spricht. Dann wirkt sie so natürlich und strotzt vor Leben. Einmal, als wir um die zwanzig waren, hat sie versucht, es mir beizubringen, aber es ist nichts hängen geblieben. Es heißt, Leute, bei denen die rechte Gehirnhälfte die dominante ist, tun sich leichter mit dem Sprachenlernen, aber da bin ich mir nicht so sicher. Ich glaube, man braucht eine gewisse Leichtfüßigkeit und Spontaneität, um eine andere Sprache zu sprechen. Sprachen lernen – das ist so, als würde man all die Wörter in seinem Gehirn eins nach dem anderen aufheben und umdrehen, wie Steine, und dann entdecken, dass auf der anderen Seite auch noch etwas steht.

Einmal haben wir vier Tage in Paris verbracht. Damals waren wir vierundzwanzig. Bella war den Sommer über drüben, machte einen Malkurs und verliebte sich in einen Kellner aus dem vierzehnten Arrondissement. Ich kam zu Besuch. Wir wohnten in der Wohnung ihrer Eltern, direkt an der Rue de Rivoli. Bella hasste es. »Überall Touristen«, sagte sie, obwohl doch die ganze Stadt den Franzosen zu gehören schien, und nur den Franzosen.

Wir verbrachten die vier Tage jenseits der ausgetretenen Pfade, aßen in Cafés am Rande von Montmartre zu Abend. Tagsüber klapperten wir die Galerien im Marais ab. Es war eine wie verzauberte Reise, wohl auch deshalb, weil ich bisher nur selten für Urlaubsreisen im Ausland gewesen war – einmal mit meinen Eltern und David in London, außerdem alljährlich mit seinen Eltern auf den Turks- und Caicosinseln in der Karibik. Doch das hier war etwas vollkommen anderes. Fremd, alt, eine ganz andere Welt. Und Bella passte perfekt dorthin.

Es hätte durchaus sein können, dass mich das von ihr entfremdete. Da war dieses Mädchen, meine beste Freundin, die für diesen fernen Ort wie gemacht schien. Ich hingegen war hier ein Fremdkörper, doch sie nahm mich einfach an der Hand und zog mich mit. Bella nahm mich immer mit, weil sie wollte, dass ich ein Teil ihres großen, offenen Lebens war. Wie konnte ich da etwas anderes sein als glücklich?

»Um auf die vorige Diskussion zurückzukommen«, sagt Bella, als der Kellner fort ist. »Ich finde, Opfer zu bringen, ist genau das Gegenteil von Selbstverwirklichung. Wenn du deine Träume verwirklichen willst, dann solltest du aus dem Vollen schöpfen und dich nicht kasteien.«

Ich nehme noch einen Schluck Kaffee. Bella lebt in einer Welt, die ich nicht verstehe, einer Welt voller Phrasen und Gedankengänge, die nur auf Leute wie sie zutreffen. Leute vielleicht, die keine Tragödien erleben. Niemand, der mit zwölf seinen Bruder verloren hat, kann ungerührt sagen: *Nichts, was geschieht, geschieht ohne guten Grund.*

»Wir sind uns einig, dass wir uns nicht einig sind«, sage ich zu ihr. »Es ist viel zu lange her, dass wir uns gesehen haben. Und ich möchte bis zur Ohnmacht gelangweilt werden und alles über Jacques hören.«

Sie lächelt. Genauer gesagt grinst sie wie ein Honigkuchenpferd.

»Was denn?«

»Ich muss dir etwas erzählen«, sagt sie. Sie streckt die Hand über den Tisch und ergreift die meine.

In mir ist sofort dieser winzige Sog, als wäre da ein kleiner Faden, an dem nur Bella ziehen kann. Gleich wird sie mir sagen, dass sie jemanden kennengelernt hat. Sie ist dabei, sich zu verlieben. Den Ablauf kenne ich so gut, dass ich wünschte, wir könnten alle Stadien gleich hier an diesem Tisch durchleben, bei unserem Kaffee. Schmetterlinge im Bauch. Leidenschaft. Überdruss. Verzweiflung. Gleichgültigkeit.

»Wie heißt er?«, frage ich.

Sie rollt mit den Augen. »Na, komm schon«, sagt sie. »Bin ich wirklich so leicht zu durchschauen?«

»Nur für mich.«

Sie nimmt einen Schluck Sprudelwasser. »Sein Name ist Greg.« Sie spricht die eine Silbe eher hart aus. »Er ist Architekt. Wir haben uns auf Bumble kennengelernt.«

Ich lasse fast meine Kaffeetasse fallen. »Du nutzt ein Datingportal?«

»Ja. Ich weiß, du denkst, ich kann auch jemanden kennenlernen, wenn ich im Supermarkt Milch kaufe, aber weißt du, in letzter Zeit wollte ich etwas anderes, und eine Weile ist mir auch nichts wirklich Interessantes untergekommen.«

Ich denke über Bellas Liebesleben der vergangenen paar Monate nach. Da war dieser Fotograf, Steven Mills, aber das war letzten Sommer, fast vor einem Jahr.

»Außer Annabelle und Mario«, werfe ich ein. Die Sammler, mit denen sie kurz mal was hatte. Ein Paar.

Sie blinzelt mich kokett an. »Natürlich«, sagt sie.

»Raus mit der Sprache«, fordere ich.

»Es geht seit etwa drei Wochen«, sagt sie. »Aber, Dannie, er ist wundervoll. Wirklich wundervoll. Er ist total nett und schlau und – ich glaube, du wirst ihn wirklich mögen.«

»Nett und schlau«, spreche ich ihr nach. »Und er heißt Greg, ja?«

Sie nickt, und genau in diesem Moment erscheint dampfend unser Frühstück. Es gibt Eier und Kaviar auf knusprigem Baguette, Avocadotoast und einen Teller köstlichster Crêpes, mit

Puderzucker bestäubt. Mir läuft das Wasser im Mund zusammen.

»Noch Kaffee?«, fragt der Kellner.

Ich nicke.

»Superlecker«, sage ich. »Das ist herrlich.« Ich schneide sofort in den Avocadotoast hinein. Aus dem pochierten Ei, das obenauf liegt, quillt das Eigelb, und ich schiebe mir ein Stück von dem Toast auf den Teller. Ein fast pornografisches Stöhnen kommt aus meinem Mund.

Bella schaut mir zu und lacht. »Du scheinst ja vollkommen ausgehungert zu sein«, sagt sie.

Ich werfe ihr einen etwas pikierten Blick zu, während ich den Crêpeberg in Angriff nehme. »Ich habe einen Job.«

»Ach ja, wie läuft's denn?« Sie legt den Kopf schief.

»Super«, sage ich. Am liebsten würde ich noch hinzufügen: *Manche Leute müssen sich ihren Lebensunterhalt verdienen*, aber ich verkneife es mir. Ich habe schon vor langer Zeit begriffen, dass es bei Bella – und in unserer Beziehung – einen Unterschied zwischen einer Wertung und Abwertung gibt. Diese Grenze versuche ich nicht zu überschreiten. »Ich denke, in einem Jahr etwa werde ich Partnerin.«

Bella rutscht wie ein kleines Mädchen auf ihrem Stuhl herum. Der Pullover gleitet ihr dabei ein wenig von der Schulter, und ich bekomme ein Stückchen Schlüsselbein zu Gesicht. Bella hatte immer schon eine eher üppige Figur und aufregende Kurven, aber heute sieht sie deutlich schlanker aus. Einmal, während der einmonatigen Ära mit Isaac, hat sie sogar sechs Kilo abgenommen.

Nun also Greg. Wie lange das wohl gut geht…

»Ich finde, wir sollten alle mal essen gehen«, sagt Bella.

»Wer?«

Sie wirft mir einen Blick zu. »Greg«, erwidert sie. Sie saugt eine Lippe ein, lässt sie wieder los. Ihre blauen Augen richten sich auf mich. »Dannie, ich sag dir was: Du musst mir nicht glauben, aber das hier ist anders. Es fühlt sich anders *an*.«

»Das tut es doch immer.«

Ihre Augen werden schmal, und mir wird bewusst, dass ich den Bogen überspannt habe. Ich seufze. Ich schaffe es einfach nicht, ihr etwas abzuschlagen. »Okay«, sage ich. »Dinner. Such dir einen Samstag ab übernächster Woche aus, und wir sind dabei.«

Ich sehe Bella dabei zu, wie sie ihren Teller vollädt – zuerst Eier, dann ein Crêpe –, und spüre, wie sich der Krampf in meinem Magen löst, während sie mit Genuss zu spachteln beginnt. Am Himmel ziehen die Regenwolken ab, die Sonne kommt heraus. Als wir gehen, sind die Straßen fast trocken.

7

»Was ist denn aus dem blauen Hemd geworden?«
David kommt in einem schwarzen Button-down und einer schwarzen Jeans aus unserem Schlafzimmer. Wir sind schon spät dran. In zehn Minuten sollen wir im Rubirosa in SoHo sein, und wir brauchen mindestens zwanzig bis Downtown. Zwar kommt Bella immer zu spät, aber ich will trotzdem früher da sein als sie, denn so war das immer schon bei uns. Die Ausnahme beim Brunch war genug Veränderung für eine Woche.
»Gefällt dir das denn nicht?« David beugt sich ein Stück hinab und betrachtet sich in dem Spiegel über dem Sofa.
»Ist in Ordnung. Ich dachte nur, du ziehst das blaue an.«
Er läuft ins Schlafzimmer zurück, und ich überprüfe in demselben Spiegel meinen Lippenstift. Ich trage einen ärmellosen schwarzen Rollkragenpullover und einen blauen Seidenrock, dazu High Heels. Laut Wetterbericht haben wir knapp zwanzig Grad, später wird es auf siebzehn runtergehen, und ich weiß immer noch nicht, ob ich eine Jacke mitnehmen soll.
David kommt zurück und knöpft sich das blaue Hemd zu.
»Zufrieden?«

»Sehr«, sage ich. »Sollen wir uns ein Taxi rufen?«

David macht sich am Telefon zu schaffen, und ich überprüfe, ob ich alles dabeihabe: Schlüssel, Handy und Bellas Armband aus goldenen Kugeln. Das habe ich mir vor sechs Monaten ausgeliehen und noch nicht zurückgegeben.

»Kommt in zwei Minuten.«

Als wir vor dem Restaurant halten, steht Bella draußen vor der Tür. Meine erste Reaktion ist Verwirrung – dann hat sie mich also schon wieder geschlagen. Mein zweiter Gedanke ist, dass es mit diesem Greg schon wieder vorbei ist und wir zu dritt zu Abend essen. Das ist schon zweimal vorgekommen (mit dem Galerie-Daniel, und, wenn ich mich recht erinnere, dem Barista-Daniel). Zuerst bin ich ein bisschen verärgert, doch dann überrollt mich eine Welle aus Mitleid, weil es wieder einmal so kam, wie es kommen musste. Es ist immer das Gleiche.

Ich steige als Erste aus dem Wagen. »Es tut mir leid«, setze ich an, als die Restauranttür aufgeht und Greg herauskommt. Bloß dass es nicht Greg ist. Sondern Aaron.

Aaron.

Aaron, dessen Gesicht und dessen Name mir schon seit viereinhalb Jahren nicht mehr aus dem Kopf gehen. Der Mittelpunkt so vieler Fragen und Tagträume, wie eine Endlosschleife in meinem Kopf, steht vor mir auf dem Gehweg.

Es war kein Traum. Natürlich war es das nicht. Da steht er, und er könnte kein anderer sein. Kein Mann, den ich mal im Kino gesehen habe, und auch kein Juniorpartner, mit dem ich im Job einen kurzen Schlagabtausch hatte. Nicht jemand, der auf einem Flug neben mir saß. Er ist einfach nur der Mann aus dem Loft.

Ich mache einen Schritt zurück. Ich weiß nicht, ob ich schreien oder die Flucht ergreifen soll. Stattdessen stehe ich da wie angewurzelt. Als wären meine Füße mit dem Gehweg verwachsen. Die Antwort auf die Fragen lautet: Er ist der Freund meiner besten Freundin.

»Babe, das ist meine beste Freundin Dannie. Dannie, das ist Greg!« Sie schmiegt sich an ihn, schlingt den Arm um seine Schultern.

»Hey«, sagt er. »Ich hab schon viel von dir gehört.«

Er nimmt meine Hand und schüttelt sie. Ich schaue ihn an, suche nach Anzeichen dafür, dass er mich wiedererkennt, finde sie aber natürlich nicht. Was auch immer zwischen uns geschehen ist ... ist noch nicht geschehen.

David streckt die Hand aus. Ich stehe einfach nur da, mit offenem Mund, und vergesse völlig, ihn vorzustellen.

»Das ist David«, stottere ich schließlich. David, in seinem blauen Hemd, schüttelt Aaron im weißen Hemd die Hand. Bella lächelt. Ich habe das Gefühl, die gesamte Luft auf dem Gehweg ist weggesogen, wie mit einem riesigen Staubsauger, und wir werden jeden Moment ersticken.

»Gehen wir rein?«

Ich folge Greg/Aaron die Treppe hoch und in das vollbesetzte Restaurant. »Aaron Gregory«, sagt er zu der Servicekraft, die die Tische anweist. Aaron Gregory. Ich werfe einen Blick auf seinen Führerschein, den er vorgezeigt hat. Natürlich.

»Aaron?«

»Ach ja. Mein Nachname ist Gregory. Aber dann ist es bei Greg geblieben.« Er schenkt mir ein winziges Lächeln. Es kommt mir sehr vertraut vor. Das gefällt mir nicht.

Ich habe das Gefühl zu fallen. Als würde ich im Boden versinken, oder vielleicht versinkt ja der Boden mit mir, bloß dass sich sonst um mich herum niemand rührt. Nur ich werde durchs Universum geschleudert.

Zeit.

»Aaron.«

Er schaut mich an. Direkt. Ich höre, wie David hinter uns über etwas lacht, was Bella sagt. Ich rieche ihr Parfüm – französische Rose. So ein Duft, wie man ihn nur in Pariser Drogerien kaufen kann. »Ich bin nicht einer von den Schlechten«, sagt er zu mir. »Ich weiß nämlich, dass du das denkst.«

Ich atme aus. Mir ist schwindelig. »Ach ja?«

»Ja, das tust du«, sagt er. Wir folgen der Hostess zu unserem Platz. Wir gehen an der Bar vorbei, zwischen Zweiertischen hindurch, an denen Pärchen über Pizzen und großen Rotweingläsern die Köpfe zusammenstecken. »Das sehe ich an der Art, wie du mich ansiehst. Und ich weiß, was Bella gesagt hat.«

»Und was hat sie gesagt?«

Wir gehen unter einem Bogen durch, und Aaron tritt kurz beiseite, streckt den Arm aus, damit ich vorbeikann. Meine Schulter streift seine Hand. Das kann doch alles gar nicht wahr sein...

»Dass sie oft mit Typen zusammen war, die sie nicht gut behandelt haben, dass du eine fantastische Freundin bist und immer da warst, um die Scherben zusammenzukehren. Und ich soll mich darauf gefasst machen, dass du mich wahrscheinlich zuerst nicht leiden kannst.«

Wir sind an unserem Tisch angekommen. Er steht im hinteren Teil des Lokals und ist an die linke Wand herangerückt. David und Bella kommen direkt hinter uns.

»Ich schlüpf rein«, sagt Bella. Sie rutscht nach hinten und

zieht mich dann neben sich. David und Aaron nehmen gegenüber von uns Platz.

»Was ist denn besonders gut hier?«, fragt Aaron. Er schenkt Bella ein breites Lächeln, greift über den Tisch hinweg nach ihrer Hand. Er streichelt ihre Fingerknöchel.

Ich brauche nicht in die Speisekarte zu schauen, tue es aber trotzdem. Wir nehmen immer die Pizza mit Rucola und einen Rubirosasalat.

»Alles«, sagt Bella. Sie drückt seine Hand, lässt sie wieder los, wiegt ihren Oberkörper hin und her. Sie trägt ein kurzes gerüschtes schwarzes Kleid mit Rosen darauf, das wir auf einer Shoppingtour bei The Kooples zusammen gekauft haben. Die neongrünen Wildlederpumps hat sie unter ihr Gesäß gezogen, und große grüne Plastikohrringe baumeln an ihren Ohren und streifen die Wangen.

Ich versuche, Aarons Blick auszuweichen. Dem ganzen Aaron auszuweichen – der nur wenige Zentimeter entfernt am Tisch sitzt, mir direkt gegenüber.

»Bella hat uns erzählt, du bist Architekt«, sagt David, und mir wird ganz warm ums Herz. Er weiß immer genau, welche Fragen man stellen muss – wie man sich zu benehmen hat. Er weiß einfach, was sich gehört.

»Richtig«, sagt Aaron.

»Ich dachte immer, Architekten gibt es in Wirklichkeit gar nicht.« Dabei schaue ich immer noch auf die Speisekarte.

Aaron lacht. Ich blicke zu ihm hoch. Er zeigt mit dem Finger auf seine eigene Brust. »Der hier ist ganz echt. Da bin ich mir sicher.«

»Sie meint diesen Artikel, den Mindy Kaling vor einer Million Jahren geschrieben hat. Sie sagt, Architekten gibt es nur in romantischen Komödien.« Bella rollt mit den Augen in meine Richtung.

»Sagst du das wirklich?«, fragt Aaron, an mich gerichtet.

»Nein. Mindy«, sagt Bella. »Mindy sagt das.« Ich glaube, der Artikel war in der *Times*. Der Titel lautete in etwa: »Frauentypen in Liebeskomödien, die es im echten Leben nicht gibt«. Über einen Männertypen hat sie auch geschrieben. Die Sache mit dem Architekten war also nur eine Anekdote. Übrigens hat Mindy auch gesagt, ein Workaholic und eine überirdische Traumfrau seien ebenfalls keine glaubwürdigen Stereotypen, und doch sitzen wir da, Bella und ich.

»Keine gutaussehenden Architekten«, ergänze ich meine Aussage. »Um genau zu sein.«

Bella lacht. Sie beugt sich über den Tisch und berührt Aaron an der Hand. »Das ist das größte Kompliment, das du jemals von ihr bekommen wirst, also genieß es.«

»Na, dann vielen Dank.«

»Mein Vater ist auch Architekt«, sagt David, doch niemand reagiert darauf. Jetzt beschäftigen sich alle mit den Speisekarten.

»Wollt ihr rot oder weiß?«, fragt Bella.

»Rot«, sagen David und ich im Chor. Wir trinken nie Weißwein. Ab und zu mal einen Rosé, im Sommer, aber so weit ist es noch nicht.

Als der Kellner herüberkommt, ordert Bella einen Barolo. Als wir noch auf der Highschool waren und wir anderen uns mit Wodka Smirnoff die Kante gaben, trank Bella immer Cabernet – dekantiert, wohlgemerkt.

Ich habe mir nie viel aus Alkohol gemacht. Während des Studiums hinderte eine durchzechte Nacht mich daran, früh aufzustehen und vor dem Unterricht zu lernen oder zu joggen, und das gilt jetzt genauso für die Arbeit. Seit ich dreißig bin, wird mir selbst von einem einzigen Glas Wein schwindelig. Außerdem war nach dem Unfall meines Bruders Alkohol im Haus tabu, nicht einmal einen Fingerhut voll Wein gab es. Wir waren absolut trocken. Meine Eltern sind es heute noch.

»Mir ist nach irgendwas mit Fleisch«, sagt David. Wir haben hier noch nie etwas anderes bestellt als Pizza – mit Rucola oder einem anderen Belag. Und jetzt – Fleisch?

»Ich teile mir mit dir eine Wurst«, sagt Aaron.

David lächelt und schaut mich an. »Ich kriege sonst nie Wurst. Ich mag diesen Typen.«

Ich bin wie vor den Kopf gestoßen, seit ich ihn da draußen auf dem Gehweg gesehen habe. Zum ersten Mal stelle ich mich der Tatsache, dass dieser Mann hier Bellas Freund ist. Nicht der Typ aus der Vorahnung – sondern der, der ihr in diesem Moment gegenübersitzt. Und er kommt mir tatsächlich nett und solide vor. Ein witziger, zuvorkommender Zeitgenosse, der sich offenbar sogar für mich interessiert. Normalerweise würden sich ihre Freunde eher einen Zahn ziehen lassen, als direkten Augenkontakt mit mir aufzunehmen.

Wäre er irgendjemand anders, könnte ich mich für sie freuen. Aber das ist nicht so.

»Wo wohnst du?«, frage ich Aaron.

Ich sehe blitzlichtartige Bruchstücke der Wohnung vor mir. Diese großen Glaswände. Das Bett, von dem aus man einen Blick auf die ganze Skyline hatte.

»Midtown«, sagt er.

»Midtown?«

Er zuckt mit den Achseln. »Es ist nah an meinem Büro.«

»Bitte entschuldigt mich«, sage ich.

Ich stehe vom Tisch auf und mache mich auf den Weg zur Toilette, die von einem kleinen Flur abgeht.

»Was ist denn los?« David folgt mir. »Das war seltsam gerade. Ist alles in Ordnung mit dir?«

Ich schüttele den Kopf. »Mir ist nicht gut.«

»Was ist denn passiert?«

Ich schaue ihn an. Er betrachtet mich mit einer Mischung aus Sorge und ... noch etwas anderem. Überraschung? Könnte auch Genervtheit sein. Das hier ist eigentlich so gar nicht meine Art, deshalb bin ich mir nicht sicher.

»Ja, ist ganz plötzlich gekommen. Können wir gehen?«

Er wirft einen Blick zurück ins Restaurant, als könnte er von hier aus bis zu dem Tisch schauen, an dem Bella und Aaron sitzen und zweifellos genauso erstaunt sind wie er.

»Musst du dich übergeben?«

»Vielleicht.«

Das gibt den Ausschlag. Jetzt kommt Bewegung in ihn, er legt mir eine Hand auf den unteren Rücken. »Ich sag es ihnen. Wir treffen uns draußen. Ich bestelle ein Taxi.«

Ich nicke. Haste nach draußen. Seit unserer Ankunft ist die Temperatur merklich gefallen. Ich hätte doch eine Jacke mitnehmen sollen.

David kommt mit meiner Tasche heraus, Bella ist bei ihm.

»Du findest ihn furchtbar«, sagt sie und verschränkt die Arme vor der Brust.

»Was? Nein. Mir geht's nicht gut.«

»Das kam aber sehr plötzlich. Ich kenne dich. Du hast mal eine waschechte Grippe verdrängt, um nach Tokio zu fliegen.«

»Das war geschäftlich«, sage ich. Ich halte mir den Bauch.

Gleich werde ich wirklich kotzen. Und es wird alles auf ihren grünen Wildlederpumps landen.

»Ich mag ihn«, sagt David. Er schaut mich an. »Und Dannie auch. Sie hatte vorhin schon leicht erhöhte Temperatur. Wir wollten bloß nicht absagen.«
Mich durchströmt Dankbarkeit dafür, dass er sogar für mich lügt.

»Ich ruf dich morgen an«, sage ich zu ihr. »Viel Spaß beim Essen.«

Bella weicht nicht von der Stelle, doch dann kommt unser Taxi, und David hält mir die Tür auf. Ich ducke mich hinein. Er geht um den Wagen herum, steigt ein, und wir fahren die Mulberry entlang, während Bella im Restaurant verschwindet.

»Glaubst du, es ist eine Lebensmittelvergiftung? Was hast du denn gegessen?«, fragt David.

»Ja, vielleicht.« Ich lehne meinen Kopf ans Fenster, und David drückt mir die Schulter, bevor er sein Handy herausholt. Als wir nach Hause kommen, ziehe ich mir etwas Bequemes an und krieche ins Bett.

Er kommt und setzt sich auf die Bettkante. »Kann ich noch was für dich tun?«, fragt er mich. Er streicht die Bettdecke glatt, und ich greife nach seiner Hand, bevor er sie wegzieht.

»Komm, leg dich zu mir«, sage ich.

»Wahrscheinlich bist du ansteckend«, sagt er. Er legt den Handrücken an meine Wange. »Ich mach dir einen Tee.«

Ich schaue ihn an. Seine braunen Augen. Das wuschelig feine Haar. David nimmt überhaupt keine Stylingprodukte, ganz gleich, wie oft ich ihm sage, dass jeder das macht.

»Schlaf jetzt«, sagt er. »Morgen früh wirst du dich besser fühlen.«

Er täuscht sich, denke ich noch. Das werde ich nicht. Aber ich schlafe trotzdem ein. Als ich träume, bin ich wieder dort in der Wohnung. Der Wohnung mit den hohen Fenstern und den blauen Sesseln. Aaron ist nicht da. Stattdessen Bella. Sie findet seine Jogginghose in der obersten Schublade der Kommode. Sie hält sie hoch und wedelt damit. *Was macht die hier?*, will sie wissen. Ich habe keine Antwort, aber Bella will unbedingt eine haben. Sie kommt immer näher. *Was macht die hier, frage ich dich noch mal. Sag es mir, Dannie. Sag mir die Wahrheit.* Als ich zu sprechen beginne, merke ich, dass das ganze Loft voller Wasser ist, das langsam nach oben steigt. Ich verschlucke mich an allem, was ich nicht sagen kann.

8

»Schön, Sie wiederzusehen«, sagt Dr. Christine.
Die Pflanze ist immer noch da. Dann kann man davon ausgehen, dass sie nicht echt ist. Zu viel Zeit ist vergangen.
»Also«, sage ich. »Ich weiß einfach nicht, wem ich es sonst erzählen soll.«
»Was wollen Sie mir erzählen?«
Das, was ich erfahren habe – nämlich, dass das, was ich in jenem Apartment gesehen habe, in der Zukunft liegt. Es wird in genau fünf Monaten und neunzehn Tagen passieren, am 15. Dezember. Ich habe bei meinem Abschluss an der Harriton High die Abschiedsrede gehalten, habe in Yale *magna cum laude* abgeschlossen und war im Jurastudium an der Columbia Jahrgangsbeste. Ich bin weder leichtgläubig noch blöd. Was geschehen ist, war kein Traum; es war eine Vorahnung – eine dem Leben auf den Leib geschneiderte Prophezeiung –, und jetzt muss ich wissen, wie und warum sie geschehen ist, damit ich dafür sorgen kann, dass sie nie Wirklichkeit wird.
»Ich habe den Mann kennengelernt«, sage ich. »Den aus dem Traum.«

Sie schluckt. Es kann sein, dass ich es mir nur einbilde, aber mir scheint, sie ist doch etwas überrascht. Diesen Teil würde ich am liebsten überspringen, den Teil, in dem wir herausfinden müssen, was los ist und wie es passiert ist. Vielleicht denkt sie ja, dass ich ein bisschen verrückt bin, möglicherweise Halluzinationen habe. Ein Trauma, das mit meiner Vergangenheit zu tun hat. Doch ich bin nur an Prävention interessiert.

»Woher wissen Sie, dass er es war?«

Ich werfe ihr einen Blick zu. »Ich habe Ihnen nicht gesagt, dass wir miteinander geschlafen haben.«

»Oh.« Sie beugt sich in ihrem braunen Ledersessel vor. Der ist – im Gegensatz zur Pflanze – neu. »Das scheint mir ein wichtiger Teil zu sein. Warum, glauben Sie, haben Sie das ausgelassen?«

»Das liegt doch auf der Hand«, sage ich. »Weil ich verlobt bin.«

Sie beugt sich vor. »Nicht mit mir.«

»Ich weiß nicht, warum«, sage ich. »Ich habe es einfach nicht gesagt. Aber ich bin mir sicher, dass er es ist, und er ist jetzt mit meiner besten Freundin zusammen.«

Dr. Christine schaut in ihre Notizen. »Bella.«

Ich nicke, obwohl ich mich nicht erinnern kann, über Bella gesprochen zu haben. Offenbar schon.

»Sie ist Ihnen sehr wichtig.«

»Ja.«

»Und jetzt haben Sie ein schlechtes Gewissen.«

»Na ja, eigentlich habe ich ja gar nichts Schlimmes getan.«

Sie schaut mich forschend an. Ich balle die Hand zur Faust und lege sie an meine Stirn.

»Sie erwähnten, dass Sie verlobt sind«, sagt sie. »Mit demselben Mann wie damals, als wir das letzte Mal miteinander gesprochen haben?«

»Ja.«

»Es ist über ein Jahr her, dass Sie hier waren. Haben Sie Hochzeitspläne?«

»Manche Paare entscheiden sich gegen eine Heirat.«

Sie nickt. »Und das ist auch bei David und Ihnen so?«

»Sehen Sie«, sage ich, »ich möchte einfach nur dafür sorgen, dass das nicht wieder passiert, oder dass es überhaupt nicht passiert. Deshalb bin ich hier.«

Dr. Christine lehnt sich zurück, als wolle sie einen größeren Abstand zwischen uns herstellen. Vielleicht sucht sie ja auch einen Fluchtweg.

»Dannie«, sagt sie. »Ich glaube, es geht etwas vor, das Sie nicht begreifen, und das ist beängstigend für Sie als einen Menschen, dessen eigentlicher Job es ist, Kausalitäten herzustellen und sie zu beweisen.«

»Kausalitäten«, wiederhole ich.

»Wenn ich dies oder jenes tue, kommt dieses oder jenes Ergebnis heraus.« Sie hält die Hände mit nach oben gekehrten Handflächen, als wären es zwei Waagschalen. »Diese Erfahrung passt nicht in Ihr Leben, Sie haben sie nicht herbeigeführt, und doch ist sie jetzt da.«

»Na gut«, sage ich. »Und genau das ist der Grund, warum ich will, dass sie nicht Wirklichkeit wird.«

»Und wie wollen Sie das machen?«

»Ich weiß es nicht«, sage ich. »Deshalb bin ich hier.«

Wie vorauszusehen war, ist unsere Zeit um.

*

Ich beschließe, dass ich unbedingt nach diesem Apartment suchen muss. Ich brauche etwas Konkretes, eine Art Beweis.

Am Sonntag macht sich David auf den Weg ins Büro, und ich sage ihm, ich würde eine Runde laufen gehen. Als ich noch jünger war, unter dreißig, bin ich die ganze Zeit gelaufen. Lange Läufe. Den West Side Highway hinunter und durch den Financial District, zwischen Hochhäusern hindurch und über Kopfsteinpflaster. Oft lief ich auch die Schleife durch den Central Park, rund um das Reservoir, und schaute mir an, wie die Blätter an den Bäumen sich von Grün zu Gelb und dann zu Bernstein verfärbten, und wie sich diese Farbenpracht im Wasser spiegelte. Ich bin zwei Marathons gelaufen und ein halbes Dutzend Halbmarathons. Laufen tut für mich das, was es für alle anderen auch tut – es macht den Kopf frei, gibt mir Zeit zum Nachdenken, es lockert mich und schenkt mir ein gutes Gefühl. Außerdem hat es noch den großen Vorteil, dass man durch das Laufen herumkommt. Als ich damals in die Stadt zog, konnte ich mir nur eine Wohnung in Hell's Kitchen leisten, aber ich wollte überallhin. Deshalb begann ich zu laufen.

In der Anfangszeit unserer Beziehung habe ich versucht, David dazu zu bewegen, mitzulaufen, doch er wollte schon nach ein paar Blocks aufhören und Bagels kaufen, weshalb ich ihn irgendwann lieber zu Hause ließ. Laufen macht allein sowieso mehr Spaß. Und es gibt einem mehr Zeit zum Nachdenken.

Es ist neun Uhr morgens, als ich die Brooklyn Bridge überquere, aber es ist Sonntag und noch früh am Tag, weshalb noch nicht so viele Touristen unterwegs sind. Nur Radler und andere Jogger. Ich laufe erhobenen Hauptes, mit gestrafften Schultern, und konzentriere mich auf das Ziel, das vor mir liegt. Ich komme ins Schnaufen. Es ist viel zu lange her, dass ich einen längeren Lauf absolviert habe, und ich spüre, wie meine Lungen gegen die Anstrengung aufbegehren. Ich habe das Gebäude nie von außen gesehen, aber aus dem Blick, den man von der Wohnung aus hatte, schließe ich, dass es irgendwo nah am Wasser stehen muss, vielleicht in der Nähe der Plymouth Street. Ich werde langsamer, als ich mich auf der Washington Street in Richtung Fluss bewege. Die Sonne brennt den Dunst des Morgens allmählich weg, und die Wasseroberfläche glitzert und funkelt. Ich ziehe mein Sweatshirt aus und binde es mir um den Bauch.

Dumbo war früher als Anlegestelle für Fähren bekannt und hat bis heute einen industriellen Touch. Große Lagerhäuser wechseln sich mit edlen Food-Läden und vollverglasten Apartmenthäusern ab. Während sich meine Atmung langsam wieder beruhigt, wird mir bewusst, dass ich vermutlich besser vorher Recherchen angestellt und mir Fotos von den Websites von Maklern, Miet- und Kaufangebote heruntergeladen hätte, statt einfach loszulaufen. Dann hätte ich mir eine Liste angelegt und die Immobilien abgeklappert – warum bin ich darauf nicht vorher gekommen?

Vor dem Brooklyn Bridge Park bleibe ich vor einem Gebäude aus Ziegelstein und Glas stehen, das den gesamten Block einnimmt. Nein, das ist es nicht.

Ich hole mein Handy aus der Tasche. Habe ich diese Wohnung gekauft? Oder kaufe ich sie noch? Ich verdiene gut, mehr als die meisten meiner Altersgenossen, aber ein Einzimmerloft für zwei Millionen Dollar scheint dennoch weit über meinem Budget zu liegen. Wenigstens in den nächsten sechs Monaten. Außerdem ergibt es logistisch keinen Sinn. Wir haben unsere

Traumimmobilie in Gramercy, die groß genug ist, auch wenn wir eines Tages ein Kind haben. Was also sollte ich hier?

Mein Magen knurrt, und ich gehe in westlicher Richtung, um einen Laden zu suchen, wo ich mir einen Apfel oder ein Bagel kaufen und nachdenken kann. Ich biege auf die Bridge Street ein und stoße nach ein paar Blocks auf ein Deli mit schwarzer Markise – den Bridge Coffee Shop. Es ist ein winziger Laden mit einer Verkaufstheke und einer Speisekarte an der Wand. Ein Polizist sitzt am Tresen; das ist immer ein gutes Zeichen. Eine Frau mit breitem Lächeln steht hinter der Theke und parliert auf Spanisch mit einer jungen Mutter, die ein schlafendes Baby dabeihat. Als sie mich erblicken, winken sie sich zum Abschied zu, und die Frau schiebt den Kinderwagen aus dem Deli. Ich halte ihr die Tür auf.

Ich ordere meinen üblichen Bagel mit Weißfisch. Die Frau hinter dem Tresen nickt anerkennend, als sie meine Bestellung aufnimmt.

Ein Mann kommt herein und bezahlt einen Kaffee. Zwei Teenager holen sich Bagels mit Frischkäse. Alle sind hier Stammkunden. Alle grüßen sich.

Mein Bagel-Sandwich ist fertig zum Mitnehmen. Ich nehme die weiße Papiertüte entgegen, danke der Frau und mache mich auf den Rückweg ans Wasser. Der Brooklyn Bridge Park ist weniger ein Park als eine große, grasbewachsene Fläche. Die Bänke sind voll besetzt, und ich lasse mich auf einem Stein direkt am Ufer nieder. Ich packe mein Sandwich aus und nehme einen Bissen. Es schmeckt überraschend gut und kann durchaus mit dem von Sarge's mithalten.

Ich schaue übers Wasser – Wasser habe ich schon immer geliebt. Insgesamt hatte ich in meinem bisherigen Leben nur wenig davon, aber als ich noch jünger war, haben wir die Woche um den 4. Juli immer in Margate an der Küste von Jersey verbracht, einem kleinen Ort am Strand, der praktisch ein Vorort von Philadelphia ist. Meine Eltern mieteten dort ein Häuschen, und sieben selige Tage aßen wir Shaved Ice und liefen mit Hunderten anderer Kids am belebten Strand herum, während unsere Eltern es sich auf Liegestühlen im Sand bequem machten und uns zuschauten. An einem der Abende fuhren wir immer nach Ocean City, in einen Vergnügungspark, der für seine Fahrgeschäfte berühmt war, und drehten uns auf dem Sizzler oder fuhren Autoscooter. Zu Abend aßen wir bei Mack and Manco Pizza oder holten uns in weißes Papier verpackte und vor Öl und Rotweinessig triefende Käse-Hoagies bei Sack O' Subs, um sie am Strand zu verzehren.

Michael, mein Bruder, ließ mich damals zum ersten Mal an einer Zigarette ziehen, und wir saßen paffend auf dem Bürgersteig und genossen ein Gefühl von Freiheit.

Nachdem wir Michael verloren hatten, fuhren wir nicht mehr hin. Ich bin mir nicht sicher, warum, aber irgendwie war alles, was uns vorher das Gefühl geschenkt hatte, eine Familie zu sein, und uns aneinandergebunden hatte, auf einmal unerträglich geworden. Als wäre jeder Moment in unserem Leben, den wir gemeinsam verbrachten oder uns einfach freuten, ein Verrat an ihm, an seinem Leben.

»Dannie?«

Ich schließe die Augen und öffne sie wieder. Als ich aufblicke, steht er über mir, einen Fahrradhelm auf dem Kopf und einen Fuß auf dem Boden, den anderen auf dem Pedal. Aaron. Das kann ja wohl nicht wahr sein.

9

»Hi. Wow.« Ich rappele mich hoch, schiebe mein Sandwich in die Tasche zurück. »Was machst du denn hier?«
Er trägt ein blaues T-Shirt und eine Khakihose. Eine braune Kuriertasche aus Leder hängt quer über seiner Brust.
»Das ist am Wochenende meine Bikeroute.« Er weist auf seine Kuriertasche, schüttelt den Kopf. »Nein. Genauer gesagt hat mich Bella heute Morgen mit einem Auftrag hierhergeschickt.«
»Ach ja?«
Aaron öffnet seinen Fahrradhelm. Der Haaransatz ist feucht vom Schweiß und plattgedrückt. »Anscheinend geht es dir wieder besser.«
Ich lege die Hände an die Hüften. »Stimmt.«
Er lächelt. »Gut. Kommst du mit?«
»Wohin?«
Er rutscht näher. »Ich schaue mir eine Wohnung an.«
Natürlich tut er das. Dann brauche ich also gar nicht zu googeln. Es reicht, dass Aaron genau in diesem Moment auftaucht und mich zu der Wohnung bringt.

»Lass mich raten«, sage ich. »Plymouth Street?«

»Knapp vorbei«, sagt er. »Bridge.«

Das hier ist der Wahnsinn. Das kann nicht wahr sein. »Ja«, sage ich. »Ich komme mit.«

»Super.«

Er hängt seinen Fahrradhelm an den Lenker, und wir gehen los.

»Läufst du viel?«, fragt er mich.

»Früher schon«, antworte ich. Ich spüre, wie meine Knie und die Hüfte brennen, während wir weitergehen; offenbar habe ich nicht genug gedehnt, und die Kniebeugen als Vorbereitung habe ich auch vergessen.

»Ich weiß. Ich steige auch nicht mehr so oft in den Sattel, wie mir lieb wäre.«

»Warum ist Bella nicht dabei?«

»Sie musste in die Galerie«, sagt er. »Sie bat mich, mir die Wohnung anzusehen. Du wirst es verstehen, wenn du sie siehst. Vorsicht.« Wir stehen an einer Kreuzung, und er hält mich mit einer Hand zurück, als zwei Radler an uns vorbeirasen. »Versuch nicht, dich in den Tod zu stürzen, solange ich dabei bin, okay?«

Ich blinzele ihn an, die Sonne blendet mich. Ich hätte meine Sonnenbrille mitnehmen sollen.

»Okay, jetzt können wir gehen.«

Wir überqueren die Straße und gehen die Plymouth Street hoch, bis zu der Stelle, wo sie senkrecht auf die Bridge stößt. Genau von hier bin ich gekommen. Und dann wird mir klar, was ich, geblendet durch meine Suche nach einem Sandwich, übersehen habe. Es ist die Eventlocation aus Backstein mit dem Scheunentor. Jetzt erkenne ich sie. Aber mir ist sie nicht nur aus jener Nacht bekannt. Vor drei Jahren war ich hier auf der Hochzeit von Davids Freunden Brianne und Andrea von der Wharton Business School. Es handelt sich um das frühere Galapagos Art Space, und genau das habe ich vor viereinhalb Jahren vom Fenster aus gesehen. Hinter mir, auf der gegenüberliegenden Straße, Bridge 37, steht das Haus, in das mich Aaron gleich führen wird.

»Pass auf«, sagt er, während wir die Straße überqueren und auf die Tür zugehen. Und natürlich habe ich recht. Es ist ein Gebäude aus Backstein und Beton, das nicht ganz so industriell wirkt wie manch andere in der Gegend.

Es gibt keine Lobby, nur einen Klingelknopf und ein Vorhängeschloss, und Aaron holt einen Schlüsselbund aus seiner Kuriertasche und probiert einen nach dem anderen die Schlüssel aus. Die beiden ersten sind Fehlanzeige, aber der dritte passt, das Schloss geht auf, und die Kette gleitet unter seinen Händen auseinander. Die Stahltür öffnet sich schwungvoll, ein Lastenaufzug kommt in Sicht. Aaron benutzt einen zweiten Schlüssel, um den Aufzug zu uns nach unten zu bewegen – diesmal klappt es beim ersten Versuch.

»Du hast einen Besichtigungstermin?«, frage ich.

Aaron nickt. »Ein Kumpel von mir ist Makler, und er hat mir die Schlüssel gegeben. Sagte, wir könnten uns die Wohnung heute anschauen.«

Wir. Bella.

Der Fahrstuhl kommt rumpelnd nach unten. Aaron hält mir die Tür auf, und ich trete ein, er folgt mir und nimmt auch das Bike mit. Er drückt auf den Knopf für den vierten Stock, und dann geht es unter großem Klappern und Quietschen nach oben.

»Scheint nicht so ganz den Bauvorschriften zu entsprechen, das Haus«, sage ich und verschränke die Arme vor der Brust. Aaron lächelt.

»Ich finde es toll, dass Bella und du Freundinnen seid. Das ist klasse.«

»Wie bitte?« Ich hüstele zweimal in meine Faust. »Was meinst du?«

»Du bist so anders.«

Doch mir bleibt keine Zeit, darauf zu antworten, denn jetzt geht die Tür auf, und wir stehen mitten in der Wohnung, die ich vor viereinhalb Jahren gesehen habe. Ich erkenne sie sofort wieder, ohne auch nur einen Fuß hineinsetzen zu müssen. Natürlich ist sie es. Wo sonst hätte ich an diesem Morgen auch landen sollen?

Doch die Wohnung sieht trotzdem ganz anders aus, als sie damals war – oder in naher Zukunft sein wird. Es ist eine Baustelle. Alte Deckenbalken stapeln sich in einer Ecke. Rohre und Drähte ragen unverputzt aus der Wand. Und da steht eine Mauer, an die ich mich nicht erinnern kann. Es gibt keine Haushaltsgeräte. Kein fließendes Wasser. Es ist ein Rohbau – offen und ehrlich, ungeschminkt.

»Viel zu tun für einen Architekten«, sage ich. »Jetzt wird mir alles klar.«

Doch Aaron hat mich nicht gehört. Er ist dabei, sein Rad an eine Wand zu lehnen – hier war meiner Erinnerung nach die Küche –, und tritt einen Schritt zurück, um sich alles anzusehen. Ich beobachte ihn, wie er die Wohnung durchquert und ans Fenster geht. Er dreht sich um die eigene Achse, probiert verschiedene Perspektiven aus.

»Hier will Bella leben?«, frage ich. Die Wohnung meiner

Freundin ist perfekt, wirklich ein Traum. Sie hat sie vollkommen renoviert gekauft, noch bevor sie überhaupt auf dem Markt war. Sie verfügt über drei Schlafzimmer, deckenhohe Fenster und eine Kitchenette. Ich kann nicht verstehen, warum Bella umziehen will. Seit zwei Jahren richtet sie die Wohnung ein. Und sie behauptet, sie sei immer noch nicht fertig.

Doch Bella war immer schon ein Mensch, der Projekte liebt. Sie mag alles, was Potenzial hat, was voller Möglichkeiten steckt, unbekanntes Terrain genau wie das hier. Das einzige Problem ist, dass sie nur selten, wenn überhaupt, etwas bis zum Ende durchzieht. Ich habe miterlebt, wie sie Unsummen an Geld für Projekte ausgegeben hat, aus denen dann nie etwas geworden ist. Da war die Wohnung in Paris, das Loft in L. A., da war ihre eigene Schmucklinie, die Firma mit den thailändischen Seidenschals, da war die Künstler-WG in Greenpoint. Die Liste ist lang.

»Ja, das will sie«, sagt Aaron. »Oder sie will es wenigstens versuchen.« Er spricht leise. Seine Aufmerksamkeit gilt nicht dem, was er sagt, sondern der Umgebung. Ich sehe, wie er im Geiste schon skizziert und plant und die Wohnung in seinem Kopf langsam Gestalt annimmt.

Sie sind erst zwei Monate zusammen. Acht Wochen. Sicher, das ist zwei Wochen länger als Bellas bisher längste Beziehung, aber trotzdem – David wusste nach zwei Monaten nicht mal meinen zweiten Vornamen. Die Tatsache, dass Aaron hier ist – sich eine Wohnung für Bella ansieht, an den Wänden herumklopft und den Boden auf seine Festigkeit prüft –, gibt mir zu denken. Auf welcher Stufe sie auch sind: Das hier geht alles viel zu schnell.

»Scheint mir ein großes Projekt zu sein«, sage ich.

»Nicht zu groß«, entgegnet er. »Die Wohnung hat eine gute Substanz. Und Bella sagt, sie liebt Projekte.«

»Das weiß ich«, erwidere ich.

Als ich das sage, schaut er mich an. Auf einmal richtet er seine ganze Aufmerksamkeit auf mich – meine einsame Gestalt, die hier an diesem staubigen, ungeschminkten Ort steht, in ihrer schwarzen Laufhose und einem alten Camp-T-Shirt, während sich über uns die Zukunft zusammenbraut wie Gewitterwolken.

»Ich weiß, dass du das weißt«, sagt er, auf einmal ganz weich. »Tut mir leid, wenn ich was Falsches gesagt habe.« Er macht einen Schritt auf mich zu. Ich hole tief Luft. »Wenn ich ehrlich bin«, fährt er fort, »habe ich dich ins Deli gehen sehen. Ich habe eine Runde gedreht und bin dir dann gefolgt, als du in Richtung Wasser gingst.« Er reibt sich die Stirn. »Ich war mir nicht sicher, ob ich dich ansprechen soll, aber ich … ich wünsche mir so sehr, dass du mich magst. Irgendwie habe ich das Gefühl, wir haben es beim ersten Mal nicht gut hingekriegt, und ich frage mich, was ich tun kann, um es wiedergutzumachen.«

Ich weiche einen Schritt zurück. »Nein«, sage ich. »Das ist doch gar nicht …«

»Alles gut.« Er schenkt mir noch so ein schiefes Lächeln, aber diesmal sieht es zögerlich aus, fast verlegen. »Weißt du, ich bin kein Mensch, der von allen geliebt werden will. Aber es wäre schön, wenn die beste Freundin meiner Freundin es wenigstens ertragen könnte, im selben Zimmer zu sein wie ich.«

Diesem Zimmer. Diesem Loft. Diesem Raum der unerfüllten Möglichkeiten.

Ich nicke. »Ja«, sage ich. »Ich weiß.«

Seine Miene hellt sich sichtlich auf. »Wir können es langsam angehen. Erst mal kein gemeinsames Essen mehr. Vielleicht fangen wir mit einem Glas Mineralwasser an und arbeiten uns dann langsam zum Kaffee vor?«

Ich versuche mich an einem Lächeln. Für jeden anderen wäre das hier lustig. »Klingt gut«, sage ich. Ich fühle mich vollkommen außerstande, etwas Interessantes von mir zu geben.

»Toll.« Er hält meinem Blick einen Moment lang stand. »Bella wird ausflippen, wenn ich ihr erzähle, dass ich dich getroffen habe. Wie hoch war die Chance dafür eigentlich?«

»In einer Neunmillionenstadt? Unter null.«

Er geht zu einer Stelle, an der bündelweise die Kabel aus der Wand ragen. »Was hältst du davon, wenn man hier die ...«

»Die Küche hinmacht?«, vollende ich seinen Satz.

Er lächelt. »Genau. Und das Schlafzimmer käme dahinter hin.« Er zeigt auf die Fenster. »Und ich könnte wetten, dass wir auch noch so einen abgefahrenen begehbaren Kleiderschrank hinkriegen.«

Wir schlendern noch ein paar Minuten durch die Wohnung. Aaron macht Fotos. Als wir wieder im Fahrstuhl runterfahren, klingelt mein Handy. Es ist Bella.

»Greg hat mir gerade eine Nachricht geschickt. Wie verrückt ist das denn? Was hast du denn da unten gemacht? Du läufst doch nie in Brooklyn. Und wie findest du die Wohnung?« Sie unterbricht sich, und ich höre sie atmen – ganz flach und erwartungsvoll.

»Sie ist schön, finde ich«, sage ich. »Aber du hast schon so eine tolle Wohnung. Wieso willst du umziehen?«

»Findest du sie grässlich?«

Ich überlege, ob ich sie anlügen soll. Ob ich ihr sagen soll, mir gefällt die Wohnung nicht. Dass die Aussicht nicht gut ist, dass es nach Müll riecht, dass die Wohnung zu weit ab vom Schuss ist. Ich habe Bella noch nie angelogen, und ich will es auch jetzt nicht, aber sie kann und soll diese Wohnung nicht kaufen. Sie kann nicht hierherziehen. Das ist zu ihrem Schutz ebenso wie zu meinem.

»Mir scheint es nur sehr viel Arbeit zu sein«, sage ich. »Und es ist weit weg.«

Sie stößt den Atem aus. Ich spüre, wie genervt sie ist. »Weit weg von was?«, fragt sie. »In Manhattan wohnt doch niemand mehr. Es ist so voll und stickig, ich kann es gar nicht glauben, dass ich selbst noch da wohne. Du musst endlich mal über deinen eigenen Tellerrand schauen.«

»Na ja«, sage ich. »Ich muss gar nichts. Schließlich bin nicht ich diejenige, die hier wohnen wird.«

10

»David, wir müssen endlich heiraten.«
Es ist der darauffolgende Freitag, und David und ich liegen auf der Couch und überlegen, was wir uns zum Abendessen bestellen sollen. Es ist nach zehn. Eigentlich hatten wir vor zwei Stunden einen Tisch in einem Lokal reserviert, doch David musste länger arbeiten, und dann beschloss ich, es auch zu tun. Vor zehn Minuten sind wir nach Hause gekommen und haben uns gemeinsam aufs Sofa fallen lassen.
»Jetzt?«, fragt David. Er nimmt seine Brille ab und schaut sich um. Er benutzt zum Putzen der Brille nie einen Zipfel seines T-Shirts, weil er der Ansicht ist, damit verschmiere er die Gläser noch mehr. Er macht Anstalten, aufzustehen und nach einem Reinigungstüchlein zu suchen, doch ich packe ihn an der Hand.
»Nein. Ich meine es ernst.«
»Ich auch.«
David setzt sich wieder. »Dannie, ich habe dich schon öfters gebeten, endlich ein Datum festzulegen. Wir haben darüber geredet. Und du findest immer, es ist nicht der richtige Zeitpunkt.«

»Das ist nicht fair«, sage ich. »Wir fanden das beide.«

David seufzt. »Willst du wirklich darüber reden?«

Ich nicke.

»Ja, wir hatten beide ziemlich viel um die Ohren. Aber es stimmt nicht, dass wir beide zu gleichen Teilen immer wieder verschoben haben. Für mich war es okay zu warten, weil es das ist, was du willst.«

David ist geduldig gewesen. Wir haben nie darüber gesprochen, zumindest haben wir nicht so viele Worte darum gemacht, aber ich weiß, dass er sich gefragt hat: *Warum ist es noch nicht passiert? Warum reden wir nie darüber, machen nicht endlich Nägel mit Köpfen?* Ja, wir hatten viel um die Ohren, und für mich war es leicht, so zu tun, als würde er einfach nicht viele Gedanken daran verschwenden, und vielleicht hat er das auch nicht. Für David war es immer in Ordnung, dass ich bei uns die Hosen anhabe, was unsere Beziehung angeht. Er weiß, das ist meine Komfortzone, und die überlässt er mir gerne. Das ist einer der Gründe, warum wir so gut miteinander klarkommen.

»Du hast recht«, sage ich. Ich nehme seine Hände in meine. Die Brille baumelt noch an seinem Finger. »Aber ich sage, es ist jetzt Zeit. Lass es uns tun.«

David kneift die Augen zusammen. Endlich hat er begriffen, dass es mir ernst ist. »Du verhältst dich echt komisch in letzter Zeit«, sagt er.

»Ich mache dir gerade einen Heiratsantrag.«

»Wir *sind* bereits verlobt.«

»David«, sage ich. »Na komm schon.«

Jetzt wird er stutzig. »Heiratsantrag?«, fragt er. »Ich hab dich in den Rainbow Room eingeladen. Da ist das hier eine schwache Nummer.«

»Du hast recht.«

Ohne seine Hände loszulassen, lasse ich mich von der Couch gleiten und knie vor ihm nieder. Seine Augen leuchten belustigt auf.

»David Rosen. Schon in dem Moment, als ich dich zum allerersten Mal sah – im Ten Bells, du trugst dein blaues Sakko und hattest Ohrstöpsel drin –, wusste ich, du bist der Richtige.«

Ich sehe ihn kurz vor mir, wie er damals war: ein aufstrebender Jurist mit zu kurz geschnittenem Haar, der mich verlegen anlächelte.

»Ich hatte aber keine Kopfhörer drin.«

»Doch, hattest du. Du sagtest, es sei dir zu laut da drin.«

»Es ist ja auch zu laut da drin«, sagt David.

»Ich weiß«, sage ich und gebe ihm einen Klaps. Seine Brille fällt runter. Ich hebe sie auf und lege sie neben ihn aufs Sofa. »Es *ist* zu laut da drin. Ich finde es toll, dass wir das beide wissen, und auch, dass wir uns einig sind, Kinofilme könnten zwanzig Minuten kürzer sein. Ich finde es toll, dass wir beide Leute hassen, die langsam gehen, und dass du der Meinung bist, Wiederholungen im Fernsehen sind Verschwendung von Lebenszeit. Und ich liebe es, dass du den Ausdruck *Lebenszeit* verwendest.«

»Wenn ich ehrlich bin, ist das ...«

»David«, sage ich. Ich lasse seine Hände los und lege beide Handflächen rechts und links an sein Gesicht. »Heirate mich. Lass es uns tun. Diesmal wirklich. Ich liebe dich.«

Er sieht mich an. Seine klaren grünen Augen sehen mich an. Ich spüre, wie mir der Atem stockt. Eins, zwei ...

»Okay«, sagt er.

»Okay?«

»Okay.« Er lacht und streckt die Arme nach mir aus. Unsere

Lippen finden zueinander, und schon sind wir ein großes Knäuel von Gliedern, das zu Boden gleitet. David setzt sich auf und knallt mit dem Kopf an den Couchtisch. »Scheiße. Au.« Der Tisch ist aus Holz mit einer Glasplatte und hat die Tendenz, sich in seine Bestandteile aufzulösen, wenn man ihn nicht richtig anfasst.

Wir hören mit dem auf, was wir gerade angefangen hatten, und widmen uns dem Tisch.

»Vorsicht, die Ecken«, sage ich. Wir heben die Glasplatte gemeinsam an und setzen sie wieder drauf, lassen sie an den Kanten einrasten. Als das geschafft ist, sitzen wir da und schauen uns atemlos von verschiedenen Seiten des Tisches aus an.

»Dannie«, fragt er. »Warum jetzt?«

Natürlich sage ich ihm nicht, was ich ihm sagen könnte, und was ich laut Dr. Christine nicht wahrhaben will: dass ich es aus dem gleichen Grund bisher vermieden habe, den entscheidenden Schritt zu tun, wie ich jetzt daran arbeite, dass es passiert – und zwar ohne Verzögerung. Indem ich nämlich den einen Weg einschlage, sorge ich dafür, dass der andere Weg für immer versperrt ist.

Stattdessen sage ich: »Es ist Zeit, David. Wir passen zusammen. Ich liebe dich. Was brauchst du mehr? Ich bin bereit, und es tut mir leid, dass ich so lange gebraucht habe.«

Und auch das ist wahr. So wahr, wie etwas nur sein kann.

»So, so«, sagt er. Sein Gesicht wirkt glücklicher, als ich es in Jahren gesehen habe.

Er nimmt meine Hand, und obwohl jetzt genug Platz zwischen der Couch und dem Couchtisch ist, führt er mich bewusst langsam ins Schlafzimmer und drückt mich sanft aufs Bett.

»Ich liebe dich auch«, sagt er. »Falls dir das nicht bekannt sein sollte.«

»Das ist es«, sage ich. »Ich weiß.«
Er zieht mich mit einer Genüsslichkeit aus, die es zwischen uns schon lange nicht mehr gegeben hat. Normalerweise machen wir beim Sex keine großen Umstände, um uns in Stimmung zu bringen. Wir sind beide nicht besonders fantasievoll und lassen uns selten sehr viel Zeit. Aber der Sex, den David und ich haben, ist gut – großartig sogar. Das war er immer schon. Es läuft gut zwischen uns. Wir haben uns schon früh und oft darüber ausgetauscht, wie es jeder haben will, und wissen, was zu tun ist. David ist aufmerksam und großzügig, und auch wenn ich uns nicht gerade als ehrgeizig bezeichnen würde, gibt es einen gewissen Wettbewerbscharakter in unserem Liebesspiel, wodurch es nie gewöhnlich oder langweilig wird.

Heute Nacht jedoch ist alles anders.

Er beginnt mit der rechten Hand, meine Bluse aufzuknöpfen. Seine Knöchel sind kühl, und ich erschaudere. Bei der Bluse handelt es sich um eine alte, weiße Button-down von J. Crew. Langweilig. Vorhersehbar. Und er wird darunter auf einen hautfarbenen BH treffen. Genauso alt. Doch was heute Nacht passiert, fühlt sich dennoch ganz anders an als sonst.

David öffnet einen Knopf nach dem anderen. Er lässt sich Zeit damit, die kleinen, seidenbezogenen Knöpfchen durch die Knopflöcher zu ziehen; als er bei der Taille angelangt ist, lasse ich den Rest mit einer schlängelnden Bewegung von mir gleiten.

David legt eine Hand auf meinen Bauch und schiebt den Daumen der anderen unter meinen Rocksaum, hält mich fest und zieht mit einem schnellen *Ratsch* den Reißverschluss auf. Schon liegt der Rock zu meinen Füßen am Boden. Ich stehe auf und mache einen Schritt, um mich davon zu befreien. Mein BH und der Slip gehören nicht zusammen. Zwar sind beide von

Natori, aber der BH ist nudefarben und der Slip aus schwarzer Seide. Ich entledige mich beider Teile und drücke David aufs Bett, beuge mich so über ihn, dass meine Brust sein Gesicht streift. Er hebt den Kopf und beißt hinein.
»Aua«, sage ich.
»Aua?« Er legt beide Hände an meinen Rücken und fährt langsam daran hinab. »Hat das wehgetan?«
»Ja. Seit wann beißt du denn?«
»Eigentlich nie«, sagt er. »Sorry.«
Sein Mund kommt auf mich zu und küsst mich. Es ist ein langsamer, tiefer Kuss, der uns wieder zur Sache bringen soll. Und das tut er.
David macht sich an seinem Hemd zu schaffen, öffnet Knopf für Knopf. Ich lege meine Hände auf seine, damit er innehält.
»Was ist?«, fragt er. Er ist atemlos, seine Brust hebt und senkt sich.
Ich sage nichts. Als er versucht, aufzustehen, lege ich die Hände auf seine Schultern und drücke ihn zurück aufs Bett.
»Dannie?«, flüstert er.
Statt einer Antwort nehme ich seine Hand und lenke sie hinab zu meinem Bauch und weiter nach unten. Ich halte den Atem an, drücke seine Hand auf die Stelle. Er sieht mich an – und in seiner Miene steht zuerst Verwirrung, dann begreift er, während ich seine Hand sanft führe, auf und ab, hin und her. Dann nehme ich seine Hand weg, packe ihn an den Schultern. Er atmet im Einklang mit mir – und ich schließe die Augen, gebe mich ganz und gar dem Rhythmus seiner Hand hin, und dann ist er da, der Moment, und er gehört mir, mir ganz allein.

*

Danach liegen wir nebeneinander im Bett. Wir schauen beide in unsere Handys, suchen nach Locations, wo die Hochzeit stattfinden könnte.

»Sollen wir es den Leuten sagen?«, fragt David.

Ich stutze nur kurz. »Natürlich. Wir heiraten schließlich.« Er schaut mich an. »Richtig. Wann willst du es denn machen?«

»Bald«, sage ich. »Wir haben schon so lange gewartet. Nächsten Monat?«

David lacht. Es ist ein ehrliches Lachen, das tief aus seiner Kehle kommt – das Lachen, das ich an ihm liebe. »Scherzkeks«, sagt er.

Ich lege mein Handy ab und rolle zu ihm hinüber. »Wieso?«

»Ach, du meinst das wirklich? Dannie, das kann nicht dein Ernst sein.«

»Natürlich ist es mein Ernst.«

Er schüttelt den Kopf. »Nicht einmal *du* könntest innerhalb eines Monats eine Hochzeit planen und durchführen.«

»Wer sagt denn, dass es eine Feier geben muss?«

Er hebt die Augenbrauen, schaut mich dann aus schmalen Augen an.

»Deine Mutter, meine. Na komm schon, Dannie. Das ist lächerlich. Wir haben jetzt viereinhalb Jahre gewartet, da können wir es doch jetzt nicht einfach so machen. Soll das ein Witz sein? Ich kann gerade wirklich nicht einschätzen, ob du das ernst meinst.«

»Ich will es einfach nur über die Bühne bringen.«

»Sehr romantisch«, sagt er trocken.

»Du weißt, was ich meine.«

David legt sein Handy beiseite. Er schaut mich an. »Ehrlich gesagt nicht. Du liebst es, etwas zu planen. Das ist einfach …

dein Ding. Du hast mal ein Thanksgiving geplant, bei dem sogar die Pinkelpausen festgelegt waren.«

»Ja, na gut ...«

»Dannie, ich will auch heiraten. Aber lass es uns richtig machen. Lass es uns auf *unsere Art* machen. Okay?«

Er schaut mich an, wartet auf eine Antwort. Aber ich kann ihm keine geben, nicht die Antwort, die er sich wünscht. Ich habe keine Zeit für dieses *auf unsere Art*. Ich habe keine Zeit zu planen. Uns bleiben nur fünf Monate. Fünf Monate, bis ich in der Wohnung wohne, die meine beste Freundin kaufen will, zusammen mit ihrem Freund, mit dem sie diese Wohnung kaufen will. Ich muss dafür sorgen, dass das aufhört. Ich muss alles nur Erdenkliche tun, um dafür zu sorgen, dass es niemals Wirklichkeit wird.

»Ich werde zur Planungsmaschine«, sage ich. »Das ist das Einzige, worauf ich mich konzentrieren werde. Wie klingt Dezember für dich? Wir könnten eine vorweihnachtliche Hochzeit machen, ganz festlich.«

»Dannie, wir sind Juden«, sagt David. Er ist wieder am Handy.

»Vielleicht schneit es«, sage ich, ohne auf ihn zu achten. »David? Dezember? Ich will nicht warten.«

Jetzt habe ich seine ganze Aufmerksamkeit. Er schüttelt den Kopf, beugt sich zu mir herüber und küsst mich aufs Schulterblatt. Ich weiß, dass ich gewonnen habe. »Dezember?«

Ich nicke.

»Okay«, sagt er. »Dann eben Dezember.«

11

Am Donnerstag danach bekomme ich einen Riesenfall auf den Tisch. Einer unserer größten Mandanten – sagen wir einfach: die Firma, die die Biobranche revolutioniert hat – möchte am Montag, bevor die Märkte öffnen, verkünden, dass sie eine Lieferservicefirma akquiriert hat. David und ich wollten eigentlich nach Philadelphia fahren und meinen Eltern persönlich von unseren Hochzeitsplänen im Dezember erzählen, doch an diesem Wochenende wird mit Sicherheit nichts daraus.

Ich rufe ihn um acht an, immer noch tief über ganze Stapel von Akten im Konferenzraum gebeugt. Zwölf weitere Associates und vier Partner brüllen um mich herum Anordnungen, der Tisch ist mit leeren Schachteln aus dem chinesischen Takeaway übersät. Es ist ein Schlachtfeld. Ich liebe es.

»Dieses Wochenende kann ich hier nicht weg«, sage ich zu David. »Nicht einmal zum Schlafen komme ich heim. Vergiss Philly.«

Ich höre, dass hinter ihm der Fernseher läuft. »Was ist denn passiert?«

»Kann ich nicht sagen, aber es ist ein großes Ding.«

»Auweia«, sagt er. »Aber ...«

Ich räuspere mich. »Ich werde in den nächsten drei Tagen hier schlafen. Können wir es das nächste Wochenende machen?«

»Da ist doch Pats Junggesellenabschied.«

»Stimmt. In Arizona.« Die Jungs werden Bier trinken und Schießübungen machen – beides Dinge, für die David nicht besonders viel übrighat. Ich bin mir nicht mal sicher, warum er überhaupt hinfährt. Er sieht Pat fast gar nicht mehr.

»Ist schon in Ordnung«, sagt er. »Wir rufen sie einfach an und teilen es ihnen mit. Sie werden so oder so begeistert sein. Ich glaube, deine Mom hatte mich schon aufgegeben.«

Meine Eltern lieben David. Natürlich tun sie das. Er ähnelt sehr meinem Bruder, oder dem Menschen, zu dem Michael vermutlich geworden wäre. Klug, eher ruhig, ausgeglichen. Michael geriet nie in Schwierigkeiten. Er war derjenige, der Listen mit unseren Aufgaben im Haus aufstellte, als wir noch Kinder waren, und saß in der Schüler-UN, noch bevor er Autofahren lernte. Er und David hätten sich mit Sicherheit angefreundet, das weiß ich. Und es schmerzt mich noch immer, dass er nicht mehr da ist. Dass er nie mehr da sein wird. Dass er weder erlebt hat, wie ich meinen Uniabschluss machte, noch wie ich meinen ersten Job bekam, dass er uns nie in unserer Wohnung besucht hat und auch bei unserer Hochzeit nicht dabei sein wird.

Während der ersten zwei Jahre unserer Verlobungszeit haben meine Eltern David und mich permanent gefragt, wann wir denn nun endlich einen Hochzeitstermin ausmachen, aber das ist deutlich weniger geworden. Ich weiß, wie sehr sie sich das für mich wünschen, und für sich selbst auch. Und David täuscht sich – an diesem Punkt wären sie wahrscheinlich auch mit einer standesamtlichen Trauung zufrieden.

»Okay. Mein Dad ist nächste Woche eventuell in der Stadt.«
»Donnerstag«, sagt David. »Ich führe ihn zum Mittagessen aus.«
»Du bist unschlagbar.«
Er macht ein eher undefinierbares Geräusch in den Hörer. In genau diesem Moment betritt Aldridge den Raum. Ich beende das Gespräch mit David, ohne mich zu verabschieden. Er wird es verstehen. Als er noch bei Tishman war, hat er das ständig mit mir gemacht.
»Und, wie läuft's so?«, fragt Aldridge.
Normalerweise würde ein Geschäftsführer niemals einen Senior Associate fragen, wie denn eine Akquisition dieser Größenordnung »so läuft«. Er würde direkt zu einem der Senior Partner im Raum gehen. Doch seit Aldridge mich damals eingestellt hat, haben wir eine enge Geschäftsbeziehung entwickelt. Ab und zu bittet er mich in sein Büro, um Fälle mit mir zu besprechen oder mir Ratschläge zu geben. Ich weiß, dass das den anderen Associates nicht entgangen ist, und ich weiß auch, dass sie es nicht gerne sehen, aber es fühlt sich großartig an. Um in einer Wirtschaftskanzlei aufzusteigen, gibt es nicht viele Möglichkeiten, und der Liebling eines der Geschäftsführer zu sein, gehört mit Sicherheit dazu.

Die meisten Wirtschaftsanwälte sind Haie. Aber ich habe noch kein einziges Mal erlebt, dass Aldridge die Stimme erhoben hat. Und er schafft es irgendwie, ein Privatleben zu haben. Er ist seit zwölf Jahren mit einem Mann namens Josh verheiratet. Sie haben eine Tochter namens Sonja, die acht ist. Aldridges Büro ist buchstäblich gepflastert mit Fotos von ihr und ihnen. Urlaube, Schulfotos, Weihnachtskarten. Ein richtiges Leben außerhalb dieser vier Wände.

»Wir sind immer noch in der Prüfphase, aber bis Sonntag dürften wir einige Dokumente zur Unterzeichnung fertig haben«, sage ich.

»Samstag«, korrigiert mich Aldridge und schaut mich mit gehobener Augenbraue an.

»Das hab ich gemeint«, sage ich.

»Hat sich jeder hier etwas zu essen bestellt?«, fragt Aldridge in den Raum. Außer den Schachteln vom Chinesen liegen auch Hamburger-Einwickelpapier von The Palm sowie mehrere Plastikbehälter vom Salatbüfett im Quality Italian herum; bei einem großen Deal wie diesem darf es niemals an Essensnachschub mangeln.

Sofort blicken alle Anwälte hoch und blinzeln. Sherry, die Senior Partnerin, die den Fall leitet, antwortet für alle. »Alles bestens, Miles«, sagt sie.

»Mitch!«, ruft Aldridge nach seinem Assistenten, der sich niemals mehr als drei Meter von ihm entfernt. »Lass uns was von Levain bestellen. Die fleißigen Leute hier brauchen Koffein und was Süßes.«

»Wir sind versorgt, wirklich«, sagt Sherry.

»Diese Leute sehen aus, als hätten sie Hunger«, widerspricht er.

Er schlendert aus dem Konferenzraum. Ich sehe, wie Sherrys Augen schmal werden, bevor sie sich wieder dem Dokument zuwendet, das vor ihr auf dem Tisch liegt. Manchmal kann Freundlichkeit unter Druck sich anfühlen wie eine Kränkung, und ich mache Sherry ihre Reaktion nicht zum Vorwurf. Sie hat einfach keine Zeit, uns mit Keksen zu trösten – dieses Privileg ist den Chefs vorbehalten.

Was die wenigsten Leute über Wirtschaftsanwälte wissen,

ist, dass sie ganz anders sind als ihre Kollegen aus den Fernsehserien. Sherry, Aldridge und ich werden niemals einen Fuß in einen Gerichtssaal setzen. Wir werden niemals ein Plädoyer halten. Wir machen Deals; in Prozessen tauchen wir nicht auf. Wir bereiten die Dokumente vor und sichten alle Unterlagen für eine Fusion oder Übernahme. Oder für den Börsengang einer Firma. In *Suits* kümmert sich Harvey nicht nur um den Papierkram, sondern tritt auch vor Gericht auf. In Wirklichkeit jedoch haben die Anwälte, die im Gericht für uns die Plädoyers halten, nicht den blassesten Schimmer, was wir in diesen Konferenzräumen eigentlich machen. Bei den meisten von ihnen ist es schon eine Ewigkeit her, dass sie selbst Schriftstücke für einen Prozess angelegt haben.

Die Leute glauben, unsere Seite des Wirtschaftsrechts sei die weniger ehrgeizige, und obwohl sie tatsächlich weniger glamourös ist – keine Abschlussplädoyers, keine Interviews für die Medien –, ist doch nichts mit der Macht des Papiers zu vergleichen. Denn am Ende des Tages ist Recht das, was auf dem Papier steht, und wir sind diejenigen, die es zu Papier bringen.

Ich liebe die Ordnung, die herrscht, wenn ein Deal geschlossen wird, liebe die Klarheit der Sprache – und dass darin nur wenig Raum für Interpretationen und rein gar keiner für Fehler ist. Ich liebe es, wenn alles schwarz auf weiß dasteht. Ich liebe es, wenn ein Deal in den allerletzten Zügen ist – besonders die großen Dinger, um die Wachtell sich kümmert – und auf einmal scheinbar unüberwindliche Schwierigkeiten auftauchen. Apokalyptische Szenarien, Meinungsverschiedenheiten, Details, die alles zum Einstürzen zu bringen drohen. Es scheint vollkommen unmöglich, dass die beiden Parteien sich jemals einigen können, doch irgendwie schafft man es doch.

Irgendwie wird eine Übereinkunft erzielt und unterzeichnet, ein Deal kommt zustande. Und wenn das endlich geschieht, ist es ein berauschendes Gefühl. Besser, als ein Tag vor Gericht. Da steht es, schwarz auf weiß. Bindend. Den Willen eines Richters oder von Geschworenen kann jeder beugen, der entsprechend draufgängerisch auftritt, aber es auf dem Papier zu tun, das ist die wahre Kunst. Es ist Wahrheit und Poesie.

Am Samstag komme ich nur nach Hause, um zu duschen und mich umzuziehen, und am Sonntag schleppe ich mich erst weit nach Mitternacht nach Hause. Als ich heimkomme, liegt David bereits im Tiefschlaf, doch auf dem Küchentresen liegt ein Zettel, und Pasta vom Take-away steht im Kühlschrank: *Cacio e pepe*, meine Leibspeise, von L'Artusi. So aufmerksam ist David immer – ordert meine Lieblingsgerichte und stellt sie in den Kühlschrank, oder er lässt die Schokolade, die ich mag, auf dem Küchentisch liegen. Auch er hat das Wochenende im Büro verbracht, aber seit er für den Hedgefonds arbeitet, kann er besser über seine Zeit bestimmen als ich. Ich bin immer noch der Gnade der Partner, der Mandanten und des Marktes ausgeliefert. Für David ist es hauptsächlich der Markt, und da es sich bei dem Geld, das seine Firma verwaltet, größtenteils um längerfristige Investitionen handelt, ist sein Arbeitsalltag bei Weitem nicht so hektisch wie meiner. Wie David zu sagen pflegt: »In mein Büro kommt niemand gerannt.«

Ich habe zwei verpasste Sprachanrufe und drei SMS von Bella, die ich das gesamte Wochenende – ebenso wie praktisch die gesamte vergangene Woche – ignoriert habe. Sie weiß noch nicht, dass David und ich unser Verlöbnis auf dem Wohnzimmerboden erneuert haben und offiziell eine Hochzeit für Dezember planen – oder es jedenfalls vorhaben, sollten wir jemals wieder über eine freie Minute verfügen.

Ich schreibe ihr zurück: *Komme gerade nach einem durchgearbeiteten Wochenende nach Hause. Ruf dich morgen an.* Trotz der Tatsache, dass ich fast zweiundsiebzig Stunden nicht geschlafen habe, fühle ich mich nicht müde. Wir haben die Unterschriften. Morgen – oder eigentlich heute – werden unsere Mandanten verkünden, dass sie eine milliardenschwere Firma gekauft haben. Dadurch werden sie ihre globale Reichweite ausbauen und das Einkaufsverhalten der Menschen revolutionieren.

Ich fühle mich so, wie ich mich immer fühle, wenn wir einen großen Fall im Kasten haben: Ich bin high. Bis auf eine einzige unkluge Nacht am College habe ich noch nie gekokst, aber es ist genau der gleiche Effekt. Mein Herz rast, meine Pupillen sind erweitert. Ich habe das Gefühl, einen Marathon laufen zu können. Wir haben gewonnen.

Auf dem Küchentisch steht eine geöffnete Flasche Chianti, und ich schenke mir ein Glas ein. Unsere Wohnung hat ein großes Küchenfenster mit Blick auf den Gramercy Park. Ich setze mich an den Tisch und schaue hinaus. Es ist noch dunkel, doch der Widerschein der Stadtlichter erhellt Bäume und Gehwege. Als ich damals nach New York gezogen bin, kam ich oft an diesem Park vorbei und dachte, irgendwann würde ich hier in der Nähe wohnen. Jetzt haben David und ich einen Schlüssel zum Park und könnten jederzeit hinein. Aber natürlich machen wir es nicht. Wir haben zu viel zu tun. An dem Tag, als wir den Schlüssel bekamen, nahmen wir eine Flasche Champagner mit in den Park und stießen damit an, aber das haben wir seither nie wieder getan. Doch es ist schön, durch das Fenster auf den

Park hinauszuschauen. Und die Lage ist gut. Sehr zentral. Ich nehme mir vor, demnächst mit David in den Park zu gehen, Eiskaffee mitzunehmen und endlich in die Hochzeitsplanung einzusteigen.

Es ist eine schöne Wohnung. Sie hat zwei Zimmer und hohe Decken, eine voll eingerichtete Küche, eine Essnische, einen Fernseher und eine Sitzecke mit Couch. Wir haben alles in Grau und Weiß eingerichtet. Es ist ein entspanntes, heiteres Ambiente, und die Wohnung sieht aus wie aus einer Wohnzeitschrift. Sie ist alles, was ich mir jemals gewünscht habe.

Ich blicke auf meine Hand hinab, an der immer noch mein Verlobungsring steckt. Und an der es bald auch einen Ehering geben wird. Ich trinke meinen Wein aus, putze mir die Zähne, wasche mir das Gesicht und krieche ins Bett. Ich nehme den Ring ab und lege ihn in eine kleine Schale auf meinem Nachttisch. Er funkelt mich verheißungsvoll an. Ich nehme mir vor, gleich am nächsten Morgen einen Hochzeitsplaner anzurufen.

12

Am Montag mache ich bereits um sieben, eine ganze Stunde früher als sonst, Feierabend, um mich mit Bella in der Snack Taverna im West Village zu treffen. In diesem winzigen Bistro servieren sie das beste griechische Essen der Stadt, und wir sind schon seit der Anfangszeit, als wir nach New York kamen, Stammgäste – lange bevor ich es mir überhaupt leisten konnte. Bella ist wieder dazu übergegangen, eine Viertelstunde zu spät zu kommen. Ich bestelle uns Fava-Bohnen in Öl und Knoblauch – ihre Leibspeise. Sie stehen auf dem Tisch, als sie kommt.

An diesem Morgen hat sie mir eine SMS zurückgeschrieben und darauf bestanden, dass wir uns heute Abend zum Essen treffen. *Es ist schon viel zu lange her,* schrieb sie. *Ich habe das Gefühl, du gehst mir aus dem Weg.*

Ich mache nur sehr selten früher Feierabend. Wenn David und ich uns zum Abendessen verabreden, dann frühestens für halb neun oder neun. Jetzt jedoch ist es gerade mal sieben, draußen ist es noch hell, und ich sitze bereits da. Bella war schon immer der einzige Mensch in meinem Leben, der mich dazu überreden kann, meine Gewohnheiten über Bord zu werfen.

»Es ist so heiß draußen«, sagt sie, als sie ankommt. Sie trägt ein weißes Kleid von Zimmermann aus Brokat und Spitze sowie goldene Flechtsandalen. Die Haare hat sie zu einem hohen Knoten aufgesteckt, aus dem sich einzelne Strähnen hervorstehlen.

»Wie im Dschungel. Der Sommer kommt immer so plötzlich.« Ich beuge mich über den Tisch und gebe ihr einen Kuss auf die Wange. Meine Seidenbluse und der Bleistiftrock sind längst durchgeschwitzt. Sommerklamotten im engeren Sinn des Wortes besitze ich gar nicht. Zum Glück läuft die Klimaanlage hier drinnen auf Hochtouren.

»Wie war das Wochenende?«, fragt sie. »Hast du überhaupt geschlafen?«

Ich lächele. »Nein.«

Sie schüttelt den Kopf. »Und du fandest es toll.«

»Vielleicht, ja.« Ich schaufele ihr ein paar Bohnen auf den Teller. Ich muss es jetzt einfach wissen. »Habt ihr eigentlich noch mal was von dieser Wohnung gehört?«

Sie schaut mich an, runzelt die Stirn, erst dann scheint es ihr zu dämmern, was ich meine. »Ach, die! Es gibt da noch eine andere, die ich, glaube ich, lieber haben will. Ein total wildes Teil im Meatpacking District. Hatte ehrlich gesagt nicht gedacht, dass es solche Wohnungen überhaupt noch gibt. Mittlerweile ist alles 08/15.«

»Magst du das Loft in Dumbo nicht?«

Sie zuckt mit den Achseln. »Ich weiß einfach nicht, ob ich da leben will. Es gibt nur einen einzigen Supermarkt in der Nähe, und im Winter muss es eisig sein. All diese breiten Straßen so nah am Wasser. Es kommt mir irgendwie so isoliert vor.«

»Die Zuganbindung ist super«, sage ich. »Und die Aussicht ist spektakulär. Da ist so viel Licht, Bella. Ich sehe dich schon dort malen.«

Bella blinzelt mich an. »Was ist eigentlich los? Du fandest es doch grässlich. Du hast zu mir gesagt, ich sollte es nicht einmal in Betracht ziehen.«

Ich winke ab. Aber sie hat recht. Was mache ich eigentlich? Ich habe einfach drauflosgeplappert, ohne lange darüber nachzudenken. »Keine Ahnung«, sage ich. »Was weiß ich schon? Ich habe in den letzten zehn Jahren mein Viertel nicht verlassen.«

Bella beugt sich vor. Ein schlaues Lächeln tritt auf ihr Gesicht. »Du findest die Wohnung ganz toll, stimmt's?«

Es ist nur ein Rohbau, aber ich muss zugeben, dass es eine schöne Wohnung ist. Minimalistisch, energiegeladen und friedlich zugleich.

»Nein«, lüge ich. Entschlossen. Definitiv. »Es ist ein Haufen Bauholz. Ich spiele nur den Anwalt des Teufels.«

Bella verschränkt die Arme vor der Brust. »Nein, du findest sie toll«, sagt sie.

Ich weiß nicht, warum ich es einfach nicht über mich bringe, die Wohnung schlechtzureden. Ihr einfach zu sagen, dass sie recht hat – die Wohnung ist eisig, zu weit ab vom Schuss, ein Absurdum –, und das Thema dann zu beenden. Eigentlich sollte ich froh darüber sein, dass sie das Ganze längst vergessen hat. Ich *will*, dass sie es vergisst. Ich will, dass diese Wohnung sich endlich in Luft auflöst. Bis jetzt habe ich alles dafür getan, dass die schicksalhafte Situation aus meinem Traum niemals Wirklichkeit wird. Wenn diese Wohnung sich in Luft auflöst, dann verschwindet damit auch das, was dort geschieht.

»Nein, es stimmt schon«, sage ich. »Dumbo ist weit draußen.

Und Aaron sagte, es sei jede Menge Arbeit.« Die letzte Bemerkung ist ein bisschen geflunkert.

Bella macht den Mund auf, um etwas zu sagen, und schließt ihn wieder.

»Dann läuft es gut mit euch beiden?«, wage ich mich vor.

Bella seufzt. »Er sagte, ihr hättet euch gut verstanden, dort in der Wohnung. Kannst du ihn denn vielleicht ein bisschen besser leiden? Er meinte, du seist recht freundlich gewesen, was eigentlich überhaupt nicht zu dir passt.«

»Hey, Moment mal.«

»Es gibt vieles, das dich auszeichnet«, sagt Bella, »aber freundlich sein gehört nicht dazu.«

Auf einmal sehe ich Bella und mich vor mir, wie wir damals als frischgebackene New Yorkerinnen vor irgendeinem unverschämt teuren Club im Meatpacking District Schlange stehen. Bella hatte mir eins ihrer Kleider geliehen, etwas Kurzes und leuchtend Buntes, und es war kalt, obwohl ich mich nicht an die Jahreszeit erinnern kann – Spätherbst, früher Winter? Wir hatten keine Mäntel dabei, wie man das mit Anfang zwanzig eben so macht.

In diesem kleinen Erinnerungsfetzen flirtet Bella mit dem Türsteher, einem Club-Promoter namens Scoot oder Hinds – mehr ein Geräusch als ein Name –, einem dieser Typen, denen es gefällt, wenn attraktive Mädels wie Bella am Einlass auftauchen. Sie sagt zu ihm, sie hätte noch ein paar Freundinnen, die sie gerne mit reinnehmen würde.

»Sehen die alle aus wie du?«, fragt er.

»Keine von ihnen, nein«, sagt Bella. Sie wirft ihr Haar zurück.

»Und die da?« Scoot zeigt auf mich. Er ist wenig beeindruckt, das ist deutlich zu sehen. Mit Bella befreundet zu sein, bedeutete schon immer, in ihrem Schatten zu stehen. Früher hat mich das unsicher gemacht, vielleicht ist es heute noch so, aber im Lauf der Zeit haben wir Möglichkeiten des Ausgleichs gefunden, Gemeinsamkeiten, Dinge, in denen wir uns ergänzen. Als wir damals vor diesem Club standen, hatten wir das vielleicht noch nicht.

Bella beugt sich vor und flüstert Scoot etwas ins Ohr. Ich kann nichts verstehen, aber ich kann mir vorstellen, was sie sagt. *Sie ist eine Prinzessin, weißt du. Alter Adel. Nummer fünf in der Thronfolge der holländischen Monarchie. Eine Vanderbilt.*

Früher war es mir peinlich, dass Bella so etwas machen musste. Auch an jenem Abend im Meatpacking District war es mir unangenehm. Aber ich sage es ihr nie. Dass sie zu mir gehört, ist ihr Geschenk an mich; dass ich schweige, meines an sie. Ich mache ihr Leben angenehm und solide, sie macht meines glamourös und aufregend. Mir scheint das ein guter Deal zu sein.

»Na, dann kommt mal rein, Ladys«, sagt Scoot, und wir betreten das Twitch oder Slice oder Markd. Wie auch immer er hieß, den Laden gibt es schon lange nicht mehr. Wir tanzen. Männer geben uns einen aus. Ich fühle mich hübsch in Bellas Kleid, auch wenn es mir ein bisschen zu kurz und an der Brust zu weit ist. Es sitzt an den falschen Stellen zu knapp.

Schließlich kommen zwei Männer auf uns zu und baggern uns an. Ich bin nicht interessiert. Ich habe einen Freund. Er studiert Jura in Yale. Wir sind seit acht Monaten zusammen. Ich bin ihm treu. Vielleicht werde ich ihn heiraten, denke ich, aber das ist nur so ein Gedanke.

Überall, wo wir hingehen, flirtet Bella. Sie findet es blöd, dass ich das nicht tue. Sie meint, ich könnte mich ruhig mehr amüsieren, und dass ich nicht weiß, wie man Spaß hat. Da hat sie recht, aber nur manchmal. Diese Art von Spaß kommt für mich nicht von selbst, und mir scheint es absurd, mich darum zu bemühen. Ich versuche ständig, mir irgendwelche Regeln anzueignen, nur um dann festzustellen, dass die Leute, die Erfolg haben, überhaupt keine Regeln befolgen.

Einer der Männer gibt einen Kommentar ab. Alle lachen. Ich rolle mit den Augen.

»Du bist so freundlich«, sagt er. Das bleibt hängen.

Jetzt, im Restaurant, schiebe ich eine Fava-Bohne auf ein Stückchen Knusperbrot. Das Brot ist warm, und der Knoblauchgeschmack explodiert in meinem Mund.

»Morgan und Ariel haben Greg am Samstag kennengelernt«, sagt Bella. »*Sie* fanden ihn toll.«

Morgan und Ariel sind ein lesbisches Pärchen, das Bella vor etwa vier Jahren in der Galerieszene kennengelernt hat. Seither sind sie jedoch mehr Davids und meine Freundinnen geworden als die von Bella – hauptsächlich deshalb, weil wir uns leichter damit tun, uns zum Essen zu verabreden, und nicht so oft verreisen. Morgan ist Fotografin; ihre Spezialität sind Stadtlandschaften, und sie hat bereits einen vielbeachteten Bildband mit dem Titel *On High* herausgebracht. Ariel arbeitet bei einer Kapitalgesellschaft.

»Ach ja?«

»Ja«, sagt Bella. »Und ehrlich gesagt hatte ich gehofft, du auch.« Sie redet weiter, während ich kaue. »Ich bin dir nicht böse, aber ich dachte nur… Du wolltest immer, dass ich endlich eine ernsthaftere Beziehung eingehe, mich mit jemandem zusammentue, dem ich etwas bedeute. Genauer gesagt, redest du von nichts anderem. Und bei ihm ist das so. Aber dir scheint das egal zu sein.«

»Es ist mir nicht egal«, sage ich zu ihr. Ich will dieses Thema nicht weiter vertiefen.

»Dann hast du eine komische Art, das zu zeigen.« Bella ist sichtlich genervt; ihre Stimme ist ein bisschen schrill geworden, ihre Arme liegen ausgestreckt auf dem Tisch. Ich lehne mich zurück.

»Ich weiß«, sage ich. Ich schlucke. »Ich meine, ich weiß, dass du ihm etwas bedeutest. Und ich freue mich für dich.«

»Wirklich?«, fragt sie.

»Ja, das tue ich«, sage ich. »Mir scheint er ein guter Typ zu sein.«

»Ein guter Typ? Na, komm schon, Dannie. Das ist erbärmlich.« Jetzt ist Bella wirklich sauer, und ich kann es ihr nicht verdenken. Ich verstehe, dass sie enttäuscht ist. »Ich bin richtig verrückt nach ihm«, sagt sie. »So habe ich noch nie empfunden. Ich weiß, das habe ich schon oft gesagt, und du glaubst mir nicht, aber ...«

»Ich glaube dir«, sage ich.

Bella stützt die Ellbogen auf den Tisch und beugt sich vor. Ganz weit, bis zu mir. »Was ist eigentlich los?«, fragt sie. »Dannie, ich bin's. Du kannst mir alles sagen. Das weißt du. Was ist es, das du nicht an ihm magst?«

Auf einmal steigen mir Tränen in die Augen. Für mich ist das eher ungewöhnlich, und ich blinzele, mehr aus Überraschung, als um sie wegzudrücken. Bella sieht so hoffnungsvoll aus, wie sie da vor mir sitzt. Fast kindlich. So voller Möglichkeiten. Und ich habe ein riesiges Geheimnis, das ich ihr nicht verraten kann. Etwas Düsteres, Schlimmes und Seltsames ist in meinem Leben geschehen, und sie wird es nie erfahren.

»Schätze, es geht darum, dass ich dich so lange, lange Zeit ganz für mich allein hatte«, sage ich. »Es ist nicht fair, aber der Gedanke, dass du endlich fest mit jemandem zusammen bist, macht mich ... Ich weiß nicht, wie ich es sagen soll.« Ich schlucke. »Eifersüchtig vielleicht?«

Sie lehnt sich sichtlich zufrieden zurück. Gott sei Dank ist mir etwas eingefallen. Es kann auch von Vorteil sein, Anwältin zu sein. Und Bella schluckt es. Es ergibt für sie einen Sinn. Sie weiß, dass ich schon immer den Platz in ihrer Nähe für mich beansprucht habe, gleich in der ersten Reihe, und sie hat ihn mir zugestanden.

»Aber du hast doch David, und alles ist gut«, sagt sie.

»Ja, klar. Aber es war einfach immer so, und jetzt fühlt es sich anders an.«

Sie nickt.

»Aber du hast recht«, sage ich. »Es ist blöd. Schätze, Gefühle sind nicht immer rational.«

Bella lacht. »Ich hätte nie und nimmer gedacht, diese Worte einmal aus deinem Munde zu hören.« Sie streckt den Arm über den Tisch und drückt meine Hand. »Es wird sich nichts verändern, das verspreche ich dir. Oder wenn sich etwas verändert, dann nur zum Besseren. Du wirst mich noch mehr sehen. Du wirst mich so oft sehen, dass es dir zu den Ohren herauskommt.«

»Na dann, Prost – ich freue mich darauf, dass du mir zu den Ohren herauskommst.«

Bella lächelt. Wir stoßen an. Sie wedelt mit der Hand vor meinem Gesicht herum. »Dann magst du ihn also doch irgendwie.

Vielleicht. Du bist eifersüchtig. Dann belassen wir es eben dabei. Okay?«

Ich schüttele den Kopf.»Klar.«

»Aber er ist wirklich ...«, beginnt sie, doch dann erstirbt ihre Stimme, ihr Blick wird abwesend.»Ich weiß nicht, wie ich es beschreiben soll. Als... als würde ich es endlich bekommen, weißt du? Das, worüber alle reden.«

»Bella«, sage ich.»Das ist wundervoll.«

Bella zieht ihre Nase kraus.»Und was gibt's bei dir Neues?«

Ich hole tief Luft. Atme durch.»David und ich haben uns verlobt.«

Sie hebt ihr Wasserglas.»Dannie. Das ist eine Nachricht von vorgestern.«

»Von vor genau viereinhalb Jahren.«

»Richtig.«

»Nein. Ich meine, dass wir diesmal wirklich heiraten. Im Dezember.«

Bella macht große Augen. Blickt blitzschnell zu meiner Hand und wieder zurück.»Heiliger Bimbam. Wirklich?«

»Wirklich. Es ist höchste Zeit. Wir sind bloß beide so beschäftigt, und es gibt immer einen Grund, es aufzuschieben, aber mir ist bewusst geworden, dass es einen echt wichtigen Grund gibt, es endlich zu tun. Und so tun wir es.«

Der Kellner kommt zu uns herüber, und Bella dreht sich abrupt zu ihm um.»Eine Flasche Champagner und zehn Minuten«, sagt sie. Er geht.

»Er bittet mich schon lange, endlich ein Datum festzulegen.«

»Klar«, sagt Bella.»Aber du sagst immer Nein.«

»Es ist nicht, dass ich Nein sage. Ich habe nur einfach noch nicht Ja gesagt.«

»Und was ist jetzt anders?«
Ich schaue sie an. Bella. Meine Bella. Sie strahlt so sehr, platzt schier vor Liebe. Wie kann ich ihr sagen, dass es an ihr liegt? Dass sie der Grund ist?
»Vermutlich weiß ich einfach endlich, was ich mir für die Zukunft wünsche«, sage ich.
Sie nickt. »Habt ihr es schon Meryl und Alan gesagt?« Meine Eltern. »Wir haben sie angerufen, ja. Sie sind begeistert. Sie haben gefragt, ob wir es im Rittenhouse machen wollen.«
»Echt? In Philly? Aber das ist so gewöhnlich.« Bella rümpft die Nase. »Ich habe dich immer etwas im typischen New Yorker Style machen sehen.«
»Aber ich bin nun mal gewöhnlich. Das vergisst du immer.« Sie lächelt.
»Aber Philly wird es trotzdem nicht«, sage ich. »Es ist einfach so unpraktisch. Wir sehen mal, was in der City zu kriegen ist.«
Der Champagner kommt, und unsere Gläser werden gefüllt. Bella stößt mit mir an. »Auf die guten Männer«, sagt sie. »Auf dass wir sie kennen, auf dass wir sie lieben, auf dass wir auch den Mann der besten Freundin lieben.«
Ich verschlucke mich am Champagner.
»Ich bin am Verhungern«, sage ich. »Ich bestelle.«
Bella lässt mich machen. Ich ordere einen griechischen Salat, Lammsouvlaki, Spanakopita und gebratene Aubergine mit Tahini.
Wir lassen uns in das Essen sinken wie in ein warmes Bad.
»Weißt du noch das allererste Mal, als wir hier waren?«, fragt mich Bella. Es kommt nur selten vor, dass wir essen gehen und

Bella nicht mit irgendwelchen Erinnerungen an früher kommt. Sie ist so sentimental. Manchmal denke ich daran, wie es sein wird, wenn wir alt sind und tonnenweise Erinnerungen zu durchforsten haben. Es sind schon jetzt fünfundzwanzig Jahre, und es gibt so viel, von dem wir zehren können, so viel, das Bella zu Tränen rührt. Wie wird das erst im Alter sein?

»Nein«, sage ich. »Es ist ein Restaurant. Wir waren echt oft hier.«

Bella rollt mit den Augen. »Du warst gerade mit der Columbia fertig und hierhergezogen, und wir haben deinen Job bei Clarknell gefeiert.«

Ich schüttele den Kopf. »Clarknell haben wir bei Daddy-O gefeiert.« Diese Bar an der Seventh Avenue, in der wir während unserer ersten drei Jahre in der Stadt fast jede Nacht waren.

»Nein«, sagt Bella. »Wir haben uns mit Carl und Berg dort getroffen und kamen dann hierher, nur du und ich.«

Sie hat recht, genauso war es. Ich erinnere mich, dass überall auf den Tischen Kerzen brannten, und an der Tür stand eine große Schale jordanische Mandeln. Auf dem Weg nach draußen nahm ich zwei Handvoll davon und schob sie mir in die Handtasche. Mittlerweile gibt es die hier nicht mehr, vermutlich wegen gieriger Kunden wie mir.

»Vielleicht war das so, vielleicht aber auch nicht«, sage ich.

Bella schüttelt den Kopf. »Du willst einfach immer recht haben.«

»Ja, das gehört zu meinem Job«, entgegne ich. »Aber ich glaube mich an einen Abend Ende 2014 zu erinnern.«

»Lange vor David«, sagt Bella.

»Genau.«

»Liebst du ihn eigentlich?«, fragt sie. Es ist eine seltsame

Frage, was uns beiden nicht entgeht – dass sie seltsam ist, und dass Bella sie stellt.

»Ja, ich liebe ihn«, sage ich. »Wir wollen in so vielen Dingen dasselbe, wir haben die gleichen Pläne. Es passt, weißt du?«

Bella schneidet sich ein Stück Feta ab und spießt eine Cherrytomate darauf. »Dann weißt du ja, wie es ist«, sagt sie.

»Was denn?«

»Das Gefühl, den Menschen deines Lebens getroffen zu haben.«

Unsere Blicke begegnen sich, und es gibt mir einen Stich. Er geht tief, und ich habe das Gefühl, sie ist es gewesen, die die Nadel in mich hineingetrieben hat.

»Tut mir leid«, sage ich. »Tut mir leid, wenn ich zu Aaron komisch war. Ich mag ihn wirklich, und ich werde ihn genauso lieben, wie du ihn lieben wirst. Aber lass es langsam angehen.«

Sie steckt sich ihren kleinen Käsespieß in den Mund und kaut. »Unmöglich«, widerspricht sie.

»Ich weiß«, erwidere ich. »Aber ich bin deine beste Freundin. Ich muss es einfach sagen.«

13

Die schwüle Hitze im Juli bringt für uns eine niederdrückende, aber unvermeidliche Erkenntnis: Bevor es endlich wieder kühler wird, stehen uns noch heißere Tage bevor, und wir haben immer noch den ganzen August vor uns. David möchte sich an einem Mittwoch gegen Ende des Monats zum Lunch im Bryant Park verabreden.

Im Sommer werden überall rund um den Bryant Park Bistrotische aufgestellt, an denen Angestellte in Bürokluft ihr Mittagessen verzehren. Davids Büro liegt im Bereich Thirties, meins in den Fifties, weshalb die Forty-Second und die Sixth Avenue unsere magische Schnittmenge ist. Zum Mittagessen treffen wir uns nur selten, aber wenn wir es tun, ist es meistens der Bryant Park.

David wartet mit zwei Niçoise-Salaten von Pret und einem Arnold Palmer, meinem Lieblingseistee, auf mich, den er bei Le Pain Quotidien für mich besorgt hat. Beide Establissements sind fußläufig erreichbar und haben einen Sitzbereich im Inneren, wo wir in den kühleren Monaten essen können. Wir machen um unseren Lunch kein großes Aufhebens. Ich könnte gut und gerne zweimal am Tag einen Salat vom Deli essen. Tatsächlich fand eines unserer allerersten Dates in genau diesem Park mit genau solchen Salaten statt. Damals saßen wir sogar draußen, obwohl es kalt war, und als David bemerkte, wie ich bibberte, nahm er seinen Schal und schlang ihn mir um den Hals, sprang dann auf und holte mir von einem Wagen an der Ecke einen heißen Kaffee. Es war nur eine kleine Geste, die jedoch so viel über das ausdrückte, wer er war – wer er ist. Er war schon immer bereit, mein Glück über seine Bequemlichkeit zu stellen.

Ich nehme mir ein Taxi, bin aber trotzdem durchgeschwitzt, als ich ankomme.

»Es sind siebenunddreißig Grad heute«, sage ich und lasse mich auf dem Stuhl gegenüber von ihm nieder. Meine Füße haben an beiden Fersen Blasen von den High Heels. Ich brauche dringend Talkumpuder und eine Pediküre, und zwar auf der Stelle. Ich kann mich nicht erinnern, wann ich mir das letzte Mal die Fußnägel habe machen lassen.

»Genauer gesagt sind es nur fünfunddreißig, aber es fühlt sich an wie fast vierzig«, sagt David, der auf seinem Handy den Wetterbericht liest.

Ich blinzele ihn an.

»Sorry, wollte dich nicht korrigieren«, sagt er. »Jedenfalls verstehe ich, was du meinst.«

»Warum sitzen wir eigentlich draußen?« Ich greife nach meinem Drink. Wundersamerweise ist er immer noch kalt, obwohl das Eis fast gänzlich geschmolzen ist.

»Weil wir nie an der frischen Luft sind.«

»Als frisch kann man die wohl kaum bezeichnen«, entgegne ich. »Werden unsere Sommer eigentlich immer schlimmer?«

»Ja.«

»Mir ist es sogar zu heiß zum Essen.«

»Gut«, sagt er. »Das Essen war nämlich nur ein Vorwand.« Er legt einen Kalender zwischen uns auf den Tisch.

»Was ist das?«

»Das ist ein Terminplaner«, erklärt er. »Daten, Zeiten, Zahlen. Wir müssen für diese Sache langsam in die Planung einsteigen.«

»Du meinst die Hochzeit?«

»Ja«, sagt er. »Die Hochzeit. Bevor wir anfangen herumzutelefonieren, muss alles gebucht sein. Langsam wird es höchste Zeit. Abends sind wir zu müde, um darüber zu reden, und auf diese Weise haben wir bereits vier Jahre verplempert.«

»Viereinhalb«, erinnere ich ihn.

»Richtig«, sagt er. »Viereinhalb.«

Er beißt sich auf die Unterlippe und schüttelt den Kopf.

»Wir brauchen einen Hochzeitsplaner, keinen Kalender«, stelle ich fest.

»Ja, aber wir brauchen auch einen Kalender, um uns einen Hochzeitsplaner zu besorgen. Die meisten Leute buchen so jemanden zwei Jahre im Voraus.«

»Ich weiß«, lenke ich ein. »Ich weiß.«

»Ich sage ja nicht, dass das alles dein Job ist«, entgegnet David. »Ich finde, wir sollten es zusammen machen. Das würde ich gerne. Wenn du auch willst.«

»Natürlich«, sage ich. »Einverstanden.«

So sehr will David mich also heiraten. Er wird seine Mittagspause damit verbringen, in Hochzeitsmagazinen zu blättern.

»Kein Kitsch, bitte«, sagt er.

»Kommt überhaupt nicht infrage«, bestätige ich.

»Ich finde, wir sollten keine Gartenparty machen«, sagt er. »Zu viel Arbeit. Und einen Junggesellenabschied will ich auch nicht.«

Pats Abschiedsparty in Arizona ist nicht ganz nach Plan verlaufen. Sie hatten das falsche Hotel gebucht und saßen neuneinhalb Stunden am Flughafen fest. Als es dann endlich losging, waren alle mit Bier und Bloody Marys abgefüllt, und David war für den Rest des Wochenendes verkatert.

»Ich bin vollkommen deiner Meinung. Und Bella kann unsere Ringe halten, oder so was.«

»Prima.«

»Und nur weiße Blumen.«

»Einverstanden.«

»Einfach nur eine ausgedehnte Cocktailparty, wer braucht da ein Dinner?«

»Genau.«

»Bar bis zum Abwinken.«

»Aber keine Schnäpse.«

David lächelt. »Was, kein spezielles Hochzeitsschnäpschen? Na gut.« Er winkt ab. »Jetzt sind wir schon viel weiter. Ich muss los.«

»Was, das war's schon?«, frage ich. »Kalender auf den Tisch, und tschüss?«

»Willst du jetzt was essen?«

Ich schaue auf mein Handy. Sieben verpasste Anrufe und zweiunddreißig neue Mails. »Nein. Ich war schon spät dran, als ich herkam.«

David steht auf und reicht mir meinen Salat.

»Wir kriegen das schon hin«, sage ich.

»Davon gehe ich aus, ja.«

Ich sehe David vor mir, in einem Pullover und mit einem goldenen Ring am Finger, wie er an einem kuscheligen Winterabend in der Küche steht und eine Flasche Wein entkorkt. Ein wohliges Gefühl macht sich in mir breit. Wir werden es uns schön machen. Ein Leben lang.

»Ich bin glücklich«, sage ich.

»Das freut mich«, erwidert er. »Außerdem wirst du mich sowieso nicht mehr los.«

14

Mittlerweile ist es Ende August. Vor langer Zeit, im Januar, haben David und ich für das Labour-Day-Wochenende zusammen mit Bella und unseren Freundinnen Morgan und Ariel ein Häuschen in Amagansett gebucht.

Bella und Aaron sind immer noch zusammen, und wie zu erwarten, ist auch Aaron mit von der Partie; dadurch sind wir an dem Wochenende zu sechst, was für mich vollkommen in Ordnung ist. Seit ich denken kann, haben Bella und ich vollkommen verschiedene Tagesabläufe, wenn wir am Meer sind. Sie schläft lange aus und feiert bis in die Puppen. Ich wache bei Morgengrauen auf und gehe erst mal laufen, mache uns dann Frühstück und sitze für ein paar Stunden am Laptop, bevor ich mich auf den Weg an den Strand begebe.

David hat uns über Carsharing bei Zipcar einen Wagen gebucht, was sich als problematisch herausstellt, denn das Auto muss nicht nur uns und unser Gepäck transportieren, sondern auch Morgan, die mit uns fährt. Ariel hingegen nimmt später nach der Arbeit den Bus.

»Das Wägelchen wirkt wie aus einem Monopoly-Spiel«, sagt

Morgan. Sie ist über vierzig, was man ihr aber nicht ansieht, höchstens an ihrem leicht grau melierten Haar. Sie hat ein Gesicht so glatt wie ein Babypopo, keine Falten, nicht einmal eine Spur von Krähenfüßen. Es ist schon verrückt: Seit meinem neunundzwanzigsten Lebensjahr gönne ich mir heimlich gelegentliche Botoxbehandlungen – auch wenn David mich umbringen würde, wenn er davon erführe, und sehe trotzdem kaum jünger aus.

»Sie haben gesagt, es ist ein Viersitzer.« David legt meine Wochenendtasche über unsere Koffer und muss mit der Schulter nachhelfen, damit die Kofferraumklappe zugeht.

»Für vier kleine Menschen mit Zwergengepäck.« Ich lache. Dabei haben wir noch nicht mal versucht, Morgans Rucksack oder Rollkoffer reinzuzwängen.

Zwei Stunden später sind wir in einem SUV unterwegs, den David in letzter Minute bei Hertz bekommen hat. Den Wagen von Zipcar haben wir illegalerweise an unserer Straße stehen lassen, wo er laut Vermieter sobald wie möglich abgeholt werden soll.

Morgan sitzt vorne neben David, während ich auf dem Rücksitz meinen Laptop auf den Knien balanciere. Es ist Donnerstag, und obwohl wir alle diese Woche Urlaub haben, ist immer noch Arbeit zu erledigen.

Alle singen lauthals zu Lionel Richies »Endless Love«.

And I, I want to share all my love with you. No one else will do.

»Wo wir gerade dabei sind«, rufe ich nach vorne. »Wir brauchen eine Liste mit Songs, die auf unserer Hochzeit auf gar keinen Fall gespielt werden.«

Morgan dreht die Musik leiser. »Wie läuft es mit der Planung?«

David zuckt mit den Achseln. »Verhalten optimistisch.«

»Er lügt«, sage ich. »Wir sind gnadenlos hintendran.«

»Wie habt ihr das eigentlich gemacht?«, will David wissen.

Morgan und Ariel haben vor drei Jahren eine opulente Hochzeit in den Catskills gefeiert. Dazu hatten sie ein ganzes Gasthaus namens The Roxbury angemietet, und die gesamte Hochzeit fand in verschiedenen Räumlichkeiten einer benachbarten Farm statt. Die beiden hatten alles selbst mitgebracht: Tische, Stühle, Kerzenleuchter. Um den Sitzbereich von der Tanzfläche zu trennen, arrangierten sie kunstvoll Strohballen auf dem Boden. Es gab eine Käse-und-Whisky-Bar, und auf jedem Tisch standen die wundervollsten Arrangements aus Wildblumen, die ich jemals gesehen hatte. Fotos von der Hochzeit waren online in mehreren Designzeitschriften und in der *Vogue Home* erschienen.

»Es war leicht«, sagt Morgan.

»Wir sind nicht auf ihrem Level, Schatz«, sage ich zu David. »Unsere gesamte Wohnung ist weiß.«

Morgan lacht. »Bitte. Du weißt doch, dass mir das Spaß macht. Wir hatten eine Riesengaudi dabei.« Sie dreht am Senderknopf des Radios. »Dann kommt Greg also auch?«

»Ich denke schon. Er kommt doch, oder?«

David schaut zu mir nach hinten. »Yep.«

»Er ist ein klasse Typ, findet ihr nicht?«, fragt Morgan.

»Sehr nett«, sagt David. »Wir haben ihn bisher nur... einmal, oder?... getroffen. Es war ein verrückter Sommer. Ich kann es gar nicht glauben, dass er schon wieder vorbei ist.« Er schaut mich im Rückspiegel an.

»Fast vorbei«, sagt Morgan.

Ich mache ein eher unverbindliches Geräusch vom Rücksitz.

»Jedenfalls wirkt er solide, er hat einen richtigen Job und versucht nicht ständig, Bella aus dem Land zu locken, auf Kosten ihrer Eltern«, fährt David fort.

»Nicht so wie wir verrückten freiberuflichen Künstler«, sagt Morgan neckisch.

»Hey«, sagt David. »Du bist erfolgreicher als wir alle.«

Das stimmt. Morgan verkauft jede Ausstellung, die sie macht, komplett aus. Ihre Fotos kosten fünfzigtausend Dollar. Und für eine Reportage, die sie in vierundzwanzig Stunden im Kasten hat, bekommt sie mehr Geld, als ich in zwei Monaten verdiene.

»Beim Dinner vor zwei Wochen hatten wir jede Menge Spaß mit ihm«, sagt Morgan. »Bella wirkt verändert. Letzte Woche war ich auch in der Galerie, und da hatte ich denselben Eindruck. Mir scheint sie irgendwie geerdeter zu sein.«

»Da stimme ich dir zu«, sage ich. »Das ist sie wirklich.«

Tatsache ist allerdings auch, dass ich, seit jenem Tag im Park, als David und ich ernsthaft über die Hochzeit zu sprechen begannen, immer weniger über meinen Traum nachgedacht habe. Wir bauen uns gerade unsere Zukunft auf, und es deutet alles darauf hin, dass im kommenden Dezember der entscheidende Schritt dafür getan wird. Da mache ich mir keine Sorgen.

»Es ist mit Abstand die längste Beziehung, die Bella je hatte«, sagt Morgan. »Glaubst du, die wird halten?«

Ich speichere noch eine weitere E-Mail. »Scheint so.«

Wir biegen vom Highway ab, und ich klappe meinen Computer zu. Wir sind fast da.

Das Haus haben wir bereits fünf Sommer lang in Folge gemietet. Es liegt in Amagansett an der Hauptstraße. Die Schindeln fallen ab, und die Möbel riechen ein wenig nach Moder, aber es ist trotzdem perfekt, weil es direkt am Wasser liegt.

Nichts trennt uns vom Meer außer einer Sanddüne. Ich liebe es. Sobald wir am Stargazer vorbei sind und auf die 27 abbiegen, öffne ich mein Fenster, lasse die dicke, salzige Luft herein und beginne auf der Stelle zu relaxen. Ich liebe die großen, alten Bäume an den Alleen, die sich bis zu dem breiten Sandstreifen erstrecken – darüber der riesige Himmel, das gewaltige Meer, Luft. Raum.

Als wir vor dem Haus vorfahren, ist es später Nachmittag, und Bella und Aaron sind bereits da. Sie hat ein gelbes Cabrio gemietet, das direkt vor der Tür parkt, eine knallbunte und muntere Begrüßung. Die Tür steht weit offen, als wären sie gerade erst angekommen, obwohl ich weiß, dass das nicht stimmt. Bella hat mir schon vor Stunden eine Nachricht geschickt, sie seien da.

Meine erste Reaktion ist Ärger – wie viele Sommer, wie viele Male habe ich ihr schon gesagt, sie soll die Türen zulassen, damit wir keine Krabbeltiere ins Haus bekommen? Doch ich beruhige mich gleich wieder. Schließlich ist es *unser* Haus. Nicht nur meins. Und ich will, dass wir alle miteinander ein schönes Wochenende haben.

Ich helfe David, den Kofferraum auszuräumen, und reiche Morgan gerade ihr Rollköfferchen, als Bella aus dem Haus tritt. Sie trägt einen blassblauen Kittel aus Leinen, der unten Farbflecken hat – ein Anblick, der mich mit ganz besonderer Freude erfüllt. Meines Wissens hat sie das ganze Jahr über nicht mehr gemalt, und es ist wundervoll zu sehen, wie sie dasteht – das Haar vom Wind zerzaust und umgeben von einer Aura der Schaffenskraft.

»Da seid ihr ja!« Sie wirft die Arme um Morgan und gibt mir einen dicken Kuss auf die Schläfe.

»Ich habe Ariel gesagt, wir würden sie am Ostbahnhof in etwa zwanzig Minuten aufgabeln. David, kannst du sie abholen? Ich habe keine Ahnung, wie ich dieses Cabriodach wieder hochkriegen soll.« Sie deutet auf den flotten Flitzer.

»Ich kann sie auch abholen«, bietet Morgan an.

»Kein Problem«, sagt David, obwohl fürchterlicher Verkehr geherrscht hat und wir fast fünf Stunden unterwegs waren. »Lass mich nur schnell unser Zeug reinbringen.«

Bella küsst mich auf beide Wangen. »Kommt rein«, sagt sie zu Morgan. »Ich hab die Zimmerverteilung gemacht.«

David hebt vielsagend die Augenbrauen, als wir den beiden ins Innere des Hauses folgen.

Das Haus ist zum Teil im Landhausstil eingerichtet und erinnert andererseits an den schäbigen Schick der ersten Studentenbude eines Collegegirls. Alte Kisten und Möbelstücke aus Holz mischen sich mit überdimensional großen weißen Sofas und Laura-Ashley-Kissen.

»Ihr beiden seid wieder unten«, sagt Bella zu David und mir. Das Schlafzimmer im Erdgeschoss war schon immer unseres, seit dem allerersten Mal, als wir das Haus gemietet haben – in dem Sommer, in dem Francesco mitkam und er und Bella ganze sechsunddreißig Stunden laut in der Küche stritten, bevor er sich mitten in der Nacht aus dem Staub machte, und zwar mit dem einzigen Auto, das wir für das Wochenende gemietet hatten.

»Morgan und Ariel wohnen oben bei uns.«

»Du weißt schon, dass wir keinen Partnertausch mit Heteros machen«, sagt Morgan, die bereits auf der Treppe ist.

»Ich bin kein Hetero«, sagt Bella.

»Nein, aber dein Freund schon.«

David und ich stellen unser Gepäck im Schlafzimmer ab. Ich setze mich aufs Bett, das ebenso aus Rattan ist wie die Kommode und der Schaukelstuhl, und auf einmal überkommt mich eine Sentimentalität, die ich so gar nicht an mir kenne.

»Sie haben neues Bettzeug dieses Jahr«, sagt David.

Ich schaue aufs Bett hinab, und er hat recht. Die Bezüge sind schneeweiß, während es sonst immer ein Paisley-Mix war.

David beugt sich über mich und haucht mir einen Kuss auf die Stirn. »Ich muss dann los. Brauchst du noch was?«

Ich schüttele den Kopf. »Ich pack schon mal aus.«

Er macht ein paar Dehnübungen, bückt sich und schaukelt mit verschränkten Ellbogen hin und her. Ich stehe auf und massiere ihm die Stelle am unteren Rücken, wo ich weiß, dass es zwickt. Er zuckt zusammen.

»Soll ich sie abholen?«, frage ich. »Ich kann es auch machen. Du bist gerade fünf Stunden gefahren.«

»Nein«, sagt David, immer noch nach vorn abgeknickt. »Ich habe vergessen, dich in den Mietvertrag eintragen zu lassen.«

Er richtet sich auf, und ich höre seine Wirbel deutlich knacken.

Als ich die Schranktür aufmache, finde ich zwar eine Stange vor, aber keine Bügel – wie immer hat Bella sich alle geschnappt und mit nach oben genommen.

Ich tapse den Flur entlang, um mir welche aus der Garderobe zu nehmen, und treffe Aaron in der Küche an.

»Hey«, sagt er. »Da seid ihr ja. Sorry für meinen Aufzug, ich war noch eine Runde schwimmen.«

Er trägt Badeshorts und hat sich ein Handtuch wie einen Umhang über die Schultern gelegt.

»David ist in die Stadt gefahren, um Ariel abzuholen«, sage ich.

Aaron nickt. »Das ist wirklich nett von ihm. Ich hätte das auch machen können.«
»David liebt das Auto, ist kein Problem«, erwidere ich.
Er lächelt.
»Morgan ist oben mit Bella.« Ich zeige in Richtung Decke. Man hört Schritte.
»Hast du Hunger?«, fragt er.
Er geht zum Kühlschrank und holt drei Avocados heraus. Mir fällt auf, mit welcher Selbstverständlichkeit er sich in der Küche zu schaffen macht. Als wäre er immer schon hier gewesen.
»Ja, richtig, du kochst ja«, sage ich.
Er legt den Kopf schief und schaut mich an.
»Ich meine, das hat Bella gesagt.«
Er nickt.
Was Bella in Wirklichkeit gesagt hat, ist, dass er Risotto mit Kürbis und Salbei gemacht hat, sie aber, bevor sie auch nur einen kleinen Bissen davon probieren konnte, Sex auf dem Küchentresen hatten, hier in der Küche. Ich blinzele, um das Bild in meinem Kopf zu verscheuchen, und fahre mir mit den Händen übers Gesicht, schüttele den Kopf.
»Dann ist das ein Nein zu Guacamole?«
»Was? Nein, ich meine Ja. Ich sterbe vor Hunger«, sage ich.
»Du weißt auch nicht so recht, was du willst, Ms Kohan.«
Er beginnt, allerlei Zutaten auf der Arbeitsfläche zu stapeln: Zwiebeln, Koriandergrün, Jalapenos und verschiedenes Gemüse.
»Kann ich helfen?«, frage ich.
»Du kannst den Tequila da drüben aufmachen.«
Er weist mit dem Kopf zum Küchentresen, wo ein Sortiment

an Alkoholika für das Wochenende kunstvoll aufgereiht ist. Der Tequila ist schnell gefunden.

»Eis?«, frage ich. »Ich schenke ein.«

»Danke.«

Ich nehme zwei Schnapsgläser aus dem Schrank und gieße jeweils einen Fingerbreit davon ein. Dann ziehe ich den Eiswürfelbehälter aus dem Gefrierfach, was nur geht, wenn man die unterste Schublade festhält – auch so eine Marotte des Hauses.

»Fang.« Aaron wirft mir eine Limette zu. Sie fliegt an mir vorbei und rollt aus dem Zimmer. Ich bin gerade dabei, sie auf allen vieren wieder einzufangen, als Bella die Treppe herunterschwebt, immer noch in ihrem blauen Kittel, das Haar aufgesteckt.

»Blödes Limettending«, sage ich und schnappe mir die Zitrusfrucht, bevor sie unters Sofa rollt.

»Ich habe einen Mordshunger«, sagt sie. »Was gibt's denn?«

»Aaron macht Guacamole.«

»Wer?«

Ich schüttele den Kopf. »Greg. Sorry.«

»Was wollt ihr denn zum Abendessen?«, fragt Bella uns. Ich folge ihr in die Küche, und sie schlingt die Arme von hinten um Aarons Taille, küsst ihn auf den Nacken. Er bietet ihr seinen Tequila an, doch sie schüttelt den Kopf.

Natürlich weiß ich, dass das Verhältnis der beiden inniger geworden ist. Dass Bella, während ich den ganzen Sommer über gearbeitet habe, endgültig ihr Herz an diesen Mann verloren hat. Dass sie in Museen, bei Open-Air-Konzerten und in winzigen, kühlen Weinbars gewesen sind. Dass sie in der Abenddämmerung den West Side Highway entlanggeschlendert sind und die High Line bei Sonnenaufgang. Dass sie in Bellas Brownstone auf jedem nur erdenklichen Möbelstück Sex gehabt haben. Fast auf jedem. Sie hat mir alles erzählt. Und trotzdem gibt mir ihr Anblick jetzt einen Stich, von dem ich mir nicht ganz sicher bin, was er zu bedeuten hat.

Ich nehme am Küchentresen Platz und schnappe mir einen Tortillachip aus der Tüte, die Aaron hingestellt hat. Er schiebt ein Häufchen gehackte Zwiebeln auf die Schneide eines Messers und lässt die kleinen Würfel in die Guacamole-Schüssel rieseln.

»Wo hast du kochen gelernt?«, frage ich. Mich beeindruckt jeder, der mit einem Messer umgehen kann. Und ich bin der festen Überzeugung, das Einzige, was mich davon abhält, eine gute Köchin zu sein, ist mein Respekt vor Gegenständen mit scharfer Klinge.

»Im Grunde habe ich es mir selbst beigebracht«, sagt er. Er schiebt Bella beiseite und öffnet die Klappe des Backofens. Rein damit: ein Blech mit aufgeschnittener Paprika, Zwiebeln und Kartoffeln. »Aber ich bin mit jeder Menge Essen aufgewachsen. Meine Mom war Köchin.«

Ich weiß, was das bedeutet. Nicht die Worte selbst, auch wenn sie eindeutig sind, sondern die Art, *wie* er sie sagt – mit einem Hauch von Erstaunen. Als könnte er es immer noch nicht glauben.

»Das tut mir leid«, sage ich.

Er erwidert meinen Blick. »Danke. Es ist lange her.«

»Abendessen?«, fragt Bella. Sie hat die Hände in die Hüften gestützt, und Aaron schlingt die Arme um sie, zieht sie an sich und gibt ihr einen Kuss auf die Wange. »Was immer du willst«, sagt er. »Um ein paar Snacks habe ich mich schon gekümmert.«

»Heute Abend haben wir eine Reservierung im Grill, oder

wir gehen zu Fuß zum Hampton Chutney, wenn wir keine Lust auf eine große Mahlzeit haben«, sage ich.

Ich kümmere mich immer um die Dinner-Reservierungen; Bellas Aufgabe ist es, zu entscheiden, welche davon wir tatsächlich wahrnehmen.

»Ich dachte, der Grill sei morgen.«

Ich greife zu meinem Handy und lade das Dokument mit den Reservierungen hoch. Oh. »Du hast recht«, sage ich. »Das ist morgen.«

»Gut«, sagt Bella. »Ich wollte sowieso lieber hierbleiben.« Sie kuschelt sich an Aaron, der einen Arm um sie legt.

»Wir können David anrufen, damit er beim Supermarkt vorbeifährt.«

»Nicht nötig«, sagt Aaron. »Wir haben den ganzen Wagen vollgepackt. Ich habe jede Menge Zeug zum Kochen.« Er geht zum Kühlschrank und macht die Tür auf. Als ich über den Küchentisch spähe, sehe ich Gemüse und Obst in allen Regenbogenfarben, in Papier verpackten Käse, frische Petersilie und Minze, Gläser mit Oliven in Öl, ein paar umherrollende Zitronen und Limetten und ein großes Stück Parmesan. Es fehlt uns an nichts.

»Das alles hast du besorgt?«, frage ich.

In vergangenen Jahren konnte man schon von Glück reden, wenn Bella mit einem Stückchen Butter aufwarten konnte, und in ihrem Kühlschrank findet man niemals mehr als ein paar verschimmelte Zitronen und eine Flasche Wodka.

»Was meinst du?«, fragt sie.

»Dass ich es kaum glauben kann, dass du einkaufen warst!« Sie strahlt.

Ich gehe auf die hintere Terrasse hinaus, von der aus man

einen Blick aufs Meer hat. Es ist bewölkt heute, und ich fröstele ein wenig in meinem T-Shirt und den Shorts. Ich muss mir ein Sweatshirt holen. Ich ziehe die frische Luft in meine Lungen, salzig und würzig, und atme dann alles wieder aus – die Fahrt, die Woche, Aaron in der Küche.

Als ich die Augen wieder öffne, wehen leise die melodischen Klänge eines Songs von Frank Sinatra nach draußen. »All the Way«. Sofort fühle ich mich an den Rainbow Room erinnert und sehe David und mich, wie wir unter der sich drehenden Decke langsam unsere Kreise ziehen.

Als ich mich umdrehe, sehe ich Aaron durch das Fenster. Er hat die Arme um Bella gelegt und wiegt sich mit ihr im Tanz. Sie hat den Kopf an seine Schulter gelegt, und ein winziges Lächeln spielt um ihre Lippen. Ich wünschte, ich könnte ein Bild machen. Ich kenne Bella seit fünfundzwanzig Jahren und habe sie noch nie so entspannt mit jemandem erlebt, so sehr bei sich. Und ich habe noch nie gesehen, wie sie sich an einen Mann geschmiegt und die Augen geschlossen hat.

Ich gehe erst wieder hinein, als ich Davids Wagen auf dem Kies knirschen höre. Mittlerweile ist die Sonne fast ganz untergegangen. Da ist nur noch ihr Widerschein am Horizont, ein zartes, dahinschmelzendes Blau in der Ferne.

15

Als Bella und ich auf der Highschool waren, spielten wir oft ein Spiel namens *Stop*. Man versuchte herauszufinden, wie weit man gehen konnte, indem man das Schrecklichste und Ekligste beschrieb, das man sich vorstellen konnte, bevor der andere so angeekelt war, dass er *Stop* schrie. Begonnen hatte es mit einem vergammelten Stück Fleisch, vergessen in einer Gefriertruhe, und dann ging es immer so weiter. Da waren wuselnde Ameisenhügel, monströse Striemen von einer Begegnung mit Giftefeu, die Innereien einer Kuh oder der Mikrokosmos, der sich am Boden des Gemeindeswimmingpools ansammelt.

Dieses Spiel kommt mir am nächsten Morgen in den Sinn, als ich beim Joggen auf eine tote Möwe stoße. Das Köpfchen des Vogels ist auf abartige Weise nach hinten gebogen, die Flügel zerfetzt, und das Fleisch des Tieres – beziehungsweise das, was davon übrig ist – von Schmeißfliegen übersät. Ein Teil der rötlichen Wirbelsäule liegt in einiger Entfernung daneben.

Ich erinnere mich, einmal gelesen zu haben, dass eine Möwe, wenn sie stirbt, einfach vom Himmel fällt. Man sitzt am Strand, schleckt ein Orangeneis, und zack, fällt einem eine Möwe auf den Kopf.

Es herrscht dicker Nebel – eine feuchte graue Masse, die wie eine Decke über dem Sand hängt. Wenn ich etwa einen Kilometer weit sehen könnte, könnte ich vielleicht einen anderen Jogger erkennen, einen, der auf einen Marathon trainiert. Doch so weit das Auge reicht, bin ich mutterseelenallein hier am Strand.

Ich beuge mich über den toten Vogel, um ihn näher zu betrachten. Ich glaube nicht, dass er schon lange tot ist, doch hier draußen in der Natur nehmen die Dinge schnell ihren Lauf. Ich mache ein Handyfoto, um es später Bella zu zeigen.

Als ich aufstand, war niemand im Haus wach. Neben mir schlief David wie ein Murmeltier, oben war es noch ganz still, doch es war nicht einmal sechs. Ariel steht zu dieser Zeit manchmal auf, um zu arbeiten. Letzten Sommer habe ich versucht, sie dazu zu kriegen, mit mir zu joggen, aber es gab so viele Ausreden und dauerte so lange, dass ich mir dieses Jahr geschworen habe, niemanden mehr mitzunehmen.

Eine Langschläferin war ich noch nie, doch dieser Tage schlafe ich selten länger als bis sieben. Ich brauche den Morgen. Die Allererste zu sein, die wach ist, fühlt sich kostbar an, wie etwas Besonderes. Noch bevor ich die erste Tasse Kaffee getrunken habe, habe ich das Gefühl, etwas vollendet zu haben, und der ganze Tag lässt sich besser an.

Der Rückweg ist kurz, kaum mehr als drei Kilometer, und als ich zum Haus zurückkomme, schlafen immer noch alle. Ich steige die graue Schindeltreppe hoch und ziehe die Schiebetür auseinander. Mein Shirt ist feucht vom Laufen – eine Mischung aus Schweiß und Meeresdunst. Ich ziehe es aus, werfe es über eine Stuhllehne und gehe, nur im Sport-BH, in Richtung Kaffeemaschine.

Deckel auf, Filter rein, vier große Löffel Kaffeepulver und einen extra für die Kanne. Das Haus ist voll besetzt. Ich beuge mich vor, die Ellbogen auf dem Tresen, und warte darauf, dass meine erste Dosis Koffein fertig ist, als ich Bellas Schritte auf der Treppe höre. Ich weiß immer, dass sie es ist. Ich weiß, wie ihr Körper klingt. Nach Jahrzehnten gemeinsamer Nächte höre ich, wie sie geht, höre ihre tapsigen Schritte, wenn sie auf Strümpfen in der Küche umhergeht, um sich etwas zum Naschen zu holen. Wäre ich blind – so denke ich –, würde ich trotzdem jedes Mal merken, wenn sie einen Raum betritt.

»Du bist aber früh auf«, sage ich.

»Ich habe gestern Abend nichts getrunken.« Ich höre, wie sie sich auf einen Hocker gleiten lässt, und nehme einen zweiten Kaffeebecher aus dem Schrank. »Hast du gut geschlafen?«, fragt sie.

David schläft mucksmäuschenstill. Kein Schnarchen, keine Bewegung. Im selben Bett zu schlafen wie er ist so, als wäre man allein. »Ich liebe es, aufzuwachen und das Meer rauschen zu hören.«

»Das erinnert mich daran, wie deine Eltern damals dieses Haus am Strand hatten. Erinnerst du dich?«

Der Kaffee beginnt unter großem Blubbern und Gurgeln durchzulaufen. Ich drehe mich zu Bella. Ihr Haar ist offen und leicht zerzaust, und sie trägt ein weißes Spitzennachthemd mit einem langen, offenen Frotteebademantel darüber.

»Warst du denn mal dort?«, frage ich.

Sie schaut mich an, als hätte ich den Verstand verloren. »Na klar. Ihr hattet das Haus, bis wir vierzehn waren.«

Ich schüttele den Kopf. »Wir haben es verkauft, nachdem Michael...«, sage ich. Nach all den Jahren kommt mir das Wort *starb* immer noch nicht über die Lippen.

»Nein, das stimmt nicht«, widerspricht sie. »Ihr hattet es noch vier Sommer lang. Das Haus in Margate. Das mit der blauen Markise.«

Ich ziehe die Kaffeekanne aus der Halterung. Sie protestiert mit einem lauten Zischen – *zu früh* –, und ich gieße eine halbe Tasse ein und stelle sie Bella auf den Tresen. »Das war nicht unseres.«

»Doch, das war es«, sagt Bella. »Es lag direkt am Meer. Dieses kleine weiße Haus mit der blauen Markise. *Der blauen Markise!*«

»Da war keine Markise«, erwidere ich. Ich gehe zum Kühlschrank und hole Mandelmilch und Kaffeeweißer mit Haselnussgeschmack heraus. Den hat Bella für mich besorgt; sehr aufmerksam von ihr.

»Natürlich gab es dieses Haus«, sagt sie. »Es lag zwei Blocks vom Wawa-Supermarkt entfernt, und ihr hattet immer die Fahrräder dabei, die wir dann im Haus eingesperrt haben – und zwar in dem Haus mit der blauen Markise!«

Ich reiche ihr die Mandelmilch. Sie schüttelt sie und gießt sich davon in den Kaffee.

»Heute am Strand habe ich eine tote Möwe gefunden«, sage ich.

»Krass. Verwestes Fleisch? Gebrochenes Rückgrat mit Knochenstücken, die die Haut durchbohren? Von Schmeißfliegen zerfressene Augäpfel?«

»Hör auf.« Ich schiebe ihr mein Handy über den Tisch, und sie schaut sich das Foto an.

»Ich hab schon Schlimmeres gesehen.«

»Du weißt schon, dass Möwen vom Himmel fallen, wenn sie sterben?«, frage ich.

»Ach ja? Was sollen sie denn sonst machen?«

Die Kaffeemaschine ist endlich fertig, und ich schenke mir eine Tasse ein, füge Kaffeeweißer hinzu.

Ich setze mich neben Bella an den Küchentresen.

»Sieht nicht nach Strandwetter aus«, sagt sie. Sie rutscht auf ihrem Hocker hin und her und schaut aus dem Fenster.

»Die Sonne brennt den Dunst schon weg.«

Sie zuckt mit den Achseln; nimmt einen Schluck, verzieht das Gesicht.

»Ich weiß nicht, wie du dieses Mandelzeug ertragen kannst«, sage ich. »Warum leiden? Weißt du, wie gut das hier ist?« Ich halte ihr meine Tasse hin.

»Da ist Milch drin«, sagt sie.

»Nicht wirklich.«

»Es liegt an mir«, sagt sie. »Ich fühle mich schon die ganze Woche komisch.«

»Bist du krank?«

Sie schluckt. Mir stockt der Atem. Ich ahne, was jetzt kommt.

»Ich bin schwanger«, sagt sie. »Ich meine, ich bin mir ziemlich sicher.«

Ich sehe sie an. Ihr Gesicht leuchtet. Es ist, als würde man in die Sonne schauen.

»Glaubst du es oder weißt du es?«

»Ich glaube es«, sagt sie. »Nein, ich weiß es.«

»Bella!«

»Ich weiß es. Es ist verrückt. Aber seit letzter Woche fühlt es sich komisch an.«

»Hast du einen Test gemacht?«
Sie schüttelt den Kopf.
Bella war schon einmal schwanger. Von einem Typen namens Markus, den sie ebenso liebte wie er das Kokain. Sie hat es ihm nie gesagt. Wir waren damals zweiundzwanzig oder dreiundzwanzig. In unserem allerersten berauschenden, betörenden Jahr in New York.
»Ich hab meine Tage nicht gekriegt«, sagt sie. »Erst dachte ich, sie kommen, aber dann war es Fehlalarm. Mein Bauch fühlt sich komisch an, und meine Brüste spannen. Ich hab's die ganze Zeit verdrängt, aber ich glaube...« Ihre Stimme erstirbt.
»Hast du's Aaron schon gesagt?«
Sie schüttelt den Kopf. »Ich war mir nicht sicher, ob es etwas zu sagen gibt.«
»Wie lange bist du schon überfällig?«
Sie nimmt noch einen Schluck. Schaut mich an. »Elf Tage.«

*

Wir gehen so in den Drugstore, wie wir sind – sie im Nachthemd mit einem Sweatshirt darüber, ich in meinen Laufklamotten. In der Kleinstadtdrogerie ist niemand außer der Frau, die dort arbeitet, und sie lächelt, als sie uns den Test reicht. Mich überrascht es jedes Mal, dass wir mittlerweile alt genug sind, um in einer solchen Situation jemanden zum Lächeln zu bringen, und wäre der Test positiv, würde es als Segen empfunden werden und nicht als Unglück.

Als wir zurückkommen, ist es im Haus immer noch still, alles schläft. Wir schleichen uns in das Bad im Erdgeschoss und sitzen danach nervös auf dem Badewannenrand und schauen verstohlen auf das Päckchen mit dem Teststreifen.

Der Timer erklingt.

»Schau du«, sagt sie. »Sag du es mir. Ich kann das nicht.«

Zwei rosa Streifen.

»Positiv«, sage ich.

In Bellas Gesicht tritt ein Ausdruck so tiefer Erleichterung, dass ich gar nicht anders kann: Meine Augen füllen sich mit Tränen.

»Bella«, sage ich. Mir fehlen die Worte.

»Ein Baby«, haucht sie.

Wir fallen uns in die Arme, und da ist sie wieder – meine Bella. Sie riecht nach Talkumpuder und Lavendel, nach Tau, so frisch und kostbar und jung. Auf einmal ist das Bedürfnis in mir, diese beiden schlagenden Herzen zu beschützen, so groß, dass es mir den Atem raubt.

Wir lassen uns los und schauen uns an, mit tränenverhangenen Augen, ungläubig und lachend.

»Glaubst du, er wird sauer sein?«, fragt sie mich plötzlich.

Auf einmal sitzen wir wieder in ihrem silbernen Range Rover, sie auf dem Beifahrersitz, und hören mit heruntergekurbelten Fenstern »Anna Begins«. Es ist Sommer, und es ist spät. Eigentlich sollten wir schon seit Stunden zu Hause sein, aber bei Bella ist niemand. Ihre Mutter ist bei einer Restauranteröffnung in New York, und ihr Vater ist geschäftlich unterwegs.

Wir kommen von Josh – oder ist es Trey? Beide hatten Pools. Wir tragen noch unsere Badeanzüge, doch jetzt sind sie trocken. Die Luft ist heiß und stickig, und in mir ist dieses Gefühl – geboren aus einer Mischung aus Jugend, Wodka und den Counting Crows –, dass wir unbesiegbar sind. Ich schaue zu

Bella hinüber, die zurückgelehnt neben mir sitzt und aus vollem Halse singt, und ich denke, dass ich niemals ohne sie sein will – und dass ich sie niemals teilen will. Dass sie mir gehört. Dass wir einander gehören.

»Ich weiß nicht«, sage ich. »Aber es ist auch egal. Das hier ist unser Baby.«

Sie kichert. »Ich liebe ihn«, sagt sie. »Ich weiß, es klingt verrückt. Ich weiß, du hältst mich für verrückt. Aber ich liebe ihn wirklich, wirklich, wirklich.« Sie legt eine Hand auf ihren Bauch, direkt auf ihr Nachthemd.

»Ich glaube nicht, dass du verrückt bist«, sage ich. »Du wirst es schon wissen.«

»Und es ist das erste Mal«, sagt sie. Ihre Hand ruht immer noch auf ihrem Bauch. Ich sehe ihn vor mir, wie er wächst und wächst, vor ihrem Körper, wie ein Ballon.

»Na gut«, sage ich. »Dann ist es höchste Zeit.«

16

Bella will es noch niemandem sagen. Nicht an diesem Wochenende, nicht bevor sie und Aaron zurück in der Stadt sind. Lass uns einfach den Strand genießen, sagt sie. Und das tun wir. Wir schleppen Kühltaschen, Liegestühle und Decken an den Strand und bleiben den ganzen Tag dort, um zu schwimmen, salzige Chips und tropfende Wassermelonen zu essen, Bier und Limonade zu trinken, bis die Sonne wieder am Horizont verschwindet.

Ariel und Morgan gehen zwischen dem ausgedehnten Baden eine Runde spazieren. Ich sehe sie den Strand entlangmarschieren, in den gleichen Badeshorts und Händchen halten. David und Aaron spielen eine Weile Frisbee, während Bella und ich uns unter einem Sonnenschirm räkeln. Es ist ein wahres Idyll, und kurz sehe ich vor mir, wie es in den kommenden Jahren sein wird – wir alle und das Baby, das auf Stummelbeinchen am Strand herumtapst.

»Willst du eine Runde gehen?«, frage ich David, als er zurück ist. Er lässt sich auf die Decke neben mich fallen. Sein Shirt ist nass an der Brust, und die Sonnenbrille baumelt unter seiner

Nase. Ich nehme sie ab und sehe, dass er rund um die Augen einen Sonnenbrand hat – ein roter Rand. Wir lieben es beide hier draußen, aber keiner von uns ist für die Sonne gemacht.

»Ich hatte auf ein Nickerchen gehofft«, sagt er. Küsst mich auf den Hals. Sein Gesicht ist verschwitzt, und ich spüre die Feuchtigkeit auf meiner Haut. Ich reiche ihm die Sonnencreme.

»Ich geh mit.«

Als ich aufblicke, sehe ich Aaron tropfend vor mir stehen, ein Strandtuch über die rechte Schulter gelegt.

»Oh.« Ich schaue zur Seite, wo Bella auf einem Badetuch liegt und tief und fest schläft. Ihr Mund steht ganz leicht offen, und ihr Fuß baumelt schlaff über dem Sand, wie der einer Puppe.

Ich schaue David an. »Problem gelöst«, sagt er.

»Okay«, sage ich zu Aaron.

Ich stehe auf und streife den Sand von meinen Klamotten. Ich trage Badeshorts, ein Bikinioberteil und einen breitkrempigen Hut, den ich mir bei einer Reise zusammen mit Davids Familie in einem Resort auf den Turks- und Caicosinseln gekauft habe. Ich binde ihn unter meinem Kinn fest.

»Osten oder Westen?«, fragt er.

»Ich glaube, es ist eher Norden oder Süden.«

Er trägt keine Sonnenbrille und späht mich mit zusammengekniffenen Augen an.

»Links«, sage ich.

Der Strand von Amagansett ist breit und lang, einer der vielen Gründe, warum ich ihn so liebe. Man kann hier etliche Kilometer lang ohne Unterbrechung laufen, und viele Abschnitte sind selbst in den Sommermonaten fast menschenleer.

Wir gehen los. Aaron schlingt sich sein Handtuch um den Hals und zupft es an den Enden zurecht. Eine Minute lang sagt

keiner von uns etwas. Was mich hier draußen am meisten beeindruckt, ist nicht die Stille, sondern das mächtige Donnern des Meeres, und trotzdem: Wenn ich Natur als friedlich empfinde, dann hier. Seit ich in New York lebe, ist mir oft gar nicht mehr bewusst, wie sehr künstliches Licht und Umweltverschmutzung meinen Alltag beeinträchtigen. Ich erzähle Aaron davon.
»Das stimmt«, sagt er. »Ich vermisse Colorado auch sehr.«
»Da kommst du her?«
Er schüttelt den Kopf. »Dort habe ich nach dem College gelebt. Nach New York bin ich erst vor etwa zehn Monaten gezogen.«
»Ach, wirklich?«
Er lacht. »Wirke ich denn schon wie ein abgebrühter New Yorker?«
Ich schüttele den Kopf. »Nein, mich überrascht es nur jedes Mal, wenn ich erfahre, dass jemand einen großen Teil seines Lebens woanders verbracht hat. Seltsam, ich weiß.«
»Nicht seltsam«, sagt er. »Ich weiß, was du meinst. New York gibt dir einfach irgendwie das Gefühl, es sei der einzige Ort auf der Welt, an dem man leben kann.«
Ich kicke nach einer Muschel. »Das liegt daran, dass es das auch ist. Sagen seine wahnsinnig voreingenommenen Bewohner.«
Aaron verschränkt die Finger beider Hände ineinander und dehnt sich. Ich halte den Blick auf den Sand gerichtet.
»David ist toll«, sagt er. »War cool, mit ihm dieses Wochenende ein bisschen Zeit zu verbringen.«
Ich blicke auf meine linke Hand hinab. Das Sonnenlicht blinkt und funkelt auf dem Diamanten. Heute hätte ich ihn besser abgelegt. So einen Ring verliert man leicht im Wasser.
»Ja«, sage ich. »Er ist ein toller Typ.«

»Ich bin richtig neidisch auf deine Freundschaft mit Bella. Ich habe von der Highschool her nicht viele Freunde, mit denen ich noch so eng bin.«

»Wir sind Freundinnen seit unserem siebten Lebensjahr«, sage ich. »Für mich gibt es kaum Kindheitserinnerungen, an denen sie nicht beteiligt ist.«

»Du beschützt sie«, sagt er. Es ist keine Frage.

»Ja. Sie ist meine Familie.«

»Ich bin froh, dass sich jemand um sie kümmert. Ich meine, außer mir natürlich.« Er versucht sich an einem Lächeln.

»Das weiß ich, ja«, sage ich. »Dass ich anfangs skeptisch war, lag nicht an dir. Sie war einfach immer nur mit Typen zusammen, die sie nicht wirklich an erste Stelle gesetzt haben. Sie ist jemand, der sich schnell verliebt.«

»Ich nicht«, sagt er. Er räuspert sich. Der Augenblick wird länger und länger, bis er schier an den Horizont reicht. »Ich meine, zumindest bis jetzt nicht.«

Ich weiß, was er sagen will – und was er doch zögert auszusprechen, selbst mir gegenüber. Er ist in sie verliebt. In meine beste Freundin. Ich schaue zu ihm hinüber. Sein Blick ist aufs Meer gerichtet.

»Surfst du?«, fragt er.

»Willst du das jetzt wirklich wissen?«

Er dreht sich zu mir um, seine Miene ist verlegen. »Ich dachte, vielleicht ist es dir peinlich, wenn ich dir mein gebeuteltes Herz ausschütte.«

»Das ist es nicht«, erwidere ich. »Außerdem habe *ich* das Thema aufgebracht, glaube ich.« Ich gehe ein paar Schritte in Richtung Wasser. Aaron folgt mir. »Nein«, sage ich. »Ich surfe nicht.« Heute ist kein einziger Surfer draußen, aber es ist auch schon spät. Die richtigen sind normalerweise um neun Uhr morgens schon wieder weg. »Und du?«

»Nein, aber ich wollte es immer. Ich bin nur nicht in der Nähe eines Meeres aufgewachsen. Ich war schon sechzehn, als ich zum allerersten Mal am Meer war.«

»Echt? Woher kommst du denn?«

»Wisconsin«, sagt er. »Meine Eltern hatten es nicht so mit dem Reisen, aber wenn wir in Urlaub fuhren, dann immer an den See. Jeden Sommer mieteten wir dieses Haus am Lake Michigan. Da blieben wir eine Woche lang und waren permanent am Wasser.«

»Klingt toll«, sage ich.

»Im Herbst will ich Bella überzeugen, mit mir dorthin zu fahren. Es ist immer noch einer meiner Lieblingsplätze.«

»Seen sind nicht so ihr Ding«, sage ich.

»Ich glaube, es würde ihr gefallen.«

Er räuspert sich. »Hey, übrigens«, sagt er. »Danke für vorhin. Ich rede wirklich nicht oft über meine Mom.«

Ich blicke auf meine Füße. »Ist schon in Ordnung« sage ich.

»Hab verstanden.«

Das Wasser leckt an unseren Zehen.

Aaron erschrickt und macht einen Satz. »Scheiße, ist das kalt«, ruft er.

»Ist gar nicht so schlimm; es ist August. Im Mai würdest du nicht einmal einen Zeh reinstecken wollen.«

Er hüpft noch einen Augenblick auf und ab und bleibt dann stehen, schaut mich an. Urplötzlich tritt er wie ein trotziges Kind ins Wasser und spritzt mich voll. Das Wasser landet in einem Schwall auf mir, die eisigen Tropfen perlen auf meiner Haut.

»Frechheit!«, rufe ich.

Ich spritze zurück, und er hält sein Handtuch vor sich wie einen Schild. Trotzdem laufen wir immer weiter ins Wasser hinein und spritzen und toben, bis wir von Kopf bis Fuß nass sind und sein Handtuch herabhängt wie ein nasser Sack. Ich stecke den Kopf unter Wasser und kühle mich ab. Meinen Hut nehme ich dazu gar nicht erst ab. Als ich wieder hochkomme, steht Aaron auf Armeslänge von mir entfernt und sieht mich so intensiv an, dass ich mich am liebsten abgewandt hätte, doch ich tue es nicht.

»Was ist denn?«

»Nichts«, sagt er. »Ich ... Es ist nur ...« Er zuckt mit den Achseln. »Ich mag dich.«

Im selben Moment sind wir nicht mehr dort am Atlantik, nicht mehr an diesem Strand, sondern wieder in jenem Loft, jenem Bett. Seine Hände, die kein pitschnasses Handtuch mehr halten, gleiten über mich hinweg. Sein Mund an meinem Hals, sein Körper, der sich ganz langsam, ganz genüsslich auf meinem bewegt – der mehr will, immer mehr. Und das Blut in meinen Adern, das pulsiert und nur eine Antwort gibt – *Ja*.

Ich mache die Augen zu. *Stop. Stop. Stop.*

»Wer als Erster zurück ist«, sage ich.

Ich kicke noch eine Ladung Wasser nach ihm und renne los. Ich weiß, dass ich schneller bin als er – ich bin schneller als die meisten Leute, und er hat ja auch noch dieses tonnenschwere Handtuch. Als ich wieder vor dem Strandtuch stehe, ist Bella wach. Sie rollt sich herum, hält sich die Hand zum Schutz gegen die Sonne vor die Augen.

»Wo wart ihr denn?«, fragt sie.

Ich bin so außer Atem, dass ich ihr keine Antwort geben kann.

17

Im September ist im Job immer die Hölle los. Ende August beschließen alle kollektiv, noch einmal tief Luft zu holen, um im September so richtig durchzustarten. Als ich vom Meer zurückkehre, türmen sich auf meinem Schreibtisch die Akten, von denen ich bis Freitag buchstäblich nicht mehr den Blick hebe. Am Mittwoch ruft mich Bella an, hörbar guter Laune.

»Ich hab's ihm gesagt!«, jubelt sie und quiekt vor Freude. Ich höre, dass Aaron in ihrer Nähe ist. Ich stelle mir vor, wie er die Arme um sie legt, ganz vorsichtig über der Brust, jetzt, wo da dieses winzig kleine Wesen in ihr ist.

»Und?«

»Dannie fragt: *Und?*«, sagt Bella.

Es rauscht kurz in der Leitung, dann ist Aaron dran. »Dannie. Hey.«

»Hi«, sage ich. »Glückwunsch.«

»Ja. Danke.«

»Bist du glücklich?«

Er sagt nichts. Ich spüre, wie sich mein Magen zusammenzieht. Doch als er dann endlich das Wort ergreift, höre ich aus seinen Worten nichts anderes als die reinste Freude. Sie fließt buchstäblich aus dem Hörer. »Weißt du«, sagt er. »Ich bin richtig, richtig glücklich.«

Am Samstag holen Bella und ich uns Kaffee bei Le Pain Quotidien, weil sie shoppen gehen will. Ich gehe davon aus, dass wir einige Läden an der unteren Fifth abklappern werden und vielleicht auch bei Anthropologie, J. Crew oder Zara vorbeischauen. Stattdessen stehen wir plötzlich mit einem Becher Caffè Americano in der Hand vor Jacadi, dem französischen Babyladen auf dem Broadway.

»Wir müssen da rein«, sagt sie. »Die haben sooo süße Sachen.« Ich folge ihr.

Es gibt reihenweise Strampler mit passenden Baumwollhütchen, winzige Strickpullover und Overalls. Es ist wie ein Kaufhaus in Miniaturform – Riemchenschuhe und Lacklederslipper, alles im Puppenformat. Bella selbst trägt ein rosa Etuikleid aus Seide, dazu einen Oversize-Baumwollpullover, den sie sich um die Taille geschlungen hat. Mit ihrem wilden Haar und der frischen Haut sieht sie wunderschön aus, strahlend. Wie eine Göttin.

Nicht, dass ich selbst keine Kinder will, aber Mutter zu werden hat auf mich bislang keinen besonderen Reiz ausgeübt. Beim Anblick von Babys gerate ich weder ins Schwärmen noch hatte ich bisher das Gefühl, dass meine biologische Uhr tickt. Ich denke, David würde einen guten Vater abgeben, und wahrscheinlich werden wir tatsächlich eines Tages Kinder haben, aber wenn ich versuche, in die Zukunft zu blicken und uns zu sehen – uns mit einem Kind –, will sich meistens kein Bild einstellen.

»Wann ist dein Arzttermin?«, frage ich.

Bella hält einen kleinen Pullover mit gelben und weißen Punkten hoch. »Findest du, dass der geschlechtsneutral ist?«

Ich zucke mit den Achseln.

»Das Baby kommt im Frühling, wir brauchen also Sachen mit langen Ärmeln.« Sie reicht mir den Pullover und nimmt zwei cremeweiße Strickpullover mit Zopfmuster in verschiedenen Größen vom Tisch.

»Wie geht es Aaron?«, frage ich.

Sie lächelt verträumt. »Er ist toll; so aufgeregt. Ich meine, natürlich kommt das alles plötzlich, aber er scheint sich wirklich zu freuen. Wir sind keine fünfundzwanzig mehr.«

»Richtig«, sage ich. »Wollt ihr beiden denn heiraten?«

Bella rollt mit den Augen und reicht mir ein Paar Söckchen mit winzigen Ankern darauf. »Sehr direkte Frage«, antwortet sie.

»Du kriegst ein Baby, da ist die Frage doch legitim.«

Sie dreht sich zu mir und wirkt auf einmal sehr konzentriert. »Wir haben noch nicht darüber geredet. Für den Moment ist das genug.«

»Also, wann ist nun der Arzttermin?«, frage ich, um das Thema zu wechseln. »Ich will jetzt endlich dieses Ultraschallbild sehen.«

Bella lächelt. »Nächste Woche. Sie haben gesagt, es hat noch Zeit. In einem so frühen Stadium ist sowieso nicht viel zu tun.«

»Außer einkaufen«, stelle ich trocken fest. Mittlerweile habe ich beide Arme voller Babyklamotten und schleppe alles in Richtung Kasse.

»Ich glaube, es wird ein Mädchen«, sagt Bella.

Ich sehe sie vor mir, wie sie in einem Schaukelstuhl sitzt, im Arm ein winziges Baby in einer weichen rosa Decke.

»Ein Mädchen wäre doch super«, sage ich.

Sie zieht mich neben sich, hängt sich bei mir ein. »Langsam müsst ihr auch loslegen«, sagt sie.

Ich stelle mir vor, wie es wäre, schwanger zu sein und in genau diesem Laden für ein kleines Wesen in meinem Bauch einzukaufen. Auf einmal habe ich große Lust auf einen Cocktail.

*

Am Sonntag gehe ich zu Bellas Wohnung hinüber und klingele zweimal. Als sich die Tür einen Spaltbreit öffnet, steht Aaron vor mir – genauer gesagt, sehe ich nur seinen Kopf. Erst als er die Tür ganz öffnet, fällt mein Blick auf einen Haufen Päckchen – Schachteln, Körbe, alle möglichen Geschenkverpackungen –, die auf dem Flur im Weg liegen.

»Habt ihr ein Kaufhaus ausgeraubt?«, frage ich.

Aaron hebt die Schultern. »Sie ist aufgeregt«, sagt er, »folglich geht sie shoppen.« Ich sehe ihn mir genauer an, suche nach Zeichen der Skepsis oder des Missfallens, kann aber keine entdecken. Bestenfalls wirkt er amüsiert. Er trägt Jeans und ein weißes T-Shirt, keine Socken. Ich frage mich, ob er schon einiges von seinen Sachen hierhergebracht hat oder es noch tun wird. Aber sie werden ja vermutlich zusammenziehen, oder?

Er schiebt eine der Schachteln mit dem Fuß beiseite. Ich trete ein und schließe die Tür hinter mir. »Gratuliere«, sage ich.

»O ja, danke.« Er legt einen Kleidersack auf einen Amazonkarton. Hält inne. Steht da, die Hände in den Hosentaschen. »Ich weiß, es ist noch sehr früh.«

»Bella war immer schon sehr ungeduldig«, sage ich. »Es überrascht mich folglich überhaupt nicht.«

Er lacht, scheint es aber nur mir zuliebe zu tun. »Ich wollte dir nur sagen, dass ich wirklich glücklich bin. Sie ist das Beste, was mir je passieren konnte.«

Er schaut mir direkt ins Gesicht, als er das sagt, genau so wie am Strand. Ich blinzele und wende den Blick ab.

»Gut«, sage ich. »Ich freue mich.«

In genau diesem Moment ertönt Bellas Stimme aus dem anderen Zimmer. »Dannie? Bist du das?«

Aaron lächelt und tritt zur Seite, streckt galant den Arm aus, damit ich an ihm vorbeikann.

Ich folge dem Klang ihrer Stimme, den Flur entlang, an Küche und Schlafzimmer vorbei bis ins Gästezimmer. Das Bett ist zur Seite geschoben, die Kommode steht mitten im Zimmer, und Bella, im Overall und mit einem Tuch um den Kopf, malt kleine weiße Wolken an die Wand, die aussehen wie Marshmallows.

»Bells«, sage ich. »Was ist denn hier los?«

Sie schaut mich an. »Kinderzimmer«, antwortet sie. »Wie findest du's?«

Sie tritt einen Schritt zurück, stützt die Hände in die Hüften und begutachtet ihr Werk.

»Ich finde, du bist zum ersten Mal in deinem Leben deiner Zeit voraus«, sage ich. »Und das macht mir Angst. Ist das Kinderzimmer nicht ein Projekt für den siebten Monat?«

Sie lacht, dreht mir den Rücken zu. »Es macht Spaß«, sagt sie. »Ich habe seit Ewigkeiten nicht mehr gemalt.«

»Ich weiß.« Ich gehe zu ihr und lege ihr einen Arm um die Schulter. Sie lehnt sich an mich. Die Marshmallow-Wolken sind cremeweiß, der Himmel blassrosa mit Schattierungen in Babyblau und Lavendel. Es ist ein Meisterwerk.

»Du willst das also wirklich«, sage ich, aber nicht an sie gerichtet. Ich sage es zu der Wand. Zu all dem, was dahinterliegt, und was diese Wirklichkeit hervorgebracht hat. Einen Moment lang ist die Zukunft, in die ich einmal geblickt habe, vergessen, und ich sehe nur noch, was greifbar und unwiderlegbar vor uns liegt.

18

Am darauffolgenden Samstag sind David und ich mit dem Hochzeitsplaner verabredet. Mittlerweile ist es Mitte September, und wie man mir unmissverständlich klargemacht hat, werde ich trockenes Laub als Tischdeko verwenden müssen, wenn ich mich nicht bald für einen Blumenschmuck entscheide.

In der Arbeit ist die Hölle los – am Montag kriegen wir tonnenweise Prüfungen für Unternehmensbeteiligungen in zwei zeitkritischen Fällen auf den Tisch, und ich komme die ganze Woche praktisch nur zum Schlafen nach Hause. Am Freitagabend hole ich auf dem Weg zum Fahrstuhl mein Handy aus der Tasche, um David zu sagen, dass wir das Treffen mit dem Hochzeitsplaner möglicherweise verschieben müssen – ich muss dringend etwas schlafen –, als ich sehe, dass ich vier verpasste Anrufe von einer mir unbekannten Nummer habe.

In letzter Zeit haben sich betrügerische Anrufe auf Handys gehäuft, aber die erkennt man normalerweise an der Nummer. Auf dem Weg nach unten versuche ich meine Voicemail abzuhören, die jedoch abbricht. Ich versuche es noch einmal unten in der Lobby und gehe gerade durch die Glastür, als ich die Nachricht höre.

»Dannie, ich bin's, Aaron. Wir waren heute beim Arzt und ... Kannst du mich zurückrufen? Ich glaube, es wäre gut, wenn du herkämst.«

Mir rutscht das Herz in die Hose, und ich drücke mit zitternden Händen auf Rückruf. Da stimmt was nicht. Es ist etwas mit dem Baby. Heute hatte Bella ihren Termin beim Arzt. Sie wollten sich zum ersten Mal den Herzschlag anhören. Ich hätte sie besser beschützen müssen. Ich hätte sie davon abhalten sollen, all diese Sachen zu kaufen, all diese Pläne zu machen. Es war zu früh.

»Dannie?« Aarons Stimme ist heiser.

»Hey. Hallo. Tut mir leid. Ich war ... Wo ist sie?«

»Hier«, sagt er. »Dannie, es ist nicht gut.«

»Stimmt etwas nicht mit dem Baby?«

Aaron schweigt. Als er dann endlich etwas sagt, bricht seine Stimme schon beim ersten Wort. »Es gibt kein Baby.«

*

Ich werfe meine hochhackigen Schuhe in die Tasche, ziehe ein Paar bequeme Birkenstocks an und besteige die U-Bahn nach Tribeca. Ich habe mich immer schon gefragt, wie Leute das machen, wenn sie eine schlimme Nachricht bekommen haben und ein Flugzeug besteigen müssen. Vermutlich sitzt in jedem Flieger mindestens ein Mensch, der zum Sterbebett seiner Mutter unterwegs ist, dessen Freund einen Autounfall hatte oder dessen Haus abgebrannt ist. Jedenfalls sind die Minuten in der U-Bahn die längsten meines Lebens.

Aaron macht mir die Tür auf. Er trägt Jeans und ein Button-down-Hemd, das halb heraushängt. Er sieht wie benommen aus, seine Augen sind rot gerändert. Mein Herz sinkt ins Bodenlose.

»Wo ist sie?«, frage ich.

Er gibt mir keine Antwort, zeigt nur mit dem Finger. Ich folge ihm ins Schlafzimmer, wo Bella zusammengerollt im Bett liegt, winzig klein inmitten all der Kissen. Sie trägt einen Hoodie und eine Jogginghose, die Kapuze tief ins Gesicht gezogen. Ich schlüpfe aus meinen Schuhen und lege mich neben sie.

»Bella«, sage ich. »Hey, ich bin hier.« Ich neige den Kopf und gebe ihr einen Kuss auf den stoffbedeckten Kopf. Sie rührt sich nicht. Ich schaue zu Aaron, der in der Tür steht. Er lässt die Arme hängen.

»Bells«, versuche ich es noch einmal. Streiche ihr mit der Hand über den Rücken. »Na komm. Setz dich auf.«

Sie bewegt sich. Blickt zu mir hoch. Sie sieht verwirrt aus, verängstigt. Genau so sah sie früher immer aus, wenn sie bei mir auf dem Ausziehbett übernachtet hatte und aus einem schlechten Traum erwacht war.

»Hat er es dir gesagt?«, fragt sie.

Ich nicke. »Er sagte, du hättest das Baby verloren.« Es ist schrecklich, diese Worte auszusprechen. Ich denke daran zurück, wie sie erst letzte Woche das Zimmer gestrichen und alles vorbereitet hat. »Bella, es tut mir so leid. Ich ...«

Sie setzt sich auf. Legt eine Hand vor den Mund. Ich denke, vielleicht wird ihr schlecht.

»Nein«, sagt sie. »Ich habe mich getäuscht. Ich war gar nicht schwanger.«

Ich blicke sie fragend an. Schaue zu Aaron, der immer noch in der Tür steht. »Wovon redest du?«

»Dannie«, sagt sie und schaut mir direkt ins Gesicht. Ihre Augen sind feucht, riesengroß. Ich sehe etwas in ihnen, das ich nur ein einziges Mal in meinem Leben gesehen habe, vor langer Zeit, an einer Tür in Philadelphia. »Sie vermuten, ich habe Eierstockkrebs.«

19

Danach sagt sie viele Dinge. Dass man bei Eierstockkrebs in sehr seltenen Fällen ein falsch positives Ergebnis bekommen kann. Dass die Symptome manchmal denen einer Schwangerschaft ähneln: ausgebliebene Regel, aufgedunsener Unterleib, morgendliche Übelkeit, mangelnde Energie. Doch da ist ein Summen in meinen Ohren, das lauter und lauter wird, je mehr sie redet, bis ich schließlich gar nichts mehr hören kann. Ihr Mund öffnet und schließt sich, und die Worte, die herauskommen, sind wie Bienen, die auf mich zufliegen und mich stechen, bis mir die Augen zuschwellen.

»Wer hat dir das alles gesagt?«

»Der Arzt«, antwortet sie. »Er hat mich heute untersucht.«

»Sie haben eine Computertomografie gemacht«, sagt Aaron von der Tür aus. »Und einen Bluttest.«

»Wir brauchen eine zweite Meinung«, sage ich.

»Das habe ich auch gesagt«, erwidert Aaron. »Das ist doch eine schwerwiegende ...«

Ich unterbreche ihn mit einer Handbewegung. »Wo sind deine Eltern?«

Bella schaut von Aaron zu mir. »Mein Dad ist in Frankreich, glaube ich. Und meine Mutter ist daheim.«

»Hast du sie angerufen?«

Sie schüttelt den Kopf.

»Okay. Dann rufe ich Frederick an und bitte ihn um eine Namensliste seiner Freunde am Sinai Hospital. Er sitzt doch im Aufsichtsrat der Herzabteilung, richtig?«

Bella nickt.

»Okay. Dann machen wir einen Termin bei ihrem besten Krebsspezialisten aus.« Ich verschlucke mich fast an dem Wort Krebs. Es schmeckt nach Finsternis.

Doch genau das ist meine Kernkompetenz; darin bin ich gut. Je mehr ich rede, desto leiser wird das Summen in meinem Kopf. Fakten. Dokumente. Wer weiß, zu welchem verpeilten Quacksalber sie gegangen sind? Ein Gynäkologe und Geburtshelfer ist kein Krebsspezialist. Wir wissen noch gar nichts Genaues. Wahrscheinlich täuscht er sich. Es kann gar nicht anders sein.

»Bella«, sage ich. Ich nehme ihre Hände in meine. »Es wird alles wieder gut, ja? Was auch immer es ist, wir finden es heraus. Du wirst schon wieder gesund.«

*

Am Montagmorgen sitzen wir in der Praxis von Dr. Finky, dem besten Onkologen in New York City. Ich verabrede mich mit Bella am Eingang zum Mount Sinai an der Ninety-Eighth Street. Sie steigt aus dem Taxi, und Aaron ist bei ihr. Es überrascht mich, ihn zu sehen. Ich hatte nicht gedacht, dass er kommen würde. Jetzt, wo sie nicht schwanger ist, wo wir mit dieser

Nachricht – der schlimmsten aller Nachrichten – konfrontiert sind, hätte ich nicht damit gerechnet, dass er weiter an ihrer Seite bleibt. Sie haben nur einen Sommer miteinander verbracht.

Dr. Finkys Praxis liegt im vierten Stock. Als wir mit dem Aufzug hochfahren wollen, steigt eine verschwitzte Schwangere zu. Ich spüre, wie Bella hinter mir erstarrt, sich Aaron zuwendet, um sie nicht sehen zu müssen. Ich drücke den Knopf energischer.

Das Wartezimmer ist hübsch. Farbenfroh. Eine gelb gestreifte Tapete, Töpfe mit Sonnenblumen, ein paar Zeitschriften. Die guten. *Vanity Fair, The New Yorker, Vogue.* Es sitzen nur zwei Personen im Wartezimmer, ein älteres Paar, das offenbar mit seinem Enkelkind skypt. Unter jeder Menge *Aaahs* und *Oohs* winken sie in die Kamera ihres Laptops. Bella zuckt zusammen.

»Wir haben einen Termin um neun. Bella Gold.«

Die Rezeptionistin nickt und reicht mir ein Klemmbrett mit jeder Menge Papier. »Sind Sie die Patientin?«

Ich schaue hinter mich, wo Bella steht. »Nein«, sagt sie. »Das bin ich.«

Die Frau lächelt ihr zu. Sie hat zwei lange Zöpfe, die ihr bis auf den Rücken fallen, und auf ihrem Namensschild steht *Brenda*.

»Hallo, Bella«, sagt sie. »Darf ich Sie bitten, mir das hier auszufüllen?«

Brenda spricht in einem beruhigenden, mütterlichen Ton, und ich weiß, genau deshalb ist sie hier. Um die Wucht dessen abzufangen, was den Patienten widerfährt, wenn sie hinter diesen Türen verschwinden.

»Ja«, sagt Bella. »Danke.«

»Und darf ich mir eine Kopie Ihrer Versicherungskarte machen?«

Bella kramt in ihrer Tasche, zieht ihre Brieftasche heraus und reicht der Frau eine Blue-Cross-Karte. Ich war mir gar nicht sicher, ob Bella überhaupt krankenversichert ist und ob sie eine Karte dabeihat. Mich beeindruckt, wie viele Schritte sie offenbar unternehmen musste, um eine solche Versicherung zu bekommen. Hat sie es über die Galerie gemacht? Oder hat jemand das für sie erledigt?

»Blue Cross?«, frage ich, als wir zu den Stühlen im Wartezimmer zurückkehren.

»Bei denen hat man mehr Wahlmöglichkeiten beim behandelnden Arzt«, sagt sie.

Ich hebe eine Augenbraue, und sie lächelt. Zum ersten Mal seit Freitag erlebe ich sie etwas weniger angespannt.

Am Freitag habe ich ihren Dad angerufen. Er ging nicht dran. Am Samstag habe ich ihm eine Sprachnachricht hinterlassen. *Es geht um Bellas Gesundheit. Bitte ruf mich an, sobald wie möglich.*

Bella hat oft gesagt, ihre Eltern seien damals zu jung für ein Kind gewesen, und ich verstehe, was sie meint, aber ich glaube nicht, dass das alles ist, zumindest nicht ganz. Vielmehr ist es so, dass Jill und Frederick nie sonderliches Interesse daran hatten, Eltern zu sein. Sie haben Bella damals bekommen, weil sie meinten, es gehöre einfach dazu, Kinder zu haben, aber großziehen wollten sie sie nicht, nicht wirklich.

Meine Eltern hingegen waren immer da – sowohl für mich als auch für Michael. Sie meldeten uns beide bei einem Fußballverein an, besuchten alle Spiele und waren ganz wild auf das Zusatzprogramm – sich um die Trikots zu kümmern, Snacks für die Pausen zuzubereiten. Es waren beschützende, aber auch strenge Eltern. Sie hatten Erwartungen an mich: gute Noten, exzellente Ergebnisse, tadelloses Benehmen. Und ich erfüllte ihre Erwartungen, besonders nachdem Michael nicht mehr da war, denn er hätte und hat sie auch erfüllt. Ich wollte nicht, dass ihnen noch mehr fehlte als nötig. Doch meine Eltern liebten mich auch, wenn es bei mir nicht so gut lief – eine Drei plus in Mathe, die Ablehnung von der Brown. Für sie war ich viel mehr als die Dinge, die in meinem Lebenslauf standen, und das wusste ich auch.

Bella war gut in der Schule, hatte aber nicht viel Interesse daran. Durch Englisch und Geschichte schwebte sie mit der Nonchalance eines Menschen, der weiß, dass es nicht wirklich wichtig ist. Und das war es auch nicht. Sie konnte schöne Texte schreiben und kann es immer noch. Aber es war die bildende Kunst, bei der sie ihren wahren Platz im Leben fand. Wir besuchten beide eine öffentliche Schule, in der praktisch keine Spendengelder ankamen, doch die Unterstützung durch die Eltern war gewaltig, und so stellte man den Schülern ein Atelier mit Ölfarben, Leinwänden sowie einen Lehrer zur Verfügung, der sich ganz unserer kreativen Selbstverwirklichung widmete.

Bella hatte immer schon viel gezeichnet, als wir noch Kinder waren, und ihre Zeichnungen waren gut – übernatürlich gut –, doch in jenem Atelier begann sie Kunst zu produzieren, die außergewöhnlich war. Schüler und Lehrer kamen aus den verschiedensten Klassenzimmern, um sich anzuschauen, was sie machte. Eine Landschaft, ein Selbstbildnis, eine Schale überreifes Obst auf einem Tisch. Einmal malte sie Irving, einen verkopften Streber aus Cherry Hill, und durch ihre Darstellung veränderte sich sein Ruf. Auf einmal hatte er eine Aura, wirkte schwer zu fassen, faszinierend. Die Leute sahen ihn, wie Bella ihn gezeichnet hatte. Als hätte sie die Fähigkeit, das, was in ihm steckte, herauszulassen wie einen Geist aus der Flasche, sodass es sich überallhin verbreitete.

Am Samstagnachmittag rief mich ihr Vater Frederick aus Paris an. Ich sagte ihm das, was wir wussten: dass Bella geglaubt habe, sie sei schwanger, und bei einer Ultraschalluntersuchung sowie weiteren Tests sei herausgekommen, dass sie wahrscheinlich Eierstockkrebs habe.

Am anderen Ende der Leitung benommenes Schweigen. Und dann ein Ruf an die Waffen.

»Ich kontaktiere Dr. Finky«, sagte er. »Wir brauchen gleich am Montag einen Termin. Sei du auch dabei.«

»Danke«, sagte ich automatisch.

»Würdest du ihre Mutter anrufen?«, fragte er mich.

»Ja«, versprach ich.

Bellas Mutter fing am Telefon sofort zu schluchzen an, womit ich gerechnet hatte. Jill hatte schon immer einen Hang zur Drama Queen.

»Ich nehme den nächsten Flieger«, sagte sie, obwohl sie vermutlich in Philadelphia war und in etwas weniger als der doppelten Zeit, die sie zum Flughafen brauchte, mit dem Auto hier wäre.

»Wir bekommen einen Termin am Montagmorgen«, sagte ich. »Soll ich dir Ort und Zeit schicken?«

»Ich rufe Bella an«, antwortete sie und legte auf.

Das Letzte, was ich gehört hatte, war, dass Jill einen Freund in unserem Alter hat. Nach der Scheidung von Bellas Vater hat sie noch einmal geheiratet, den Erben einer griechischen Reederei, der sie nach Strich und Faden, und ohne einen Hehl daraus zu machen, betrog. Sie hatte nie ein gutes Händchen für Männer. Vermutlich diente sie für Bellas Liebesleben maßgeblich als Vorbild – was mit Aaron nun hoffentlich ein Ende hat.

Als wir nun am Montagmorgen in der Praxis sitzen und die Papiere ausfüllen, erkundige ich mich nicht nach Jill, weil das nicht nötig ist. Ich weiß, warum sie nicht da ist. Sie hat den Zettel mit dem Termin verloren oder einen Massagetermin gehabt, den sie nicht absagen konnte, oder sie hat vergessen, ein Zugticket zu kaufen, und denkt, sie könnte genauso gut auch morgen kommen. Es gibt immer eine Million Gründe, die alle nur das eine aussagen.

Bella kämpft sich durch die Formulare, und Aaron und ich sitzen wie versteinert da, rechts und links von ihr. Ich sehe, wie er den Fuß über sein Bein legt, nervös damit herumzappelt. Er fährt sich mit der Hand über die Stirn.

Bella trägt Jeans und einen orangeroten Pullover, obwohl es für beides draußen viel zu heiß ist. Der Sommer will einfach nicht weichen, obwohl wir schon fast Ende September haben.

»Ms Gold?«

Ein junger Pfleger oder Assistent mit Drahtbügelbrille erscheint vor einer Glastür.

Bella schiebt die Papiere nervös auf ihrem Schoß hin und her. »Ich bin noch nicht fertig«, sagt sie.

Brenda an der Rezeption lächelt. »Ist schon in Ordnung. Wir können das später machen.« Sie schaut von mir zu Aaron. »Kommen Sie beide mit rein?«

»Ja«, sagt Aaron.

Der Pfleger, er heißt Benji, plaudert fröhlich mit uns, während wir den Flur entlanggehen. Wieder diese betont gute Laune. Man könnte meinen, wir seien auf dem Weg in die Eisdiele oder stünden Schlange am Riesenrad.

»Hier entlang.«

Er lässt uns in einen weiß gestrichenen Raum vorgehen, und wir drei betreten ihn in der gleichen Formation: ich, Bella, Aaron. Zwei Stühle stehen in der Ecke, in der Mitte ein Untersuchungsstuhl. Ich bleibe stehen.

»Wir machen nur noch ein paar kleine Tests, während wir auf Dr. Finky warten.«

Benji misst Bellas Temperatur und ihren Puls und schaut ihr in Rachen und Ohren. Sie steigt auf die Waage, und er misst, wie groß sie ist. Auch Aaron bleibt stehen, und zusammen mit den beiden Stühlen und uns Stehenden wirkt der Raum fast klaustrophobisch klein. Ich bin mir nicht sicher, ob hier überhaupt noch jemand reinpasst.

Dann geht endlich die Tür auf.

»Bella, ich habe Sie nicht mehr gesehen, seit Sie zehn Jahre alt waren. Hallo!«

Dr. Finky ist ein kleiner Mann – rundlich und gedrungen –, der sich jedoch mit der Schnelligkeit und Zielstrebigkeit eines Wurfpfeils im Raum bewegt.

»Hi«, sagt Bella. Sie streckt ihm die Hand hin, und er ergreift sie.

»Wer ist das?«, fragt er, auf uns bezogen.

»Das ist mein Freund Greg.« Aaron reicht Finky die Hand, und der Doc schüttelt sie. »Und meine beste Freundin Dannie.« Auch hier Handshake.

»Sie haben ein gutes Support-System, das ist prima«, sagt er. Ich spüre, wie mein Magen sich zusammenzieht, sich wieder entspannt. Das hätte er nicht sagen sollen. Es erfüllt mich mit Unbehagen.

»Sie sind also zum Arzt gegangen, weil Sie dachten, Sie wären schwanger? Und wieso sind Sie dann heute in meiner Praxis?« Finky setzt seine Brille auf, zieht sein Notizbuch hervor und beginnt zu nicken und zu schreiben. Bella erklärt alles noch einmal: die ausgebliebene Periode; der aufgeblähte Bauch; der falsch positive Schwangerschaftstest. Das CT. Die Ergebnisse der Blutuntersuchung.

»Wir müssen noch einige zusätzliche Tests vornehmen«, sagt er. »Ich möchte vorerst noch nichts sagen.«

»Können wir das denn heute machen?«, frage ich. Auch ich habe mir Notizen gemacht, mir alles, was aus seinem Mund kommt, in mein Büchlein geschrieben – das Büchlein, das eigentlich für die Planung einer Hochzeit gedacht war.

»Ja«, sagt er. »Ich lasse gleich noch mal den Pfleger reinkommen, der Sie vorbereitet.«

»Was ist Ihre Meinung?«, frage ich ihn.

Er nimmt die Brille ab. Schaut Bella an. »Ich glaube, wir müssen noch einige zusätzliche Untersuchungen machen«, antwortet er.

Mehr braucht er nicht zu sagen. Ich bin Anwältin. Ich weiß, was Worte bedeuten, was Schweigen bedeutet, was Wiederholungen zu sagen haben. Und so weiß ich ganz genau, hundertprozentig, was er denkt. Was er vermutet. Vielleicht sogar, was er bereits weiß. Dass alles stimmt.

20

Eines sagt einem niemand, wenn man Krebs hat: dass sie alles versuchen, um es dir leicht zu machen. Nach dem allerersten Schock, nach der Diagnose und der Angst stellen sie dich auf ein Förderband. Und dann geht's los, ganz langsam und easy. Möchten Sie zu Ihrer Chemo ein Glas Zitronenwasser? Hier, bitte schön. Bestrahlung? Kein Problem, jeder macht das, ist praktisch wie ein Joint. Wir servieren Ihnen Ihren Chemiecocktail mit einem Lächeln. Er wird Ihnen schmecken, Sie werden sehen.

Bella hat tatsächlich Eierstockkrebs. Sie vermuten Stufe drei, was bedeutet, dass er wahrscheinlich in die nächstgelegenen Lymphknoten gestreut hat, aber noch nicht in die Organe der Umgebung. Er sei behandelbar, sagt man uns. Es gebe Heilungschancen. Bei Eierstockkrebs sei dies oft nicht der Fall. Dann sei es zu spät. Hier nicht.

Ich frage nach der Statistik, aber Bella will nichts davon hören. »Informationen dieser Art nisten sich in deinem Kopf ein«, sagt sie. »Und das kann wiederum Auswirkungen auf die Heilungschancen haben. Ich will es nicht wissen.«

»Es sind doch nur Zahlen«, entgegne ich. »Und Auswirkungen auf die Heilungschancen hat es in jedem Fall. Harte Fakten sind harte Fakten. Wir sollten wissen, womit wir es zu tun haben.«

»Wir werden schon herausfinden, womit wir es zu tun haben.«

Bella beschließt einen Boykott von Google, aber ich suche dennoch: siebenundvierzig Prozent. Das ist die Überlebensrate von Patientinnen mit Eierstockkrebs über fünf Jahre gesehen. Weniger als die Hälfte.

David findet mich auf dem Fliesenboden in der Dusche.

»Fast fünfzig Prozent ist doch eine reelle Chance«, sagt er. Geht neben mir in die Hocke. Hält meine Hand durch den Spalt der Glastür. »Das ist gar nicht mal schlecht.« Aber er ist kein guter Lügner. Ich weiß, auf eine solch geringe Chance würde er selbst niemals wetten, nicht einmal sturzbetrunken an einem Spieltisch in Las Vegas.

*

Fünf Tage später bin ich mit Bella verabredet. Man hat uns einen gynäkologischen Onkologen empfohlen, der den genauen Verlauf der OPs und die Zyklen der Behandlung festlegen wird. Diesmal sind wir nur zu zweit. Bella hat Aaron gebeten, nicht mitzukommen. Ich war bei ihrem Gespräch nicht dabei. Ich weiß nicht, wie es verlaufen ist. Ob er trotzdem mitkommen wollte. Oder ob er erleichtert war.

Wir treffen uns in der Praxis von Dr. Shaw an der Park Avenue, zwischen der Sixty-Second und der Sixty-Third. Sie sieht von außen so wenig nach Praxis aus, dass wir zunächst denken, man habe uns die falsche Adresse gegeben – sind wir etwa zu einem Mittagessen unterwegs? Die Praxis ist diskreter, gedämpfter – hier sind Patienten, die leiden. Das spürt man. Dr. Shaws Praxis ist der allererste Halt dieses funkelnagelneuen, sauber geschrubbten und langsam in Fahrt kommenden Zuges. Und zu Dr. Shaw werden wir immer wieder zurückkehren, auf dem gesamten Weg.

Als die Schwester uns ins Sprechzimmer bringt, kommt Dr. Shaw uns zur Begrüßung rasch entgegen. Ich mag auf der Stelle sein freundliches Gesicht – ein offenes, aufrichtiges Gesicht. Er lächelt viel. Bella mag ihn auch, das spüre ich.

»Woher kommen Sie?«, fragt sie ihn.

»Eigentlich aus Florida«, antwortet er. »Sunshine State.«

»Ich fand es immer seltsam, dass Florida der Sunshine State ist«, sagt Bella. »Eigentlich sollte das Kalifornien sein.«

»Da bin ich ganz Ihrer Meinung«, erwidert Dr. Shaw.

Er ist groß, und als er sich auf seinem kleinen Rollhocker zusammenfaltet, sind seine Knie fast auf Höhe der Ellbogen.

»Na gut«, sagt er. »Dann sage ich Ihnen jetzt, was wir machen.«

Dr. Shaw erklärt uns Schritt für Schritt, was er vorhat. Zuerst eine OP, eine »Debulkierung« des Tumors, sprich eine Reduzierung, gefolgt von zwei Monaten Chemo, aufgeteilt in vier Zyklen. Er warnt uns, dass Letztere brutal wird. Ich wünschte – wie noch öfter in Dr. Shaws Praxis –, ich könnte Bellas Platz einnehmen. Es sollte umgekehrt sein. Ich bin stark. Ich kann damit umgehen. Ob Bella das kann, bin ich mir nicht sicher.

Die OP wird für den Dienstag festgesetzt, wiederum im Sinai Hospital. Es wird eine Totaloperation, bei der nicht nur die Gebärmutter, sondern auch die Eierstöcke und die Eileiter entfernt werden. Etwas, das man auch bilaterale Salpingo-Oophorektomie nennt. Das weiß ich, weil ich mittlerweile nicht nur im Taxi, sondern auch in der U-Bahn und auf dem Klo im Büro medizinische Begriffe google. Bella wird keine Eizellen mehr produzieren, und es wird auch keinen Ort mehr geben, an dem sie sich eines Tages einnisten und entwickeln könnten.

Als sie das erfährt, fängt Bella an zu weinen.

»Kann ich denn vorher meine Eizellen einfrieren lassen?«, fragt sie.

»Ja, es gibt diese Möglichkeit späterer Befruchtung«, sagt Dr. Shaw sanft zu ihr. »Aber ich würde ebenso davon abraten wie davon, noch zu warten. Manchmal können Hormone den Krebs verschlimmern. Ich glaube, es ist entscheidend, dass wir Sie so schnell wie möglich operieren.«

»Wie kann das alles nur sein?«, fragt Bella. Sie schlägt die Hände vors Gesicht. Mir ist schlecht. Galle steigt in mir hoch und droht sich auf den Boden dieser Praxis an der Park Avenue zu ergießen.

Dr. Shaw rollt auf seinem Hocker nach vorn. Er legt ihr eine Hand aufs Knie. »Ich weiß, es ist hart«, sagt er. »Aber Sie sind in besten Händen. Und wir werden alles für Sie tun, was wir können.«

»Es ist nicht fair«, sagt sie.

Dr. Shaw schaut mich an, aber zum allerersten Mal fehlen mir die Worte. Krebs. Keine Kinder, niemals. Ich muss mich darauf konzentrieren, Luft zu holen.

»Nein, fair ist es nicht«, sagt er. »Sie haben recht. Aber es kommt sehr auf Ihre Haltung an. Ich werde für Sie kämpfen, aber es ist wichtig, dass auch Sie mitmachen.«

Sie blickt zu ihm auf, Tränen laufen ihr über die Wangen.

»Werden Sie denn auch da sein?«, fragt sie. »Ich meine, während der OP?«

»Da können Sie drauf wetten«, sagt er. »Ich werde derjenige sein, der sie durchführt.«

Bella schaut mich an. »Was meinst du?«, fragt sie mich. Ich denke an Amagansett zurück, an den Strand. Wie kann das sein, dass das nur drei Wochen her ist – wie sie über einem Schwangerschaftstest errötete und vor Vorfreude glühte?

»Ich denke, wir machen die OP«, sage ich.

Bella nickt. »Okay.«

»Es ist die richtige Entscheidung«, sagt Dr. Shaw. Er rollt zu seinem Computer. »Und wenn Sie irgendwelche Fragen haben, hier ist meine Handynummer.« Er reicht uns beiden eine Visitenkarte. Ich schreibe mir die Nummer in mein Notizbuch ab.

»Und jetzt lassen Sie uns durchsprechen, was Sie erwartet«, sagt er.

Es wird noch mehr geredet. Über Lymphknoten und Krebszellen und Bauchschnitte. Ich schreibe alles mit, doch selbst mir fällt es schwer – nein, es ist unmöglich –, zu folgen. Es ist so, als würde Dr. Shaw eine andere Sprache sprechen – eine Sprache wie Russisch oder vielleicht Tschechisch. Eigentlich will ich gar nichts verstehen; ich will nur, dass er endlich mit dem Reden aufhört, denn wenn er zu reden aufhört, ist nichts davon wahr.

Wir verlassen die Praxis und stehen an der Ecke Sixty-Third und Park Avenue. Unerklärlicherweise und unmöglicherweise ist es ein herrlicher Tag. Der September in New York ist ein schöner Monat, nur getrübt durch die Tatsache, dass nach dem Herbst schon bald der Winter kommt. Ein Tag wie aus dem

Bilderbuch. Der Wind ist sanft, die Sonne brennt. Überall, wo ich hinschaue, sehe ich Leute, die lächeln und reden und sich grüßen.

Ich schaue zu Bella. Ich weiß nicht, was ich sagen soll. Es ist unglaublich, dass da etwas so schrecklich Tödliches in ihr wächst. Unmöglich. Schau sie dir an. Schau nur. Sie ist der Inbegriff von Gesundheit. Mit rosigen Wangen, voll und strahlend. Wie eine junge Frau aus einem impressionistischen Gemälde. Sie ist das pralle Leben.

Was würde passieren, wenn wir einfach so tun würden, als hätten wir es nie erfahren? Würde der Krebs uns trotzdem einholen? Oder würde er begreifen, was wir ihm sagen wollen, und verschwinden? Bekommt er überhaupt etwas mit? Hört er zu? Und steht es in unserer Macht, alles zu verändern?

»Ich muss Greg anrufen«, sagt sie.

»Okay.«

Nicht zum ersten Mal an diesem Morgen merke ich, dass mein Handy wie wild in der Tasche vibriert. Es ist schon nach zehn, und ich hätte bereits vor zwei Stunden im Büro sein müssen. Ich bin mir sicher, dass schon hundert E-Mails aufgelaufen sind.

»Soll ich uns ein Taxi bestellen?«, frage ich.

Sie schüttelt den Kopf. »Nein, ich will zu Fuß gehen.«

»Okay«, sage ich. »Gehen wir zu Fuß.«

Sie nimmt ihr Handy aus der Tasche. Schaut nicht auf. »Ich wäre lieber allein.«

Als wir noch auf der Highschool waren, schlief Bella mehr bei uns als bei sich zu Hause. Sie hasste es, allein zu sein, und ihre Eltern waren ständig auf Reisen. Zu mindestens sechzig Prozent im Monat waren sie nicht da. Deshalb lebte Bella praktisch bei uns. Ich hatte ein Ausziehbett mit Rollen für sie unter meinem, und oft lagen wir nachts wach, kletterten zwischen den Betten hin und her und zählten die Klebesterne an meiner Decke. Natürlich war das unmöglich, denn wer konnte sie schon auseinanderhalten? Irgendwann wurden wir vom vielen Zählen müde und schliefen ein.

»Bells...«

»Bitte«, sagt sie. »Ich verspreche, dass ich dich später anrufe.«

Ihre Worte kränken mich. Es ist alles schon schlimm genug, also warum sollten wir uns dem, was wir gerade erfahren haben, allein stellen? Wir müssen uns irgendwo hinsetzen. Uns einen Kaffee holen. Wir müssen darüber reden.

Sie geht los, und ich folge ihr instinktiv, doch sie dreht sich um und bedeutet mir mit einer Handbewegung: *Lass mich.*

Mein Handy summt wieder. Diesmal nehme ich es aus der Tasche und gehe dran.

»Ja? Dannie am Apparat«, sage ich.

»Wo zum Teufel bist du?«, tönt Sanjis Stimme aus dem Handy. Sie ist in unserem aktuellen Fall meine Partnerin, neunundzwanzig Jahre alt, und hat bereits mit sechzehn ihren Abschluss an der MIT gemacht. Im Berufsleben steht sie bereits seit zehn Jahren. Ich habe noch nie ein Wort aus ihrem Munde gehört, das nicht absolut notwendig war. Die Tatsache, dass sie »zum Teufel« gesagt hat, spricht Bände.

»Tut mir leid, ich bin aufgehalten worden. Ich bin auf dem Weg.«

»Nicht auflegen«, sagt sie. »Wir haben ein Problem mit CIT. In ihren Finanzen sind Lücken.«

Wir sollten unsere Prüfung von CIT, einer Firma, die unser

Mandant Epson, eine riesige Techfirma, kaufen will, in diesen Tagen abschließen. Wenn wir keinen lückenlosen Finanzbericht haben, wird der Partner den Mandanten verlieren. »Ich gehe gleich zu ihnen ins Büro«, sage ich. »Bleib dran an der Sache.«

Sanji legt auf, ohne sich zu verabschieden, und ich nehme mir ein Taxi in den Financial District, wo CIT seinen Hauptsitz hat. Es handelt sich um eine Firma, die sich auf Websitecodierung spezialisiert hat. Für meinen Geschmack war ich in letzter Zeit ein bisschen zu oft dort.

Wir sind seit sechs Monaten in ständigem Kontakt mit der Justiziarin der Firma, und ich weiß, dass sie dort einen ausgezeichneten Job macht. Also handelt es sich hoffentlich nur um ein Versehen. Es sind Steuerdaten und Erklärungen von insgesamt acht Monaten, die fehlen.

Als ich bei CIT ankomme, lässt man mich sofort vor, und Darlene, die Empfangsdame, bringt mich zum Büro der Justiziarin.

Beth sitzt an ihrem Schreibtisch und blinzelt kurz, als sie mich eintreten sieht. Sie ist Mitte bis Ende fünfzig und seit der Gründung der Firma vor zwölf Jahren dabei. Ihr Büro spiegelt den Purismus wider, den sie selbst verströmt – kein einziges Foto steht auf dem Schreibtisch, und sie trägt keinen Ring. Wir gehen herzlich, ja sogar freundschaftlich miteinander um, doch über Persönliches sprechen wir nie, und ich könnte unmöglich sagen, was sie zu Hause erwartet, wenn sie die heiligen Hallen dieses Büros verlässt.

»Dannie«, sagt sie. »Wie komme ich zu der fragwürdigen Ehre?« Ich war erst gestern bei ihr im Büro.

»Uns fehlen immer noch Finanzdaten«, sage ich.

Sie steht nicht auf, noch bedeutet sie mir, mich zu setzen.
»Ich lasse mein Team prüfen.«
Ihr Team besteht aus einem weiteren Juristen namens Davis Brewster, mit dem ich auf der Columbia war. Er ist ein kluger Kopf, und ich kann mir nicht erklären, wieso er als juristischer Berater bei einer mittelgroßen Firma versauert.
»Heute Nachmittag«, sage ich zu ihr.
Sie schüttelt den Kopf. »Sie müssen Ihren Job wirklich lieben.«
»Nicht mehr und nicht weniger als wir alle«, entgegne ich.
Sie lacht. Schaut wieder auf ihren Computer. »Na ja.«

*

Bis siebzehn Uhr kommen neue Unterlagen von CIT durch. Ich werde mindestens bis neun Uhr im Büro bleiben müssen, um sie durchzusehen. Sanji tigert im Konferenzraum auf und ab, als brüte sie eine Angriffsstrategie aus. Ich schicke Bella eine Nachricht: *Melde dich bei mir.* Keine Antwort.

Es wird zehn, bis ich das Büro verlassen kann. Immer noch nichts von Bella. Jede Faser meines Körpers fühlt sich an wie zerschmettert, als wäre ich im Laufe des Tages von einem tonnenschweren Gewicht niedergedrückt worden. Beim Gehen spüre ich, wie ich mich langsam wieder aufrichten kann. Ich habe keine Sneakers dabei, und nach fünf Blocks beginnen mir meine Füße in den hohen Schuhen wehzutun, aber ich gehe trotzdem weiter. Während ein Block nach dem anderen an mir vorbeizieht – die Fifth runter und dann die Forties in abnehmender Zahl, dieselbe Strecke, die auch die U-Bahn nimmt –, werde ich schneller und schneller. Bis ich bei der East Thirty-Eighth angelangt bin, laufe ich.

Als ich im Laufschritt unsere Wohnung am Gramercy Park erreiche, schwitze ich und bin außer Atem. Mein Top ist vollkommen durchgeschwitzt, und die Füße tun mir höllisch weh.

Ich fürchte mich davor, sie anzusehen, denn ich kann mir durchaus vorstellen, dass Blut unter den Sohlen hervorquillt. Ich öffne die Tür. David sitzt am Tisch, ein Glas Wein neben sich, den Laptop aufgeklappt. Er springt auf, als er mich sieht.

»Hey«, sagt er. Er betrachtet mich von oben bis unten mit schmalen Augen. »Was ist denn mit dir passiert?«

Ich bücke mich, um mir die Schuhe auszuziehen. Schon der erste will sich nicht lösen, als wäre er am Fuß festgenäht. Ich schreie auf vor Schmerz.

»Oje«, sagt David. »Na gut. Setz dich mal.« Ich lasse mich auf die kleine Bank sinken, die bei uns im Flur steht, und er geht vor mir in die Hocke. »Meine Güte, Dannie, was hast du denn gemacht? Bist du nach Hause gejoggt?«

Er blickt zu mir auf, und in genau diesem Moment habe ich das Gefühl zu stürzen. Ich bin mir nicht sicher, ob ich gleich in Ohnmacht fallen oder in Flammen aufgehen werde. Das Feuer in meinen Füßen steigt langsam an mir hoch und droht mich ganz und gar zu verschlingen.

»Sie ist richtig krank«, sage ich. »Nächste Woche muss sie operiert werden. Stufe drei. Vier Zyklen Chemo.«

David nimmt mich in die Arme. Ich möchte seinen Trost spüren. Möchte mich in ihn hineinfallen lassen. Aber ich kann nicht. Es ist zu groß. Nichts wird helfen, um mir den Blick auf die Wirklichkeit zu verstellen.

»Hatten sie denn neue Erkenntnisse?«, fragt David, der langsam das ganze Ausmaß begreift. »Der neue Arzt? Was hat er gesagt?« Er lässt mich los, legt mir sanft eine Hand aufs Knie.

Ich schüttele den Kopf. »Bella wird nie Kinder haben können. Sie nehmen alles raus, die Gebärmutter, beide Eierstöcke...« David zuckt zusammen. »Verdammt«, sagt er. »Verdammt, Dannie, das tut mir so leid.«

Ich schließe die Augen, weil der Schmerz in meinen Füßen so schlimm ist wie Messer, die sich langsam in meinen Fersen drehen.

»Zieh sie aus«, bitte ich ihn. Mein Atem kommt nur noch stoßweise.

»Okay«, sagt er. »Warte.«

Er geht ins Bad und kommt mit Babypuder zurück. Er schüttelt die Flasche, und eine weiße Puderwolke rieselt auf meinen Fuß. David zieht vorsichtig am Hacken meines Schuhs. Mir wird fast schlecht vor Schmerz.

Dann ist der Schuh herunter. Ich schaue auf meinen Fuß hinab – er ist aufgescheuert und blutet, sieht aber besser aus, als ich dachte. David gibt noch etwas Puder darauf.

»Lass mich den anderen sehen«, sagt er.

Ich gebe ihm den anderen Fuß. Er schüttelt die Puderdose, ruckelt vorsichtig an dem Schuh, löst ihn behutsam vom Fuß.

»Du musst sie einweichen«, sagt David. »Komm.«

Er legt einen Arm um mich und führt mich – während ich ächze und stöhne – ins Bad. Wir haben eine Wanne, obwohl es keine altmodische mit Klauenfüßen ist. Eine solche Wanne war schon immer ein Traum von mir, doch unser Bad war schon fertig gestaltet, als wir einzogen. Es ist bescheuert, ja fast undenkbar, dass sich mein Gehirn mit solchen Nichtigkeiten beschäftigt, aber so ist es – die fehlenden Füße einer Badewanne. Als hätte das irgendeine Bedeutung.

David lässt Wasser für mich ein. »Ich tue auch noch ein bisschen Epsom-Salz dazu«, sagt er. »Dann wird es dir gleich besser gehen.«

Ich packe ihn am Arm, als er hinausgehen will, klammere mich an ihn, drücke den Arm an mich wie ein Kind sein Schmusetier.

»Es wird alles wieder gut«, sagt er. Doch natürlich bedeuten die Worte gar nichts. Niemand kann wissen, ob alles wieder gut wird. Weder er noch Dr. Shaw. Nicht einmal ich.

21

Da Bella weder auf meine Anrufe noch auf meine Nachrichten reagiert, wähle ich am Samstag schließlich Aarons Nummer. Er nimmt schon beim zweiten Läuten ab. »Dannie«, sagt er. Eigentlich flüstert er. »Hey.«
»Ja. Hi.«
Ich befinde mich im Schlafzimmer unserer Wohnung, meine bandagierten Füße kneten den weichen Teppich. »Ist Bella da?«
Stille am anderen Ende der Leitung.
»Komm schon, Aaron. Sie reagiert nicht auf meine Anrufe.«
»Sie schläft gerade«, sagt er.
»Oh.« Es ist erst acht Uhr abends.
»Was machst du?«
Ich schaue auf meine Jogginghose hinab. »Nichts«, sage ich. »Wahrscheinlich arbeite ich noch eine Runde. Sagst du ihr, dass ich angerufen habe?«
»Ja, natürlich«, erwidert er.
Auf einmal bin ich extrem wütend. Aaron, dieser Fremde. Dieser Mann, den sie seit kaum mehr als vier Monaten kennt, ist derjenige, der bei ihr in der Wohnung sein darf. Er ist derje-

nige, der sich um sie kümmern darf. Er kennt sie nicht einmal. Und ich, ihre beste Freundin, ihre Familie …

»Sie soll mich unbedingt anrufen«, sage ich. Mein Ton hat sich geändert. Befeuert von meinen pochenden Gedanken.

»Ich weiß«, sagt Aaron. Seine Stimme ist leise. »Es war einfach nur …«

»Das ist mir egal. Nimm's mir nicht übel, aber ich kenne dich nicht. Meine beste Freundin muss am Dienstag operiert werden. Sie muss mich unbedingt anrufen.«

Aaron räuspert sich. »Hast du Lust, eine Runde zu gehen?«, fragt er mich.

»Wie bitte?«

»Ein Spaziergang«, sagt er. »Ich könnte ein bisschen frische Luft brauchen. Und mir scheint, du auch.«

Ich bin mir nicht sicher, was ich sagen soll. Ich möchte ihm sagen, dass ich zu viel Arbeit habe, was auch stimmt – ich war die ganze Woche damit beschäftigt, die Dokumente für die Unterzeichnung vorzubereiten. Wir haben immer noch nicht alles von CIT bekommen, und Epson wird langsam nervös; sie wollen nächste Woche an die Öffentlichkeit. Aber ich sage nicht Nein. Ich muss mit Aaron reden. Ihm erklären, dass ich das alles übernehme, und dass er zu dem Leben zurückkehren soll, das er letztes Frühjahr hatte.

»Okay«, sage ich. »Ecke Perry und Washington. Zwanzig Minuten.«

*

Er wartet schon an der Bordsteinkante, als mein Taxi vorfährt. Draußen ist es immer noch hell, aber bald wird es dämmern.

Der Oktober ist nur noch einen Herzschlag entfernt und verheißt noch mehr Dunkelheit. Aaron trägt Jeans und einen grünen Pullover, genau wie ich, und einen Moment lang, während ich den Taxifahrer bezahle und aussteige, muss ich bei der Vorstellung, was für ein Bild wir abgeben – zwei Leute, die sich treffen und genau gleich angezogen sind –, fast lachen.

»Wenn man bedenkt, dass ich beinahe noch meine orange Tasche mitgebracht hätte«, sagt er und zeigt auf meine Leder-Crossbody von Tod's, die mir Bella zum fünfundzwanzigsten Geburtstag geschenkt hat.

Wir setzen uns in Bewegung. Langsam. Meine wunden Füße schmerzen immer noch. Wir gehen die Perry in Richtung West Side Highway entlang. »Hier habe ich mal gewohnt«, sagt er, um das Schweigen zu durchbrechen. »Bevor ich nach Midtown zog. Nur sechs Monate; es war meine erste Wohnung hier. Das Haus liegt einen Block weiter, am Hudson. Ich mochte das West Village, aber es war unmöglich, mit öffentlichen Verkehrsmitteln irgendwohin zu kommen.«

»Da ist die West Fourth«, sage ich.

Er runzelt die Stirn, kramt in seiner Erinnerung. »Die Wohnung lag über einer Pizzeria, die mittlerweile geschlossen ist«, sagt er. »Ich erinnere mich, dass alles, was ich besaß, nach italienischem Essen gerochen hat. Meine Klamotten, das Bettzeug, alles.«

Jetzt muss ich doch lachen. »Als ich damals in die Stadt zog, habe ich in Hell's Kitchen gewohnt. Mein ganzes Apartment roch nach Curry. Kann das Zeug bis heute nicht ausstehen.«

»Aha«, sagt er. »Ich hingegen bin süchtig nach Pizza.«

»Wie lange bist du eigentlich schon Architekt?«, frage ich ihn.

»Von Anfang an«, antwortet er. »Ich glaube, ich bin dafür geboren. Schon in der Schule wollte ich immer Architekt werden. Eine Weile dachte ich, ich würde lieber Ingenieur werden, aber dafür war ich nicht schlau genug.«

»Das möchte ich bezweifeln.«

»Tu's nicht. Ist wirklich so.«

Wir gehen eine Weile schweigend weiter.

»Hast du eigentlich jemals darüber nachgedacht, Prozessanwältin zu werden?«, fragt er so plötzlich, dass es mich überrumpelt.

»Wie meinst du das?«

»Ich weiß, dass du dich als Juristin mit Deals beschäftigst. Ich frage mich nur, ob du jemals darüber nachgedacht hast, eine von diesen Anwältinnen zu werden, die vor Gericht erscheinen. Ich könnte wetten, du wärst der Hammer.« Er zwinkert und schenkt mir ein schiefes Lächeln. »Du scheinst sehr gut darin zu sein, einen Schlagabtausch zu gewinnen.«

»Nein«, sage ich. »Eine Tätigkeit als Prozessanwalt ist nichts für mich.«

»Wieso?«

Ich mache einen Schritt um eine Lache herum. In New York weiß man bei einer Pfütze nie, ob es sich um Wasser oder um Urin handelt.

»Prozessanwälte beugen das Recht nach deinem Willen, Täuschung spielt eine große Rolle, und alles dreht sich um Wahrnehmung. Kannst du die Geschworenen überzeugen? Kannst du Leuten ein Gefühl vermitteln? Wenn man dagegen einen juristischen Deal aushandelt, steht nichts über dem Gesetz. Was auf dem Papier steht, zählt. Schwarz auf weiß.«

»Faszinierend«, sagt er.

»Finde ich auch.«

Aaron legt seine Hände zusammen, reibt sie nervös. »Aber jetzt erzähl mal«, sagt er. »Wie geht es dir?«

Bei der Frage bleibe ich stehen.

Er auch.

Ich drehe mich leicht zu ihm, er macht spiegelverkehrt die gleiche Bewegung. Ich bin ehrlich. »Nicht gut«, sage ich.

»Ja«, erwidert er. »Dachte ich mir. Ich kann mir gar nicht vorstellen, wie schwer das alles für dich sein muss.«

Ich sehe ihn an. Unsere Blicke begegnen sich.

»Sie ist ...«, beginne ich, bringe den Satz aber nicht zu Ende. Der Wind frischt auf, bringt Laub und Abfall zum Tanzen, wie ein Ballett. Ich fange an zu weinen.

»Ist schon okay«, sagt er. Er macht einen Schritt auf mich zu, doch ich weiche zurück, und so stehen wir da, ganz nah, ohne uns zu berühren, bis mein Tränenstrom ein wenig versiegt.

»Ist es nicht«, sage ich.

»Nein«, sagt er. »Ich weiß.«

Ich schlucke den Rest meiner Tränen herunter. Schaue zu ihm hinüber. Auf einmal schießt mir Wut durch die Adern, wie Alkohol. »Gar nichts weißt du«, sage ich. »Du hast ja keine Ahnung.«

»Dannie ...«

»Du musst das nicht tun, weißt du. Niemand würde dir einen Vorwurf machen.«

Er blinzelt mich an. »Was meinst du?« Er scheint wirklich keine Ahnung zu haben, was ich sagen will.

»Ich meine, das ist doch nicht das, was du bestellt hast. Du lernst eine hübsche Frau kennen, sie ist gesund, und jetzt ist sie es nicht mehr.«

»Dannie«, sagt Aaron, und er scheint seine Worte sehr genau abzuwägen. »Du kannst sicher sein, dass ich nicht weglaufe.«

»Warum?«, frage ich.

Ein Jogger kommt an uns vorbei, spürt offenbar die Anspannung in unserem Gespräch und überquert rasch die Straße. Ein Auto hupt. Irgendwo fährt ein Krankenwagen mit Sirene am Hudson entlang.

»Weil ich sie liebe«, sagt er.

Ich ignoriere dieses Geständnis. So was habe ich schon öfters gehört. »Du kennst sie doch gar nicht.«

Ich gehe weiter. Ein Kind mit einem Basketball in der Hand flitzt an uns vorbei, seine Mutter rennt hinter ihm her. Großstadt. Voll und laut und ohne zu ahnen, dass sich fünfzehn Blocks entfernt in Richtung Süden Zellen vermehren, mit dem Ziel, die ganze Welt zu zerstören.

»Dannie. Hör auf.«

Ich höre nicht auf. Und dann spüre ich Aarons Hand auf meinem Arm. Er reißt mich grob zu sich herum.

»Aua!«, rufe ich. »Was zum Teufel...« Ich reibe meinen Oberarm. Auf einmal überkommt mich der Drang, ihn zu schlagen, ihm die Faust ins Auge zu bohren und ihn dann, blutend und zusammengekauert, dort liegen zu lassen, an der Ecke Perry Street.

»Es tut mir leid«, sagt er. Seine Augenbrauen sind finster zusammengezogen. Er hat ein Grübchen oberhalb der Nase. »Aber du musst mir zuhören, bitte. Ich liebe sie. Nicht mehr und nicht weniger. Ich glaube, ich könnte mich selbst nicht ertragen, wenn ich mich jetzt aus dem Staub machen würde, aber das ist auch nicht relevant, weil ich sie, wie gesagt, liebe. So etwas habe ich noch nie erlebt. Das hier ist wirklich. Ich bin hier.«

Seine Brust hebt und senkt sich, als koste es ihn körperliche Kraft, sich aufrecht zu halten. Das kann ich nachvollziehen.

»Es wird noch viel schmerzlicher sein, wenn du zu einem späteren Zeitpunkt gehst«, sage ich. Ich merke, dass meine Lippe wieder zu beben beginnt. Ich setze meine ganze Willenskraft daran, dass sie damit aufhört.

Aaron streckt beide Arme nach mir aus. Greift nach meinen Ellbogen. Seine Brust ist so nah, dass ich ihn riechen kann.

»Ich bleibe. Das verspreche ich«, sagt er.

Wir müssen zurück. Ich muss mir ein Taxi rufen. Wir müssen uns Gute Nacht sagen. Ich muss nach Hause und es David erzählen. Ich muss irgendwann schlafen. Doch später erinnere ich mich an nichts davon. Alles, woran ich mich erinnere, ist sein Versprechen. Ich nehme es an. Und bewahre es in meinem Herzen, als Beweis.

22

Am Dienstag, dem 4. Oktober, finde ich mich eine Stunde vor dem Beginn der OP im Mount Sinai an der East One Hundred First Street ein. Mit Bella habe ich immer noch nicht gesprochen, aber als ich in den Vorbereitungsraum komme, sind sowohl ihr Vater als auch ihre Mutter bei ihr. Ich glaube, zusammen in einem Raum habe ich die beiden zuletzt vor mehr als zehn Jahren gesehen.

In dem Zimmer ist es laut, fast hektisch. Jill, die in ihrem Yves-Saint-Laurent-Kostüm und den frisch geföhnten Haaren wie aus dem Ei gepellt aussieht, plaudert mit den Krankenschwestern, als ginge es um die Vorbereitungen für ein festliches Mittagessen und nicht darum, dass ihrer Tochter die Fortpflanzungsorgane entnommen werden sollen.

Frederick parliert mit Dr. Shaw. Sie stehen beide am Fußende von Bellas Bett, die Arme verschränkt, in ein munteres Gespräch vertieft.

Das kann doch alles nicht wahr sein.

»Hi«, sage ich und klopfe an die Seitentür, obwohl sie bereits offen steht.

»Hey«, sagt Bella. »Schau mal, wer da ist.« Sie weist auf ihren Vater, der sich umdreht und mir zuwinkt.

»Ich sehe es«, erwidere ich. Ich stelle meine Tasche auf einen Stuhl und trete an Bellas Bett. »Wie geht es dir?«

»Gut«, sagt sie, und ich sehe sie auf der Stelle: die empörte Dickköpfigkeit, mit der sie mir die gesamte vergangene Woche aus dem Weg gegangen ist. Ihre Haare sind bereits mit einer Haube abgedeckt, und sie trägt einen OP-Kittel. Wie lange sie wohl schon hier ist?

»Was hat Dr. Shaw gesagt?«

Bella zuckt mit den Achseln. »Frag ihn selbst.«

Ich gehe die paar Schritte zu ihm. »Dr. Shaw«, sage ich. »Ich bin Dannie.«

»Natürlich«, erwidert er. »Die Frau mit dem Notizbuch.«

»Genau. Und, wie sieht's aus?«

Dr. Shaw schenkt mir ein kleines Lächeln. »Okay«, sagt er. »Ich habe Bella und ihrer Familie gerade erklärt, dass die OP etwa fünf oder sechs Stunden dauern wird.«

»Ich dachte, es seien drei«, entgegne ich. Ich habe umfangreiche Recherchen angestellt und war praktisch permanent auf Google. Habe Statistiken durchforscht, mir das genaue Prozedere angeschaut, Genesungszeiten gecheckt, über den Vorteil nachgelesen, den es hat, wenn man gleich beide Eierstöcke herausnimmt statt nur einen.

»Das könnte auch sein«, sagt er. »Es hängt davon ab, was wir da drinnen vorfinden. Eine Totaloperation dauert normalerweise drei Stunden, aber weil wir auch die Eileiter entfernen, könnte es länger dauern.«

»Nehmen Sie heute auch eine Omentektomie vor?«, frage ich.

Er mustert mich mit einer Mischung aus Respekt und Überraschung. »Wir machen eine Biopsie des Omentums, des Bauchfells, zur Stadienbestimmung, aber entfernen werden wir es heute nicht.«

»Ich habe gelesen, eine komplette Entfernung erhöht die Überlebenschancen.«

Das muss ich Dr. Shaw lassen: Er wendet weder den Blick ab noch räuspert er sich oder blickt hilfesuchend zu Jill oder Bella. Stattdessen sagt er: »Es ist wirklich von Fall zu Fall verschieden.«

Mir wird flau. Ich schaue zu Jill, die am Kopfende von Bellas Bett steht und ihr über den haubenbedeckten Kopf streicht.

Eine Erinnerung. Bella mit elf. Wie sie mitten in der Nacht aus dem unteren Rollbett zu mir hochklettert, weil sie einen Albtraum hatte. *Es hat geschneit, und ich konnte dich nicht finden.*

»Wo warst du denn?«, fragte ich damals.

»In Alaska vielleicht.«

»Wieso Alaska?«

»Ich weiß es nicht.«

Doch ich wusste es. Ihre Mutter war einen ganzen Monat fort gewesen. Irgendwo auf einer zweieinhalb Wochen dauernden Kreuzfahrt, gefolgt von einem Wellnessurlaub.

Wie kann Jill es wagen, hier aufzukreuzen! Wie kann sie es wagen, Besitzansprüche zu stellen und ihrer Tochter Trost anzubieten? Jetzt? Es ist zu spät. Es ist schon seit über zwanzig Jahren zu spät. Ich weiß, ich würde Bellas Eltern noch mehr hassen, wenn sie heute nicht erschienen wären, aber ich will sie trotzdem nicht hierhaben. Ihnen gebührt der Platz an Bellas Seite nicht, schon gar nicht heute.

Genau in diesem Moment betritt Aaron den Raum. Er hält eines dieser Papptabletts voller Starbucks-Becher in der Hand und fängt an, Kaffee zu verteilen.

»Für sie keinen«, sagt Dr. Shaw und zeigt auf Bella.

Sie lacht. »Das ist das Allerschlimmste an der Sache. Kein Kaffee.«

Dr. Shaw lächelt. »Ich bringe Sie dann jetzt rein. Sie sind in den allerbesten Händen.«

»Ich weiß«, sagt sie.

Frederick schüttelt Dr. Shaw die Hand. »Danke für alles, Doktor. Finky spricht in den höchsten Tönen von Ihnen.«

»Er hat mir sehr viel beigebracht. Und jetzt entschuldigen Sie mich bitte.« Er bewegt sich auf die Tür zu und bleibt noch einen Moment bei mir stehen. »Könnte ich Sie noch kurz draußen auf dem Flur sprechen?«

»Natürlich.«

In dem Zimmer ist koffeinbedingte Unruhe ausgebrochen, und niemand bemerkt Dr. Shaws Bitte an mich.

»Wir werden unser Bestes tun, den gesamten Tumor zu entfernen«, sagt Dr. Shaw draußen. »Bellas Krebs haben wir auf Stadium drei eingestuft, aber genauer werden wir es erst wissen, wenn wir von den umliegenden Organen Gewebeproben entnommen haben. Und ich weiß, Sie haben sich über eine mögliche Entnahme des Bauchfells Gedanken gemacht. Wir sind einfach nur noch nicht sicher, wie weit der Krebs gestreut hat.«

»Ich verstehe«, sage ich. Auf einmal spüre ich eine große, unheimliche Kälte, die vom Boden des Krankenhausflurs aufsteigt und sich in meiner Magengrube breitmacht.

»Möglicherweise müssen wir auch einen Teil von Bellas Darm entfernen.« Dr. Shaw schaut zu Bellas Tür und dann wieder zurück zu mir. »Sie wissen, dass Bella Sie als nächste Angehörige angegeben hat?«

»Wirklich?«

»Ja«, sagt er. »Ich weiß, ihre Eltern sind hier, aber ich wollte, dass Sie das wissen.«

»Danke.«

Dr. Shaw nickt. Er macht Anstalten zu gehen.

»Wie schlimm ist es?«, frage ich. »Ich weiß, dass Sie mir das nicht sagen können. Aber wenn Sie es könnten – wie schlimm ist es?«

Er schaut mich an. Und er sieht so aus, als würde er es mir wirklich gerne sagen. »Wir werden alles tun, was in unserer Macht steht«, sagt er. Und dann geht er mit großen Schritten auf die Türen des OP-Saals zu.

*

Bella wird ohne großes Tamtam in den OP-Saal gerollt. Sie wirkt gefasst. Sie küsst Jill und Frederick und Aaron, von dem Jill sichtlich angetan ist. Ein bisschen zu angetan, denn sie findet immer wieder Vorwände, ihn am Unterarm zu betatschen. Bella schaut einmal zu mir herüber und rollt mit den Augen, eine kurze Geste, die sich wie das Aufflackern einer Kerze in der Dunkelheit anfühlt.

»Alles wird gut«, sage ich zu ihr. Beuge mich über sie. Küsse sie auf die Stirn. Sie greift nach meiner Hand. Und lässt sie ebenso abrupt wieder los.

Als sie fort ist, ziehen wir in den großen Wartesaal um, der voller Menschen ist. Manche haben belegte Brote und Brettspiele dabei. Einige plaudern am Telefon, ein paar haben Decken mitgebracht. Es wird gelacht. Und doch – jedes Mal, wenn die Doppeltür aufgeht, hält der gesamte Saal inne und blickt voller Sorge auf.

»Tut mir leid, dass ich dir keinen Kaffee mitgebracht habe«, sagt Aaron. Wir suchen uns Plätze am Fenster. Jill und Frederick gehen ein paar Schritte entfernt auf und ab und sprechen in ihre Handys.

»Ist schon okay«, sage ich. »Ich gehe später in die Cafeteria.«

»Ja. Wird wohl eine Weile dauern.«

»Hattest du ihre Eltern schon kennengelernt?«, frage ich Aaron. Bella hatte nichts dergleichen erwähnt, aber jetzt bin ich mir nicht mehr so sicher.

»Erst heute Morgen«, sagt er. »Jill hat uns abgeholt. Die sind schon eine Nummer.«

Ich schnaube verächtlich.

»So schlimm, hm?«, fragt er.

»Du hast ja keine Vorstellung.«

Jill kommt mit wiegendem Schritt auf uns zu. Ich bemerke erst jetzt, dass sie hohe Hacken trägt.

»Ich bestelle was bei Scarpetta«, sagt sie. »Ich denke, wir können alle einen kleinen Trosthappen brauchen. Was möchtet ihr?«

Es ist gerade mal neun Uhr morgens.

»Ich gehe wahrscheinlich einfach runter in die Cafeteria«, sage ich. »Aber danke dir.«

»Unsinn«, sagt sie. »Ich ordere irgendeine Pasta und Salat. Greg, mögen Sie Pasta?«

Er sieht mich hilfesuchend an. »Hm ...«

In diesem Moment klingelt mein Handy. David.

»Bitte entschuldigt«, sage ich in die Runde, der sich nun auch

Frederick angeschlossen hat. Er blickt über Jills Schulter hinweg auf ihr Handydisplay.

»Hey«, sage ich. »Gott, David, das hier ist ein Albtraum.«

»Kann ich mir vorstellen. Wie ging es ihr heute Morgen?«

»Ihre Eltern sind hier.«

»Jill und Maurice?«

»Frederick, ja.«

»Wow«, sagt er. »Das ist doch gut, schätze ich. Besser, als wenn sie nicht da wären, oder?«

Ich gebe keine Antwort, und David fragt: »Möchtest du, dass ich mit dir warte?«

»Nein«, sage ich. »Ich hab's dir ja gesagt. Einer von uns muss seinen Job behalten.«

»Die Firma wird es schon verstehen«, sagt David, obwohl wir beide wissen, dass das nicht stimmt. Ich habe niemandem von Bellas Erkrankung erzählt, aber selbst, wenn ich es täte, wären alle voller Verständnis, solange das alles meine Arbeit nicht beeinträchtigt. Wachtell ist keine Wohltätigkeitsveranstaltung.

»Ich hab mir jede Menge Arbeit mitgebracht. Ich habe ihnen nur gesagt, dass ich heute im Homeoffice bin.«

»Dann komme ich über Mittag vorbei.«

»Ruf mich an«, sage ich, und wir legen auf.

Ich kehre zu meinem Platz zurück. »Ein Latte Macchiato ist übrig«, sagt Aaron und reicht mir einen Starbucks-Becher. »Ich habe vergessen, dass Jill fettarm will.«

»Wie konntest du nur?«, sage ich in gespieltem Entsetzen, und Aaron gluckst. Ein fröhliches Geräusch, das fehl am Platz wirkt.

»Vermutlich war ich ein bisschen zu sehr mit dem Krebs

meiner Freundin beschäftigt.« Er schüttelt übertrieben zerknirscht den Kopf. »Asche auf mein Haupt.«
Jetzt muss ich lachen.
»Meinst du, das bedeutet, ich habe es mir bei ihren Eltern versaut?«
»Es gibt immer noch die Chemo«, sage ich. Jetzt brechen wir beide in Gelächter aus. Eine Frau, die ein paar Stühle weiter strickt, blickt entrüstet auf. Ich kann trotzdem nicht anders. Ich kriege fast keine Luft mehr, so schlimm müssen wir lachen.
»Und dann erst die Bestrahlung«, sagt er, nach Luft schnappend.
»Die dritte Runde reißt alles wieder raus.«
Es ist Fredericks gestrenger Blick, der uns dazu veranlasst, aufzustehen und zur Tür zu laufen.
Als wir draußen auf dem Flur stehen, muss ich erst mal in großen Atemzügen Luft holen. Es fühlt sich an, als hätte ich wochenlang nicht mehr geatmet.
»Komm, wir gehen raus«, sagt er. »Hast du dein Handy?«
Ich nicke.
»Gut. Deins ist der Hauptkontakt, wenn sie uns erreichen wollen. Ich habe überprüft, ob es auch richtig eingetragen ist.«
Wir gehen zu den Fahrstühlen, und kurz darauf spucken uns die doppelten Türen auf die Straße. Auf der anderen Seite liegt ein Park. Kleine Kinder schaukeln, umgeben von eingetopften Bäumchen. Nannies und Eltern bellen in ihre Handys.
Wir stehen auf dem Gehweg der Fifth Avenue, die sich in ihrer ganzen Länge vor uns erstreckt. Die Autos wälzen sich Stoßstange an Stoßstange vorwärts. Die City atmet ein und aus, ein und aus.
»Wo gehen wir hin?«, frage ich. Auf einmal fühlt sich mein

ganzer Körper hundemüde an. Ich ziehe probeweise ein Knie nach oben.

»Überraschung«, sagt er.

»Ich mag keine Überraschungen.«

Aaron lacht. »Die vielleicht schon«, erwidert er.

Er nimmt meine Hand, und wir gehen die Fifth Avenue hoch.

23

»Weit können wir nicht gehen«, sage ich. Ich muss praktisch rennen, um mit ihm Schritt zu halten, so schnell ist er unterwegs.

»Machen wir nicht«, sagt er. »Nur bis hier. Genau hier.«

Wir stehen am Hintereingang eines Gebäudes mit Portier an der One Hundred First Street. Aaron nimmt eine Magnetkarte aus seiner Brieftasche und zieht sie durch den Schlitz. Die Tür geht auf.

»Begehen wir gerade einen Hausfriedensbruch?«

Er lacht. »Nein, wir gehen einfach rein.«

Offenbar befinden wir uns in einer Art Lagerraum im Keller, und ich folge Aaron zwischen Reihen von Fahrrädern und großen Plastikcontainern mit eingelagerten Dingen hindurch zu einem Fahrstuhl ganz hinten.

Ich checke auf meinem Handy, ob ich immer noch Empfang habe. Vier Balken.

Es ist ein Lastenaufzug, alt und ruckelnd, der uns gemächlich nach oben aufs Dach bringt. Als wir aussteigen, werden wir von einer winzigen Rasenfläche, umrandet von einer Steinterrasse, empfangen, darunter breitet sich die Stadt vor uns aus. Hinter uns ragt eine Art Glaskuppel empor, in der sich offenbar ein Raum für Partys und Events befindet.

»Ich dachte nur, du könntest ein bisschen Raum und Weite brauchen«, sagt er.

Ich gehe vorsichtig auf die Terrasse zu und fahre mit der Hand über die Marmorumrandung. »Wieso hast du Zugang zu diesem Gebäude?«

»Es ist ein Gebäude, an dem ich arbeite«, sagt er. Er tritt neben mich. »Ich mag es, weil es so hoch ist. Normalerweise sind die Gebäude an der East Side eher niedrig.«

Ich schaue zum Krankenhaus hinüber, stelle mir Bella vor, wie sie mit geöffneter Bauchdecke auf einem OP-Tisch liegt. Mein Griff um die Balustrade wird fester.

»Ich habe hier schon nach Leibeskräften geschrien«, sagt Aaron zu mir. »Ich könnte gut verstehen, wenn du es auch wolltest.«

Ich schlucke. »Ist schon okay«, sage ich.

Ich wende mich ihm zu. Seine Augen sind auf einen Punkt unter uns gerichtet. Ich frage mich, was er denkt, ob auch er Bella vor sich sieht, so wie ich.

»Was liebst du an ihr?«, frage ich. »Verrätst du es mir?«

Ein Lächeln huscht über sein Gesicht. Er hält den Blick gesenkt. »Ihre Wärme«, sagt er. »Sie ist so verdammt warm. Weißt du, was ich meine?«

»Ja«, sage ich.

»Und schön ist sie natürlich auch.«

»Geschenkt«, sage ich.

Er lächelt. »Und dickköpfig. Ich glaube, das habt ihr beide gemeinsam.«

Ich muss lachen.»Da hast du wahrscheinlich nicht ganz unrecht.«

»Und sie ist auf eine Weise spontan, wie man sie heutzutage nur noch selten findet. Sie lebt für das Hier und Jetzt.«

Der letzte Satz trifft mich mit voller Wucht. Aarons Augenbrauen sind finster zusammengezogen. Auf einmal sieht er aus, als wäre ihm erst jetzt bewusst geworden, was er da gerade gesagt hat. Und was möglicherweise passieren wird. *Pling pling pling.* Erst nach einer Weile merke ich, dass das mein Handy ist. Es liegt in meiner Tasche und fordert mit wildem Vibrieren meine Aufmerksamkeit.

»Hallo?«

»Ms Kohan, hier ist Dr. Shaws Partner, Dr. Jeffries. Er wollte, dass ich Sie anrufe und über den Stand der Dinge informiere.«

Mir stockt der Atem. Die Luft steht still. Von irgendwoher, weit weg, nimmt Aaron meine Hand.

»Wir werden eine Biopsie von ihrem Darm und vom Unterleibsgewebe machen. Aber alles läuft nach Plan. Wir haben immer noch ein paar Stunden vor uns, aber er wollte, dass Sie Bescheid wissen.«

»Danke«, stoße ich hervor.»Danke.«

»Ich muss jetzt wieder rüber«, sagt er und legt auf.

Ich schaue zu Aaron. Und sehe sie in seinen Augen, die Liebe. Sie spiegelt die meine.

»Er sagt, es geht alles nach Plan.«

Er atmet aus, lässt meine Hand los.»Wir sollten wieder zurück«, sagt er.

»Ja.«

Alles in umgekehrter Reihenfolge. Fahrstuhl, Tür, Straße. Als wir die Lobby des Krankenhauses betreten, ruft jemand meinen Namen. »Dannie!«

Als ich mich umdrehe, sehe ich, dass David auf uns zuläuft.

»Hey«, sagt er. »Ich habe gerade versucht, mich anzumelden. Wie sieht's aus? Hey, Mann.« Er reicht Aaron die Hand.

»Ich geh dann schon mal hoch«, sagt Aaron. Er berührt mich am Arm und geht.

»Alles in Ordnung mit dir?« David nimmt mich in die Arme. Ich schmiege mich an ihn.

»Sie sagten, alles läuft gut«, antworte ich, obwohl das nicht ganz der Wahrheit entspricht, denn sie haben nur gesagt, es laufe nach Plan. »Ich glaube, sie müssen nicht bis in den Bauchraum.«

David zieht die Augenbrauen zusammen. »Gut«, sagt er. »Das ist doch gut, oder? Wie geht es dir?«

»Na ja, geht so.«

»Hast du was gegessen?«

Ich schüttele den Kopf.

David zieht eine Papiertüte mit dem Logo von Sarge's hervor. Darin liegt mein Bagel mit Weißfischsalat.

»Aber das ist doch mein Gewinnerfrühstück«, sage ich traurig.

»Sie schafft es schon, Dannie.«

»Ich sollte wohl wieder hoch«, sage ich. »Müsstest du nicht zurück ins Büro?«

»Mein Platz ist hier«, sagt er.

Er legt mir eine Hand an den Rücken, und wir gehen. Als wir das Wartezimmer betreten, reden Jill und Frederick immer noch in ihre Handys. Ein Stapel Take-away-Kartons von Scarpetta liegt auf einem Stuhl neben ihnen. Keine Ahnung, wie sie das Lokal dazu gebracht haben, so früh zu liefern – ich bin mir nicht mal sicher, ob es zum Mittagessen überhaupt offen hat.

Ich habe meinen Laptop dabei und hole ihn heraus. Ein Gutes hat dieses Krankenhaus: kostenloses und leistungsstarkes Wi-Fi.

Bella hat es nur sehr wenigen gesagt: nur Morgan und Ariel, denen ich jetzt eine Mail schreibe, und aus logistischen Gründen den Mädels von der Galerie. Auch sie bringe ich auf den Stand der Dinge. Ich versuche mir vorzustellen, wie diese schmalen, elfengleichen Persönchen damit umgehen, dass ihre schöne Chefin Krebs hat. Kommt ihnen dreiunddreißig alt vor? Sie alle sind nicht einmal fünfundzwanzig.

Ich arbeite zwei Stunden lang. Beantworte E-Mails, erledige Anrufe, recherchiere. Mein Gehirn ist wie im Nebel, eine Mischung aus Konzentration und Paranoia und Angst und Lärm. Irgendwann bringt mich David dazu, mein Sandwich zu essen. Ich bin überrascht, wie viel Appetit ich habe. Ich esse es ganz auf. David geht, verspricht, später wiederzukommen. Ich sage, dass wir uns zu Hause treffen. Jill geht raus, kommt wieder rein. Frederick macht sich auf die Suche nach einem Verantwortlichen. Aaron sitzt da – manchmal liest er, manchmal tut er nichts, außer auf die Uhr zu starren oder auf das große Infobrett, auf dem aufgelistet ist, wo sich die Patienten befinden. Patientin 487b wird immer noch operiert.

Die Zeit schleicht dahin, und es ist bereits später Nachmittag, als ich Dr. Shaw durch die Doppeltür eintreten sehe. Sofort pocht mir das Herz bis zum Hals. Ich höre es klopfen, wie laute Gongs.

Ich stehe auf, laufe aber nicht quer durch den Raum auf ihn zu. Seltsam, wie stark wir auch unter den außergewöhnlichsten

Umständen an sozialen Gepflogenheiten festhalten. Selbst da gibt es Regeln, die wir nicht gewillt sind zu brechen.

Dr. Shaw sieht müde aus, wie gealtert. Ich schätze ihn auf etwa vierzig.

»Alles ist gut gegangen«, sagt er, und ich spüre, wie mich Erleichterung durchströmt.

»Sie ist draußen im Aufwachraum. Wir haben den gesamten Tumor und, soweit es ging, alle Krebszellen entfernt.«

»Gott sei Dank«, sagt Jill.

»Sie hat noch einen weiten Weg vor sich, aber das heute ist gut gegangen.«

»Können wir sie sehen?«, frage ich.

»Sie hat viel durchgemacht. Erst mal nur ein Besucher. Jemand von unserem Team wird ihn oder sie hinbringen und weitere Fragen beantworten.«

»Danke«, sage ich. Schüttele ihm die Hand. Frederick und Jill tun es auch. Aaron ist sitzen geblieben. Als ich zu ihm schaue, sehe ich, dass er weint. Er hält sich den Handrücken vor das Gesicht und kämpft gegen das Schluchzen an.

»Hey«, sage ich. »Du solltest gehen.«

Jill schaut mich an, sagt aber nichts. Ich kenne Bellas Eltern. Ich weiß, dass es sie in Angst und Schrecken versetzen wird, ganz allein und ohne Begleitung zusammen mit ihr im Aufwachraum zu sein. Sie scheuen Entscheidungen, was ihre weitere Betreuung angeht. Also werde ich das Heft in die Hand nehmen. Das habe ich immer schon getan.

»Nein«, sagt er. Er nimmt die Hände von seinem Gesicht, schaut mich an. »Du solltest gehen.«

»Sie wird dich sehen wollen«, sage ich zu ihm.

Ich stelle mir vor, wie Bella in einem Bett aufwacht. Voller

Schmerzen, verwirrt. Wessen Gesicht will sie über sich sehen? Wessen Hand möchte sie halten? Irgendwie weiß ich, dass es seine ist.

Eine Schwester kommt herein. Sie trägt einen leuchtend rosa OP-Anzug, und ein kleiner Plüsch-Koala baumelt an der Brusttasche ihres Shirts. »Sind Sie die Familie von Bella Gold?«

Ich nicke. »Das hier ist ihr Mann«, lüge ich. Ich bin mir nicht sicher, wie man in diesem Zusammenhang einen Freund nennt. »Er würde gerne zu ihr gehen.«

»Ich bringe Sie hin«, sagt die Schwester.

Ich sehe, wie sie auf dem Flur verschwinden. Erst als sie weg sind und Jill und Frederick mich von rechts und links in den Schwitzkasten nehmen, mir Fragen stellen und verlangen, dass wir die Schwester zurückholen, freue ich mich zum ersten Mal für Bella. Genau das ist es, was sie sich immer gewünscht hat. Das, genau hier. Das ist Liebe.

24

Bella soll eigentlich acht Tage im Krankenhaus bleiben, doch aufgrund ihres jungen Alters und ihres guten Allgemeinzustandes wird sie schon früher, nach fünf Tagen, entlassen, und am Samstagmorgen besuche ich sie in ihrer Wohnung. Jill ist für das Wochenende nach Philadelphia zurückgekehrt, wo sie »geschäftlich zu tun hat«, hat jedoch für die Zeit ihrer Abwesenheit eine Krankenschwester angestellt, die in Bellas Zuhause ein militärisches Regiment führt. Als ich ankomme, sieht die Wohnung makellos sauber aus, ordentlicher, als ich sie jemals erlebt habe.

»Sie erlaubt mir nicht mal aufzustehen«, klagt Bella.

Sie sieht von Tag zu Tag besser aus, und es ist nur schwer vorstellbar, dass sie immer noch krank ist und der Krebs in ihr wütet. Ihre Wangen sind rosig, ihr ganzer Körper hat wieder Farbe bekommen. Als ich ins Zimmer trete, sitzt sie im Bett, isst Rührei und Avocado mit ein paar Scheiben Toast. Eine Tasse Kaffee steht daneben auf dem Tablett.

»Das ist ja wie Room-Service«, sage ich. »Ich wollte immer schon in einem Hotel wohnen.«

Ich stelle eine Vase mit Sonnenblumen – ihren Lieblingsblumen – auf das Nachttischchen.

»Wo ist Aaron?«

»Ich habe ihn heimgeschickt«, sagt sie. »Der arme Tropf hat seit einer Woche nicht mehr geschlafen. Er sieht wesentlich schlechter aus als ich.«

Aaron hat im Krankenhaus die ganze Zeit an ihrem Bett Wache gehalten. Ich bin in die Arbeit gegangen, habe mich durch die Tage gemüht und Bella morgens und abends besucht, doch er hat sich geweigert, von ihrer Seite zu weichen, hat die Schwestern überwacht und die Monitore nicht aus den Augen gelassen, damit kein Fehler passiert.

»Und dein Dad?«

»Ist zurück in Paris«, sagt sie. »Alle müssen begreifen, dass es mir gut geht. Das sieht man doch. Schau mich an.«

Sie hält kokett die Hände über den Kopf, damit ich sie einer visuellen Prüfung unterziehen kann.

Die Chemo beginnt erst in drei Wochen. Somit hat Bella lange genug Zeit, um sich zu erholen, jedoch nicht so lange, dass sich Krebszellen in nennenswertem Ausmaß verbreiten können – zumindest hoffen wir das. Wir wissen es nicht. Wir greifen nach jedem Strohhalm und tun einfach so, als läge das Schlimmste bereits hinter uns. Jetzt, wo ich in ihrem sonnendurchfluteten Schlafzimmer sitze, mit dem Geruch nach Kaffee in der Luft, fällt es leicht, zu vergessen, dass es eine hübsche Lüge ist, die wir uns da zurechtgezimmert haben.

»Hast du sie mitgebracht?«, fragt sie.

»Natürlich.«

Ich ziehe eine komplette Staffel von *Starlets* aus meiner Tasche, einer WB-Show aus den frühen Nullerjahren, die so erfolglos war, dass sie in keinem einzigen Streamingdienst zu haben ist. Doch als wir Kinder waren, liebten wir die Serie. Es handelt sich um eine Sitcom, die hinter den Kulissen einer fiktiven WB-Show spielt. Ich habe sie als DVD bestellt und meinen alten Laptop – den mit dem DVD-Laufwerk – mitgebracht.

Jetzt hole ich den technischen Dinosaurier heraus und zeige ihn Bella.

»Du denkst an alles«, sagt sie.

»Na klar.«

Ich kicke meine Schuhe von den Füßen und krieche neben ihr ins Bett. Ich finde Menschen schrecklich, die den ganzen Tag in Sportklamotten herumlaufen. Das ist der Grund, warum ich niemals in Los Angeles leben könnte – zu viel Lycra. Doch selbst ich muss, während ich meine in Jeans gehüllten Beine unter der Bettdecke verstaue, zugeben, dass sich das hier wesentlich angenehmer anfühlen würde, wenn ein bisschen mehr Stretch beteiligt wäre. Bella trägt einen Seidenschlafanzug, der mit ihren Initialen bestickt ist. Sie macht Anstalten aufzustehen.

»Was hast du vor?«, frage ich, sofort alarmiert, und werfe buchstäblich meinen Körper über den ihren, um sie aufzuhalten.

»Ich brauche ein bisschen Wasser. Geht schon.«

»Ich hole es dir.«

Sie rollt mit den Augen, kriecht aber dennoch artig wieder ins Bett. Ich verlasse das Schlafzimmer und gehe in die Küche hinüber, wo Schwester Svedka unter großem Geklapper Geschirr spült. Sie blickt auf und bedenkt mich mit einem mörderischen Blick.

»Was brauchen Sie?«, bellt sie.

»Wasser.«

Sie wischt sich die feuchten Hände ab, geht zu einer Vitrine und nimmt einen der Kelche aus mundgeblasenem grünem Glas heraus, die sich Bella einmal in Venedig gekauft hat. Während sie ihn mit Wasser füllt, lasse ich den Blick über Bellas Wohnzimmer schweifen, über seine fröhlichen Farben, jede Menge Blau und Lila und Tannengrün. Die luftig bauschigen Übergardinen am Fenster sind aus violetter Seide, eine wohldurchdachte Sammlung Kunst hängt an den Wänden. Bella versucht mich immer zu überreden, mir Kunst zu kaufen. »Das ist eine gute Investition«, sagt sie, doch ich habe kein Auge dafür. Alle Kunstwerke, die ich besitze, hat Bella für mich ausgesucht – und mir in den allermeisten Fällen geschenkt.

Svedka reicht mir das Wasserglas. »Sie rührt sich nicht von der Stelle, verstanden?«, sagt sie und nickt in Richtung Schlafzimmer.

Zu meiner eigenen Überraschung deute ich einen kleinen Bückling an.

»Bei der wird mir angst und bange«, sage ich zu Bella, reiche ihr das Wasser und krieche wieder ins Bett. »Auf Jill ist wirklich Verlass, wenn es darum geht, eine Situation noch schwieriger zu machen, als sie sowieso schon ist.«

Bella lacht glockenhell. »Wie bist du denn an die DVDs rangekommen?«, fragt sie. Sie klappt den Laptop auf. Sein Monitor ist noch dunkel, und sie drückt auf den Startknopf.

»Amazon«, sage ich. »Hoffe bloß, dass er funktioniert. Das Ding ist uralt.«

Der Laptop erwacht mit einem leisen, altersschwachen Rattern zum Leben. Ein blaues Licht breitet sich auf dem Monitor aus, dann schaltet sich der Bildschirm mit einer kleinen Erkennungsmelodie ein.

Ich reiße die Einschweißfolie auf und lege eine der DVDs ein. Noch ein kurzes Summen, dann erscheinen die Gesichter unserer alten Freunde auf dem Bildschirm. Ein Gefühl der Nostalgie – wie eine angenehme Art Wehmut, die nur mit Wärme und nichts mit Traurigkeit zu tun hat – erfüllt den Raum. Bella rutscht unter die Decke und schmiegt sich an meine Schulter.

»Erinnerst du dich an Stone?«, fragt sie. »Mann, hab ich diese Sendung geliebt!«

In den folgenden zweieinhalb Stunden lasse ich die frühen 2000er-Jahre über uns hinwegspülen wie eine warme Welle. Irgendwann schläft Bella ein. Ich schalte den Laptop aus und schlüpfe aus dem Bett, gehe ins Wohnzimmer, um meine E-Mails zu checken. Es ist eine von Aldridge da. *Könnten wir uns am Montagmorgen treffen? Neun Uhr in meinem Büro.*

Aldridge mailt mir nie, und erst recht nicht an einem Wochenende. Dann wird er mich also feuern. Ich bin in letzter Zeit kaum im Büro gewesen. Mit der Firmenprüfung bin ich im Rückstand, und auf E-Mails antworte ich mit großer Verzögerung. Scheiße.

»Dannie?«, höre ich Bella aus dem Schlafzimmer rufen. Ich stehe auf und bin sofort bei ihr. Sie räkelt sich träge und zuckt dann zusammen. »Hab die Nähte vergessen.«

»Was brauchst du?«

»Nichts«, sagt sie. Langsam setzt sie sich auf, ihre Augen sind schmal vor Schmerz. »Geht schon wieder vorbei.«

»Ich finde, du solltest was essen.«

Als wäre das Zimmer verwanzt, erscheint Svedka an der Tür. »Möchten Sie essen?«

Bella nickt. »Vielleicht ein Sandwich? Haben wir noch Käse?«
Svedka nickt und geht hinaus.
»Sag mal, überwacht die dich mit 'nem Babyphone?«
»Ja, wahrscheinlich«, sagt Bella.
Sie setzt sich höher auf, und ich sehe, dass sie blutet. Auf ihrem grauen Pyjama breitet sich ein dunkelroter Fleck aus. »Bella«, sage ich und zeige mit dem Finger darauf. »Bleib ganz ruhig liegen.«
»Ist schon okay«, sagt sie. »Keine große Sache.« Dennoch wirkt sie irgendwie benebelt und ein wenig nervös. Sie blinzelt ein paarmal schnell.
Im nächsten Augenblick ist Svedka zur Stelle. Sie läuft zu Bella, zieht ihren Pyjama hoch und zaubert wie ein Pausenclown Gaze und eine Salbe aus ihrem Ärmel. Sie wechselt Bellas Verband. Alles frisch.
»Danke«, sagt Bella. »Mir geht's gut. Wirklich.«
Einen Moment später geht die Tür auf. Aaron kommt ins Schlafzimmer, voll beladen mit Tüten – Besorgungen, Geschenke, Lebensmittel. Ich sehe, wie Bellas Gesicht aufleuchtet.
»Tut mir leid, ich konnte mich nicht lange fernhalten. Soll ich uns Thai oder Italienisch oder Sushi machen?« Er stellt die Tüten ab und küsst Bella, streichelt ihr das Gesicht.
»Greg kocht«, sagt Bella, ohne den Blick von ihm zu wenden.
»Ich weiß«, sage ich.
Sie lächelt. »Möchtest du zum Essen bleiben?«
Ich denke an die Stapel Arbeit, die auf mich warten. Und an die E-Mail von Aldridge. »Ich glaube, ich muss wieder. Und euch einen guten Appetit. Vielleicht solltest du eine Rüstung anziehen, bevor du die Küche betrittst«, sage ich zu Aaron.
Svedka steht in der Tür und zieht eine finstere Miene.

Während ich meine Sachen einsammele, schlüpft Aaron zu Bella ins Bett. Er legt sich, immer noch in Jeans, auf die Bettdecke und rutscht ein wenig zur Seite, damit sie sich an ihn kuscheln kann. Das Letzte, was ich sehe, als ich gehe, ist seine Hand auf ihrem Bauch, wie er ganz sanft und zärtlich darüberstreicht.

25

Es ist Montagmorgen, kurz vor neun. Aldridges Büro. Ich sitze auf einem Stuhl und warte darauf, dass er von einem Meeting der Partner zurückkehrt. Ich trage ein neues Kostüm von Theory mit einem hochgeschlossenen Seidenshirt darunter. Nichts Anzügliches. Businesslike. Ich klopfe mit dem Stift auf die Ecke meiner Mappe. Ich habe unsere gesamten Deals der letzten Zeit mitgebracht, all die Erfolge, an denen ich beteiligt war, beziehungsweise die ich in leitender Funktion über die Bühne gebracht habe.

»Ms Kohan«, sagt Aldridge. »Danke, dass Sie kommen konnten.«

Ich stehe auf und gebe ihm die Hand. Aldridge trägt einen maßgeschneiderten Dreiteiler von Armani mit einem rosablauen Hemd und passendem Einstecktuch. Aldridge liebt Mode. Wie konnte ich das vergessen?

»Wie geht es Ihnen?«, fragt er mich.

»Gut«, antworte ich in gemessenem Ton. »Bestens.«

Er nickt. »Ich habe mir in letzter Zeit angesehen, wie Sie arbeiten. Und ich muss sagen...«

Ich halte es nicht mehr aus, falle ihm ins Wort. »Es tut mir leid«, sage ich. »Ich war nicht bei der Sache. Meine beste Freundin ist sehr krank. Aber ich habe meine Unterlagen mit ins Krankenhaus genommen, und bei der Karbinger-Fusion sind wir immer noch im Zeitplan. Nichts hat sich geändert. Dieser Job ist mein Leben, und ich werde alles tun, Ihnen das zu beweisen.«

Aldridge wirkt verwirrt. »Ihre Freundin ist also krank. Was hat sie denn?«

»Eierstockkrebs«, sage ich. Ein grässliches Wort. Kaum habe ich das Wort ausgesprochen, sehe ich es zwischen uns auf dem Tisch liegen. Riesengroß, sperrig, blutig. Es besudelt alles. Die Unterlagen auf Aldridges Tisch. Seinen todschicken Armani-Anzug.

»Tut mir sehr leid, das zu hören«, sagt er. »Klingt ernst.«

»Ja.«

Er schüttelt den Kopf. »Haben Sie dafür gesorgt, dass sie die besten Ärzte hat?«

Ich nicke.

»Gut« sagt er. »Das ist gut.« Er zieht kurz die Augenbrauen zusammen, dann macht sich ein Ausdruck der Überraschung auf seinem Gesicht breit. »Ich habe Sie nicht hierhergerufen, um an Ihrer Arbeit herumzumäkeln«, sagt er. »Im Gegenteil. Ihr Engagement in letzter Zeit hat mich sehr beeindruckt.«

»Das verwirrt mich.«

»Kann ich mir vorstellen«, sagt Aldridge und gluckst vergnügt. »Kennen Sie QuTe?«

»Natürlich.« QuTe ist eine unserer Techfirmen. Hauptsächlich wurde sie als Suchmaschine, ähnlich Google, bekannt, ist aber relativ neu und setzt auf andersartige, kreative Wege.

»Sie wollen an die Börse.«

Meine Augen werden groß. »Ich dachte schon, das würde nie passieren.«

QuTe wurde von zwei Frauen namens Jordi Hills und Anya Cho gegründet, und zwar bereits von ihrem Studentenwohnheim in Syracuse aus. Die Suchfunktion haben sie mit einer jugendtauglicheren Terminologie und einer anderen Gewichtung der Treffer ausgestattet. So würde zum Beispiel eine Suche nach Audrey Hepburn als Erstes zu der Netflix-Dokumentation über die Schauspielerin führen, dann zu *The Audrey Hepburn Story* und schließlich zu jüngeren Fernsehsendungen über Hepburn und ihre Rolle als Modeikone. Das volle Programm: Biografie. Ihre Filme. Es ist brillant. Eine wahre Fundgrube der Popkultur. Und soweit ich weiß, hatten Jordi und Anya ursprünglich gar nicht die Absicht, Geld damit zu machen.

»Sie haben es sich anders überlegt. Und wir brauchen jemanden, der den Börsengang begleitet.«

Beim letzten Satz beginnt mein Herz zu rasen. Ich spüre es schlagen und pulsieren, spüre das Adrenalin, das mir durch die Adern schießt, immer schneller und ...

»Okay.«

»Ich biete Ihnen eine Position als Key Associate in diesem Fall an.«

»Ja!«, sage ich. Ich schreie es praktisch. »Ohne Wenn und Aber – ja!«

»Mal langsam«, sagt Aldridge. »Der Job wäre in Kalifornien. Halb im Silicon Valley, halb in L. A., wo Jordi und Anya ihren Sitz haben. Sie wollen so viel Arbeit wie möglich von ihren Büros in L. A. aus machen. Und es würde schnell gehen. Wahrscheinlich beginnen wir nächsten Monat.«

»Wer ist der zuständige Partner?«, frage ich.

»Ich«, antwortet er. Er lächelt. Seine Zähne sind unfassbar weiß. »Sie wissen ja, Dannie, dass ich immer viel von mir selbst in Ihnen gesehen habe. Sie sind hart zu sich selbst. Und das war ich auch.«

»Ich liebe diesen Job«, sage ich.

»Das weiß ich«, erwidert er. »Aber es ist auch wichtig, dafür zu sorgen, dass der Job es gut mit Ihnen meint.«

»Das ist unmöglich. Wir sind Firmenanwälte. Der Job meint es automatisch *nicht* gut mit uns.«

Aldridge lacht. »Vielleicht«, sagt er. »Aber ich glaube nicht, dass ich so lange durchgehalten hätte, wenn ich es nicht geschafft hätte, dass wir uns in irgendeiner Weise einigen.«

»Sie und der Job?«

Aldridge nimmt seine Brille ab. Und er schaut mir direkt in die Augen, als er sagt: »Ich und mein Ehrgeiz. Ich bin weit davon entfernt, Ihnen zu sagen, wie Ihre eigene Einigung aussehen könnte. Ich arbeite immer noch achtzig Stunden die Woche. Mein Mann – Gott schütze ihn – will mich umbringen. Aber ...«

»Sie kennen die Bedingungen.«

Er lächelt, setzt seine Brille wieder auf. »Ich kenne die Bedingungen, ja.«

*

Die Unternehmensbewertung beginnt Mitte November, und der Oktober ist bereits weit fortgeschritten. Ich rufe Bella um die Mittagszeit an, während vor mir auf dem Schreibtisch eine edle Salat-Bowl steht. Bella klingt ausgeruht und entspannt. Die

Mädels aus der Galerie seien zu Besuch, sagt sie, und sie planten eine neue Ausstellung. Sie könne gerade nicht reden. Gut so.

Ich mache früh Feierabend, weil ich vorhabe, David mit einer seiner Leibspeisen – dem Teriyaki von Haru – zu überraschen. In letzter Zeit sind wir uns nur noch im Vorübergehen, meist mitten in der Nacht, begegnet. Ich glaube, das letzte vernünftige Gespräch habe ich mit ihm damals im Krankenhaus geführt. Ganz zu schweigen von unseren Hochzeitsplänen, die vollkommen auf Eis liegen.

Auf der Fifth Avenue beschließe ich, zu Fuß zu gehen. Es ist gerade mal sechs Uhr abends, David wird frühestens in zwei Stunden zu Hause sein, und das Wetter ist perfekt. Einer dieser angenehm kühlen Tage zu Beginn des Herbstes, an dem man durchaus schon einen Pullover brauchen könnte, es aber auch ein T-Shirt tut, weil die Sonne immer noch warm vom Himmel scheint. Es weht ein mildes, träges Lüftchen, und in der Stadt herrscht die angenehm trubelige Atmosphäre eines verheißungsvollen Feierabends.

Ich lasse mich von der prickelnden Stimmung anstecken, und so kommt es, dass ich spontan beschließe, der Lingerie-Kette Intimissimi, an der ich vorbeikomme, einen Besuch abzustatten.

Ich denke an Sex, an David. Daran, wie befriedigend und beglückend unser Liebesleben ist, obwohl wir eigentlich eher zur Blümchensex-Fraktion gehören. Ist das denn ein Problem? Vielleicht habe ich ja zu meiner eigenen Sexualität noch gar keinen richtigen Zugang gefunden, worauf mich Bella schon des Öfteren beiläufig – *zu beiläufig* – hingewiesen hat.

Der Laden ist voller süßer Teile mit allerlei Spitze und Blingbling. Winzige BHs mit Schleifchen und passendem Slip. Zarte, transparente Negligés mit Röschen am Saum. Morgenmäntel aus schimmernder Seide. Ich entscheide mich für ein schwarzes Spitzenhemdchen und eine knappe Shorts, etwas, das sich deutlich von allem unterscheidet, was ich besitze, aber trotzdem zu mir passt. Ich bezahle, ohne die Sachen anzuprobieren, und mache mich dann auf den Weg zu Haru. Die Bestellung gebe ich telefonisch auf. Wozu lange warten?

*

Ich kann es kaum glauben, dass ich das hier tue. Ich höre, wie David den Schlüssel in das Schloss der Wohnungstür steckt, und bin versucht, ins Schlafzimmer zu rennen und mich zu verstecken, doch jetzt ist es zu spät. Überall in der Wohnung brennen Kerzen, leise läuft Musik von Barry Manilow. Das pure Klischee – wie in einer Sex-Comedy der Neunziger.

David kommt herein, lässt seine Schlüssel auf den Tisch fallen, stellt seine Laptoptasche auf den Küchentresen. Erst als er die Schuhe auszieht, merkt er, wie es in der Wohnung aussieht. Und wie *ich* aussehe.

»Wow!«

»Willkommen daheim!«, sage ich. Ich trage die schwarze Wäsche mit einem Morgenmantel aus schwarzer Seide, den ich vor ewigen Zeiten einmal als Geschenk auf einer Junggesellinnenparty bekommen habe. Ich gehe auf David zu, drücke ihm das eine Ende des Gürtels in die Hand. »Ziehen«, sage ich kokett.

Das tut er, und das Ding gleitet mir vom Körper, bleibt wie ein schwarzes Nichts zu meinen Füßen liegen.

»Ist das hier für mich?«, fragt er und berührt mit dem Zeigefinger den hauchdünnen Träger des Spitzenhemdchens.

»Für wen denn sonst?«, frage ich.

David schiebt den Finger unter den Träger, streift ihn mir von der Schulter. Aus einem offen stehenden Fenster weht eine warme Brise herein und bringt die Flammen der Kerzen zum Flackern. »Das gefällt mir«, sagt er.

Ich nehme ihm die Brille ab, lege sie auf die Couch. Und dann beginne ich, sein Hemd aufzuknöpfen. Es ist weiß. Hugo Boss. Vor zwei Jahren habe ich es ihm zu Hanukkah geschenkt, zusammen mit einem in Pink und einem blau gestreiften. Das blaue trägt er nie. Das hatte mir am besten gefallen.

»Du siehst wirklich sexy aus«, sagt er. »Solltest du öfters anziehen.«

»Ist im Büro nicht erlaubt, nicht mal am Freitag«, erwidere ich neckisch.

»Du weißt, was ich meine.«

Ich habe den allerletzten Knopf geöffnet und helfe David zärtlich aus dem Hemd – zuerst der eine Ärmel, dann der andere. David fühlt sich warm an, wie immer. Sein Brusthaar streift meine Haut, mein Körper schmiegt sich sanft an ihn.

»Schlafzimmer?«, fragt er.

Ich nicke.

Jetzt küsst er mich, gierig, fordernd, gleich dort bei der Couch, so leidenschaftlich, dass ich überrascht zusammenzucke.

»Was ist denn?«, fragt er.

»Nichts«, sage ich. »Mach das noch mal.« Und er tut es.

Er küsst mich, bis wir im Schlafzimmer sind. Er küsst mich, bis ich nichts mehr anhabe. Er küsst mich unter der Bettdecke. Und als es nur noch uns beide gibt, kurz vor dem Abgrund, bereit zu springen, löst er sein Gesicht von meinem und fragt: »Wann heiraten wir eigentlich?«

In meinem Hirn herrscht Verwirrung. Das alles hat mich ein wenig aus der Bahn geworfen – der Tag, der Monat, die anderthalb Glas Wein, die ich mir vorhin eingeschenkt habe, um mich in Stimmung für meine kleine Scharade zu bringen.

»David«, keuche ich. »Können wir später darüber reden?«

Er küsst mich auf den Hals, seine Lippen streifen meine Wange, den Punkt zwischen meinen Augen. »Ja.«

Und dann dringt er in mich ein. Er bewegt sich langsam, bewusst, und ehe ich mich's versehe, ist da nur noch meine Lust. Er bewegt sich auf mir, noch lange, nachdem ich in meinen Körper zurückgekehrt bin und wieder denken kann. Wir sind wie zwei Sterne, die aneinander vorüberziehen und das Licht des anderen nur aus der Ferne sehen. Unfassbar, wie viel Raum in dieser Nähe sein kann, und wie nah man sich einander fühlen kann. Und ich denke, dass es das vielleicht ist, was die Liebe ausmacht. Nicht die Abwesenheit von Raum, sondern seine Bewusstwerdung – etwas, was zwischen den Teilen lebt, das es möglich macht, nicht eins zu sein, sondern anders, ein jeder für sich und doch zusammen.

Doch da ist auch etwas, das ich nicht abschütteln kann. Etwas, das ich spüre, tief in mir, mit jeder Faser meines Körpers. Jetzt steigt es in mir auf, durchflutet mich, durchdringt mich, droht aus mir herauszuströmen, Worte, die mir über die Lippen kommen. Etwas, das ich schon seit fast fünf Jahren in mir verschlossen und begraben habe, und das jetzt, in diesem einen Moment des Lichts, nach außen drängt.

Ich verschließe meine Augen davor. Schließe sie fest. Und als es vorüber ist und ich sie endlich wieder öffne, schaut David mich an, mit einem Blick, den ich noch nie an ihm gesehen habe. Er schaut mich an, als wäre er längst nicht mehr da.

26

Ich besuche Bella und mache ihr eine ganze Batterie von Sandwiches mit Erdnussbutter und Marmelade – so ziemlich das Einzige, was ich »kochen« kann. Die Mädels aus der Galerie kommen. Wir bestellen etwas bei Buvette, und Bellas Lieblingskellner bringt es persönlich vorbei. Dann kommen die Ergebnisse der Biopsie. Die Ärzte hatten recht: Stufe drei. Der Krebs hat gestreut, und zwar in das Lymphsystem, aber nicht in die umliegenden Organe. Gute Nachrichten, schlechte Nachrichten. Bella beginnt mit der Chemo, während David und ich unfassbarerweise mit der Planung unserer Hochzeit weitermachen, die in gerade mal zwei Monaten stattfinden soll: im Dezember in New York. Ich rufe den Hochzeitsplaner an, denselben, den eine junge Frau bei uns in der Kanzlei angeheuert hat. Er hat sogar ein Buch über Hochzeiten geschrieben: *Wie man sich traut: Styling, Kulinarisches und Tradition* von Nathaniel Trent. Sie kauft mir das Buch, und ich blättere während der Arbeit darin, dankbar für die sachliche Umgebung, in der ich arbeite, und in der nicht von mir verlangt wird, wegen ein paar Pfingstrosen in lautstarke Begeisterung auszubrechen.

Wir suchen uns eine Location: ein Loft downtown, wie Nathaniel mir sagt, der »beste und angesagteste Rohbau in Manhattan«. Was er mir nicht sagt: Alle schönen Hotels sind in dieser Jahreszeit längst ausgebucht, und das ist das Beste, was wir kriegen können. Wir hatten Glück, weil ein anderes Paar seine Hochzeit abgeblasen hat.

Das Loft bedeutet mehr Entscheidungen – alles muss herangeschafft werden –, doch alle ansonsten verfügbaren Hotels sind entweder farblos oder zu geschäftsmäßig, und wir beschließen, Nathaniels Rat zu folgen und etwas zu nehmen, das besonders ist.

Zu Beginn läuft es mit der Chemo gut. Bella schlägt sich wacker. »Ich fühle mich großartig«, sagt sie nach der zweiten Sitzung zu mir auf dem Weg nach Hause. »Mir wird nicht schlecht, gar nichts.«

Natürlich habe ich längst gelesen, dass der Beginn einer Chemo täuschend ist, geprägt von einer Atmosphäre der Spannung und des Abwartens. Bevor der Cocktail aus Substanzen dein Gewebe erreicht, darin eindringt und wirklich beginnt, Schaden anzurichten. Doch ich bin voller Hoffnung, natürlich bin ich das. Ich atme.

Ich lese mich in die Unternehmensprüfung für den Börsengang von QuTe ein. Aldridge ist bereits einmal in Kalifornien gewesen, um sich mit den beiden Gründerinnen zu treffen. Wenn ich mich dafür entscheide, werde ich in drei Wochen abreisen. Es ist ein Traumfall. Junge Gründerinnen, ein hochrangiger Partner der Kanzlei, der das Ganze begleitet, voller Zugang zum Deal.

»Natürlich sollst du das machen«, sagt David zu mir bei einem Glas Wein und einem griechischen Salat vom Take-away.

»Ich wäre einen ganzen Monat in L. A.«, gebe ich zu bedenken. »Was ist mit der Hochzeit? Und Bella?« Was ist, wenn ich bei ihren Arztterminen nicht dabei sein kann, weil ich nicht in der Stadt bin?

»Bella geht es gut«, sagt David, meine erste Frage außer Acht lassend. »Sie würde wollen, dass du gehst.«

»Was nicht bedeutet, dass ich es auch soll.«

David greift nach seinem Glas, trinkt. Bei dem Wein handelt es sich um einen Roten, den wir letzten Herbst bei einer Weinprobe in Long Island gekauft haben. Es war Davids Lieblingswein. Ich erinnere mich, dass er mir auch ganz gut geschmeckt hat, aber nicht mehr, und genau so ist es auch heute Abend. Wein ist Wein.

»Manchmal muss man Entscheidungen für sich selbst treffen. Das heißt nicht, dass du eine schlechte Freundin bist – du setzt dich nur selbst an erste Stelle, und das solltest du auch.«

Was ich ihm nicht sage – weil er mir daraufhin vermutlich eine Gardinenpredigt halten würde –, ist, dass ich mich eben *nicht* an erste Stelle setze. Das habe ich nie. Nicht, wenn es um Bella geht.

»Nate sagte, wir sollten Tigerlilien nehmen, weil Rosen vollkommen out sind«, sage ich, um das Thema zu wechseln.

»Keine Rosen? Das ist verrückt«, erwidert David. »Immerhin ist es eine *Hochzeit.*«

Ich zucke mit den Achseln. »Ist mir egal«, sage ich. »Dir nicht?«

David nimmt noch einen Schluck. Er scheint es sich wirklich durch den Kopf gehen zu lassen. »Nein, ist es nicht«, sagt er schließlich.

Wir schweigen eine Weile.

»Was willst du zu deinem Geburtstag machen?«, fragt er.

Mein Geburtstag. Nächste Woche. Der 21. Oktober. Mein dreiunddreißigster. »Dein magisches Jahr«, hat Bella gesagt. »Dein Jahr der Wunder.«

»Nichts«, sage ich. »Ist schon in Ordnung.«

»Ich bestelle einen Tisch«, sagt David. Er steht mit seinem Teller auf, geht an den Tresen und nimmt sich noch Tsatsiki und gebratene Aubergine. Schade, dass keiner von uns kocht. Wir essen beide so furchtbar gern.

»Von wem wollen wir uns eigentlich trauen lassen?«, fragt David und sagt im selben Atemzug: »Ich frage meine Eltern nach einem Kontakt zu Rabbi Shultz.«

»Hast du das nicht schon längst?«

»Nein«, erwidert er, mit dem Rücken zu mir.

Ich weiß, das ist es, was eine Ehe ausmacht. Fehlinterpretationen und Bequemlichkeit, Missverständnisse und lange Phasen des Schweigens. Jahre um Jahre der Unterstützung, der Fürsorge, aber auch der Unvollkommenheit. Man hätte meinen können, wir wären längst verheiratet. Und doch sitze ich hier und stelle – mit einem Hauch von Erleichterung – fest, dass David sich noch nicht einmal nach dem Rabbi erkundigt hat. Vielleicht zögert er ja auch noch.

*

Am Samstag begleite ich Bella zur Chemo. Sie plaudert herzlich mit einer Krankenschwester namens Janine, die eine weiße Schwesternkluft mit einem handgemalten Regenbogen auf dem Rücken trägt, während sie sie an den Tropf hängt. Die Behandlung findet in einem Zentrum an der East One Hundred

Second Street statt, zwei Blocks von dem Krankenhaus entfernt, wo Bella operiert wurde. Die Stühle im dritten Stock des Ruttenberg Treatment Centers sind breit und die Decken weich. Bella hat einen Überwurf aus Kaschmir mitgebracht. »Janine hat mir erlaubt, dass ich hier einen Korb mit meinen Sachen habe«, flüstert sie mir verschwörerisch zu.

Aaron taucht auf, und wir drei lutschen Wassereis und vertreiben uns die Zeit. Zwei Stunden später sitzen wir in einem Uber-Fahrzeug und sind Richtung Downtown unterwegs, als Bella mich plötzlich am Arm packt.

»Können wir anhalten?«, fragt sie. Und dann, drängender: »Rechts ranfahren, sofort.«

Wir halten an der Ecke Park Avenue und Thirty-Ninth Street, und sie steigt über Aaron hinweg aus dem Wagen und übergibt sich auf die Straße. Unter großem Würgen ergießt sich ein Sturzbach aus buntem Wassereis und Galle auf den Gehweg.

»Halt ihr die Haare«, sage ich zu Aaron, der ihr langsam und mit kreisenden Bewegungen den Rücken reibt.

Sie winkt ab, atmet schwer über ihren gebeugten Knien. »Geht schon«, sagt sie.

»Haben Sie Papiertaschentücher?«, frage ich den Uber-Fahrer, der gnädigerweise keinen Mucks gemacht hat.

»Hier.« Er reicht uns eine Schachtel mit Kleenex. Darauf sind Wolken abgebildet.

Ich ziehe drei Papiertüchlein heraus und reiche sie Bella, die sich damit den Mund abwischt. »Oje, das war ein Spaß«, sagt sie.

Sie steigt wieder in den Wagen, doch etwas ist anders an ihr. Sie weiß jetzt, dass sie das, was kommt, allein durchstehen muss. Ich kann es ihr nicht abnehmen, kann es nicht einmal mit ihr teilen. Ich möchte die Bestie, die in Bella wütet, abwehren, doch sie hat längst ihre Klauen in sie geschlagen und lässt sie nicht mehr los. Bella lehnt sich an Aaron. Ich sehe, wie sie keucht, wie ihr ganzer Körper sich hebt und senkt, so schwer atmet sie. Es ist der erste Hinweis auf das, was kommt, und es lässt nichts Gutes ahnen.

Aaron hilft ihr hoch in die Wohnung. Svedka spült Geschirr, das niemals schmutzig war. Sie ist immer noch da, denn Bella hat sich noch nicht ganz von der OP erholt, und Kleinigkeiten wie ein paar Treppenstufen oder sich zu bücken fallen ihr schwer. Es wird Monate dauern, bis sie ganz wiederhergestellt ist; jetzt kommt auch noch die Chemo dazu.

»Komm, ich bring dich ins Bett«, sage ich.

Bella trägt ein blaues Spitzenkleid von Zimmermann und dazu eine butterweiche, schokoladenbraune Lederjacke, und ich helfe ihr, beides auszuziehen. Aaron bleibt im anderen Zimmer. Als sie nichts mehr anhat, sehe ich ihre Wunden, von denen einige noch verbunden sind, und bemerke, wie dünn sie innerhalb von wenigen Wochen geworden ist. Bella hat mindestens sieben oder acht Kilo abgenommen.

Ich lächele, schlucke meine Betroffenheit hinunter. »Hier«, sage ich. Sie reckt mir den Kopf entgegen wie ein Kind, und ich ziehe ihr ein langärmeliges Baumwollshirt über und lasse sie in eine weiche Jogginghose mit Gummizug steigen. Dann schlage ich die frisch gewaschene Überdecke zurück, und sie schlüpft darunter. Ich klopfe die Kissen hinter ihr auf.

»Du bist so gut zu mir«, sagt sie. Sie nimmt meine Hand, schmiegt ihre winzige Faust in meine. Bella hatte immer schon winzige Hände, zu klein für ihren restlichen Körper.

»Du machst es mir leicht«, sage ich. »Bald wird es dir besser gehen.«

Einen Herzschlag lang schauen wir uns an. Lange genug, um zu begreifen, wie schrecklich die Angst ist, die wir beide empfinden.

»Ach, ich hab ja noch was für dich!«, ruft Bella plötzlich. Verzieht das Gesicht zu einem Lächeln. Sie schiebt sich ein paar Haarsträhnen hinter die Ohren. Haar, das schon bald nicht mehr da sein wird.

»Bella, komm schon«, sage ich. »Das wäre doch nicht ...«

Sie schüttelt den Kopf. »Nein, zu deinem Geburtstag!«

»Mein Geburtstag ist erst nächste Woche.«

»Dann ist es eben ein frühes Geschenk. Ich habe ja nun wirklich jeden Grund, Dinge nicht aufzuschieben, findest du nicht?«

Ich sage nichts.

»Greg, kannst mir kurz mal helfen?«

Aaron kommt ins Zimmer, wischt sich die Hände an den Jeans ab. »Was gibt's?«

Bella setzt sich im Bett auf und zeigt aufgeregt auf einen als Geschenk verpackten, länglichen Gegenstand, der am Schrank lehnt.

Aaron hebt das Päckchen hoch. Ich kann sehen, dass es nicht gerade leicht ist. »Aufs Bett?«, fragt er.

»Ja, hier.« Bella nimmt eine Überdecke von ihren Füßen und schlägt die Beine unter. Sie klopft mit der Hand auf den Platz neben ihr, und ich setze mich. »Mach's auf.«

Das Einwickelpapier ist golden, das Band weiß und silber. Bella ist eine meisterhafte Verpackerin von Geschenken, und es tröstet mich irgendwie, dass sie das tatsächlich selbst gemacht hat. Es fühlt sich an wie ein Beweis für Stabilität, für Ordnung. Ich reiße das Papier weg.

Drinnen steckt ein großer Rahmen. Ein Kunstwerk. »Dreh's um«, sagt sie.

Das tue ich, mit Aarons Hilfe.

»Ich hab's auf Instagram gesehen und gleich gewusst, dass du es haben musst. Es hat ewig gedauert, bis ich den richtigen Druck von Allen Grubesic gefunden habe. Ich glaube, er hat nur zwölf davon gemacht. In der Galerie habe ich alle darauf angesetzt, und vor zwei Monaten haben wir das Bild endlich aufgetrieben. Eine Frau in Italien hat es verkauft, und wir haben zugeschlagen. Ich bin hin und weg. Bitte sag mir, dass es dir gefällt!«

Ich schaue auf den Druck in meinen Händen. Es ist eine Lesetafel wie beim Augenarzt, die Worte I WAS YOUNG I NEEDED THE MONEY als Pyramide angeordnet. Meine Hände werden taub.

»Gefällt es dir?«, fragt sie, eine ganze Oktave leiser.

»Ja«, sage ich. Ich schlucke. »Ich liebe es.«

»Das dachte ich mir.«

»Aaron«, sage ich. Ich spüre, dass er da irgendwo steht. Es kommt mir verrückt und irgendwie unmöglich vor, dass er nicht weiß, woher ich dieses Bild kenne. »Was ist eigentlich aus der Wohnung in Dumbo geworden?«

Bella lacht. »Warum nennst du ihn eigentlich immer Aaron?«, fragt sie.

»Ist schon in Ordnung«, sagt er unvermittelt. »Macht mir nichts aus.«

»Ich weiß, dass es dir nichts *ausmacht*«, sagt Bella. »Aber warum?«

»Das *ist* doch sein Vorname, oder?«, sage ich. Ich richte meine Aufmerksamkeit wieder auf das Geschenk. Streiche mit der Hand über das Glas.

»Ich habe das Apartment gekauft«, beantwortet Bella meine Frage. Die Aaron-Thematik ist ebenso schnell abgehakt, wie sie aufgetaucht ist. »Was damit passiert, weiß ich noch nicht, aber du wirst es herausfinden.«

Ich schiebe den Druck beiseite. Nehme ihre Hände in meine. »Bella, hör mir zu. Du kannst diese Wohnung nicht renovieren. Sie wird als Rohbau eine gute Investition sein. Du hast sie gekauft, dann verkauf sie eben wieder. Versprich mir, dass du nicht dorthin ziehst. Versprich es mir.«

Bella drückt meine Hand. »Du bist verrückt«, sagt sie. »Aber okay. Ich verspreche es dir. Ich werde nicht dorthin ziehen.«

27

Die Chemo entwickelt sich schnell von harmlos zu schlimm zu grauenvoll, und zwar viel zu schnell. In der nächsten Woche ist Bella krank, dann ist sie schwach, in der darauffolgenden Woche wie ausgehöhlt, ihr ganzer Körper sinkt in sich zusammen. Das einzig Gute ist, dass ihr die Haare nicht ausgehen. Ein Zyklus folgt dem nächsten, Woche für Woche, doch ihr Haar bleibt, wie es ist; nicht eine einzige Strähne fällt aus.

»Das kommt manchmal vor«, sagt Dr. Shaw zu mir. Er besucht Bella regelmäßig bei ihren Chemobehandlungen, um nach ihr zu sehen und die neuesten Blutwerte mit ihr zu besprechen. Heute ist Jill da. Daher stehen Dr. Shaw und ich auf dem Flur, in gebührendem Abstand zu dem Raum, in dem Bellas Mutter vorgibt, sich nützlich zu machen. »Dass eine Patientin ihr Haar behält, ist selten. Sie hat einfach Glück«, erklärt Dr. Shaw.

Glück. Das Wort schmeckt bitter. Wie verdorben.

»Nicht gut ausgedrückt, das stimmt«, sagt er. »Wir Ärzte sind manchmal nicht sehr feinfühlig. Tut mir leid!«

»Ist schon gut«, sage ich. »Sie hat so wundervolles Haar.«

Dr. Shaw lächelt mich an. Bunte Nikes lugen unter dem Saum seiner Jeans hervor, ein Zeichen dafür, dass er auch noch ein Leben jenseits der Klinikmauern führt. Ob er wohl nach Hause zu Frau und Kindern geht? Wie schafft er es nur, den Alltag jeden Abend hinter sich zu lassen, ihn abzuschütteln – den Alltag mit Patienten, die jeden Tag ein bisschen mehr in sich zusammenschrumpfen?

»Sie kann von Glück reden, dass sie eine so gute Unterstützung hat«, sagt er. Es ist nicht das erste Mal, dass er dies erwähnt. »Manche Patienten müssen das ganz allein durchstehen.«

»Sie hat jetzt noch zwei Wochen vor sich«, sage ich. »Wird sie dann wieder untersucht?«

»Ja. Wir schauen nach, ob der Krebs mittlerweile lokalisiert ist. Aber Sie wissen ja, Dannie, weil er bereits in die Lymphen gestreut hat, ist Eingrenzung das A und O. Die Wahrscheinlichkeit einer Remission bei Eierstockkrebs ist...«

»Nein«, unterbreche ich ihn. »Bei Bella ist es anders. Sie hat noch ihre Haare! Bei ihr ist es anders.«

Dr. Shaw legt mir eine Hand auf die Schulter und drückt sie sanft. Aber er sagt nichts.

Ich möchte ihn mehr fragen. Zum Beispiel, ob er einen solchen Fall schon einmal erlebt hat. Oder worauf wir uns einstellen müssen. Ich möchte ihn so gern bitten, mir die Wahrheit zu sagen. *Sagen Sie mir, was geschehen wird. Geben Sie mir Antworten.* Aber das kann er nicht. Er weiß es nicht. Und was auch immer er zu sagen hat, ich bin gar nicht daran interessiert, es zu hören.

Ich kehre ins Zimmer zurück. Bella hat den Kopf an den Rücken ihres Behandlungsstuhls gelehnt, ihre Augen sind geschlossen. Sie öffnet sie, als ich direkt vor ihr stehe.

»Weißt du was?«, fragt sie mit schläfriger Stimme. »Mom will mich heute zum Essen ausführen, und danach schauen wir uns das Barbra-Streisand-Musical an. Kommst du auch mit?«

Jill, die eine elegante schwarze Hose und eine geblümte Seidenbluse mit Schleifenkragen trägt, beugt sich herüber. »Das wird ein Spaß. Vorher gehen wir zu Sardi's und trinken ein paar Martinis.«

»Bella...« Ich spüre, wie Wut in mir aufwallt. Bella kann kaum aufrecht sitzen. Und sie soll zu einem Dinner gehen? In ein Theater?

Bella rollt die Augen. »Ach, komm schon. Ich kann das.«

»Du sollst doch momentan überhaupt gar nicht raus. Das hat Dr. Shaw gesagt, und er hat ausdrücklich betont, dass Alkohol mit deinen Medikamenten...«

»Hör auf! Ist das hier eine Diktatur, oder was?«, giftet Bella mich an. Es fühlt sich an wie ein Schlag in die Magengrube.

»Nein«, sage ich ganz ruhig. »Ich versuche nicht, dich von irgendwas abzuhalten. Ich will nur, dass es dir gut geht. Ich bin schließlich diejenige, die immer hier ist. Die weiß, was die Ärzte sagen.«

Jill zeigt nicht die geringste Regung. Sie scheint nicht einmal gemerkt zu haben, dass meine letzte Bemerkung auf sie gemünzt war.

»Ich auch«, sagt Bella. Sie streckt die Hand aus und zieht ihre Decke hoch. Ich sehe, wie dünn ihre Beine geworden sind, nur noch zwei Stecken. Sie folgt meinem Blick.

»Ich hole einen Eistee«, sagt Jill. »Bella, soll ich dir einen Eistee bringen?«

»Bella trinkt keinen Eistee«, kontere ich. »Sie hasst Eistee. Schon immer.«

»Na gut«, sagt Jill. »Dann eben Kaffee!« Ohne auf eine Reaktion zu warten, schlendert sie aus dem Zimmer, als wäre sie beim Shoppen auf dem Weg in die Schuhabteilung.

»Was ist denn los mit dir?«, faucht Bella, als sie draußen ist.

»Was mit *mir* los ist? Was ist denn mit *dir* los? Du kannst das heute Abend nicht machen. Das weißt du. Warum benimmst du dich so komisch?«

»Ist dir eigentlich jemals der Gedanke gekommen, dass du mir nicht zu sagen hast, wie ich mich fühle? Dass ich das schon selber weiß?«

»Nein«, erwidere ich. »Er ist mir nicht gekommen, und zwar deshalb, weil das lächerlich ist. Es geht hier nicht darum, wie du dich fühlst – im Übrigen vermutlich beschissen, schließlich hast du auf dem Weg hierher dreimal ins Taxi gekotzt.«

Bella wendet den Blick ab. Auf einmal ist mir traurig zumute, doch das ändert nichts an meinem Ärger. Denn genau das empfinde ich jetzt: Ärger. Und zum allerersten Mal, seit Bella ihre Diagnose bekommen hat, lasse ich ihn zu. Ich lasse es zu, dass selbstgerechter Zorn sich in mir breitmacht, ein Loch in mich hineinbrennt, in Bella und diese ganze gottverdammte Chemohölle.

»Halt die Klappe«, sagt Bella. Etwas, das sie nicht mehr gesagt hat, seit wir zwölf waren und auf dem Rücksitz des Kombis meiner Eltern über Gott weiß was stritten. Nicht über ihr Leben, wie heute. Nicht über Krebs. »Ich bin nicht dein Projekt. Ich bin kein kleines Mädchen, das du retten musst. Und du weißt *nicht* besser als ich, was gut für mich ist.« Sie kämpft sich hoch und zuckt zusammen, als die Nadel in ihrem Arm verrutscht. Mich überkommt ein Gefühl der Hilflosigkeit, das so überwältigend ist, dass ich fast umkippe und auf ihren Stuhl stürze.

»Entschuldige, Bella. Es tut mir leid«, sage ich zerknirscht. Es tut mir leid für alles, was sie durchstehen muss. »Ist okay. Lass uns einfach hier fertig machen, und dann bringe ich dich nach Hause.«

»Nein«, sagt Bella. Da ist eine Entschlossenheit in ihrem Ton, die neu ist. »Ich will nicht mehr, dass du hier dabei bist.«

»Bells ...«

»Hör mir auf mit Bells. Das machst du immer. Und du hast es schon immer gemacht. Du glaubst, du weißt alles besser. Aber es ist mein Körper, nicht deiner, okay? Du bist nicht meine Mutter.«

»Das habe ich nie behauptet.«

»Ist auch nicht nötig. Du behandelst mich wie ein Kind. Du hältst mich für unfähig. Aber ich brauche dich nicht.«

»Bella, das ist doch Wahnsinn. Komm schon.«

»Bitte hör auf, zu diesen Terminen zu kommen.«

»Ich werde doch nicht ...«

»Es ist keine Bitte!«, sagt sie. Jetzt schreit sie. »Ich befehle es dir. Und jetzt gehst du, und zwar sofort.« Sie schluckt. Sie hat wunde Stellen im Mund. Ich sehe, wie es ihr Mühe bereitet. »Hau ab.«

Ich gehe nach draußen. Jill steht vor der Tür und balanciert einen Kaffee und einen Tee auf einem Tablett. »Oh, hallo, Liebes«, sagt sie. »Cappuccino?«

Ich gebe ihr keine Antwort. Ich gehe einfach. Ein Schritt nach dem anderen, bis ich anfange zu laufen.

Ich hole mein Handy heraus. Noch bevor ich am Ende des Flurs angelangt bin, bevor ich halbwegs begreife, was ich da eigentlich tue, scrolle ich zu seinem Namen und drücke auf den grünen Knopf. Er geht nach dem dritten Klingeln dran.

»Hey«, sagt er. »Was ist los? Alles in Ordnung mit ihr?«
Ich beginne zu sprechen, doch statt der Worte kommen nur heftige Schluchzer. Langsam rutsche ich mit dem Rücken an der Wand des Flurs nach unten, schluchze hemmungslos vor mich hin. Krankenschwestern gehen an mir vorbei, ungerührt. Schließlich ist das das Stockwerk der Chemopatienten. Kein Anblick, der neu ist. Nur einfach das Ende der Welt, wieder und wieder.

»Ich bin gleich da«, sagt er und legt auf.

28

»Sie meint es nicht so«, sagt Aaron. Wir sitzen in einem Diner an der Lexington, das bis spät offen hat und Big Daddy oder Daddy Dan oder so ähnlich heißt. Die Art von Diner, die sich im Zentrum die Pacht nicht leisten könnte. Ich bin bei meiner zweiten Tasse starken und schwarzen Kaffees. Milch habe ich nicht verdient.

»Doch, sie meint es so«, sage ich. Diesen Dialog führen wir jetzt seit zwanzig Minuten, seit Aaron durch die Doppeltür des Krankenhausflurs kam, wo ich auf dem Boden kauerte. »Bella hat das immer schon so empfunden. Sie hat es nur nie gesagt.«

»Sie hat einfach Angst.«

»Sie war so wütend auf mich. So habe ich sie noch nie erlebt. Als wollte sie mich umbringen.«

»Vergiss nicht, dass sie diejenige ist, die das alles durchmacht«, sagt er. »Und momentan glaubt sie wohl offenbar, dass sie zu allem fähig ist, sogar, Alkohol zu trinken.«

Ich ignoriere seinen Versuch, dem Ganzen Leichtigkeit zu verleihen.

»Ja, das stimmt«, sage ich. Ich beiße mir auf die Lippe. Ich will nicht mehr weinen. Nicht vor ihm. Es ist zu vertraulich, zu nah, zu eng. »Ich kann es einfach nicht glauben, dass ihre Eltern sich so verhalten. Du weißt nicht, wie die sind...«

Aaron wischt sich eine unsichtbare Wimper vom Gesicht.

»Du weißt es nicht«, wiederhole ich.

»Vielleicht nicht«, sagt Aaron. »Sie scheinen sich auf jeden Fall zu kümmern. Und das ist doch gut, oder?«

»Sie werden wieder gehen«, sage ich. »Das ist immer so. Wenn Bella sie wirklich braucht, sind sie weg.«

»Aber, Dannie«, sagt Aaron. Er beugt sich nach vorn, und ich spüre, wie sich die Moleküle der Luft zwischen uns verdichten. »Jetzt sind sie hier. Und Bella braucht sie wirklich. Ist es nicht das, worauf es ankommt?«

Ich denke an sein Versprechen, dort an der Straßenecke. Ich habe immer geglaubt, es gebe nur Bella und mich. Dass sie nur auf mich zählen kann. Und dass niemals jemand für immer da sein wird, außer mir.

»Nicht, wenn sie irgendwann wieder gehen«, sage ich.

Aaron rutscht noch näher an mich heran. »Ich glaube, da täuschst du dich.«

»Und ich glaube, du hast keine Ahnung«, sage ich. Langsam bekomme ich das Gefühl, dass es ein Fehler war, ihn anzurufen. Was habe ich mir nur dabei gedacht?

Er schüttelt den Kopf. »Du irrst dich, was die Liebe angeht. Du meinst, sie muss eine Zukunft haben, um etwas zu bedeuten, aber das muss sie nicht. Sie ist das Einzige auf der Welt, das per se eine Daseinsberechtigung hat. Bei der Liebe ist es nur wichtig, dass sie existiert. Hier. Jetzt. Liebe braucht keine Zukunft.«

Unsere Blicke begegnen sich, und einen Moment lang habe ich das Gefühl, er kann erkennen, was passiert ist. Alles. Dass er

Gedanken lesen kann und weiß, was ich damals gesehen habe. In genau diesem Moment möchte ich es sagen. Ich möchte es ihm sagen, und sei es nur, damit er diese Sache gemeinsam mit mir tragen kann.

»Aaron«, beginne ich, doch dann klingelt sein Handy. Er holt es aus der Tasche.

»Arbeit«, sagt er. »Entschuldige.«

Er steht auf und verlässt die Nische, in der wir sitzen. Ich sehe, wie er hinter der Scheibe, auf der der Name des Diners aufgedruckt ist – es heißt Daddy's –, gestikuliert. Die Kellnerin kommt herüber. Ob wir etwas essen wollen? Ich schüttele den Kopf. Nur die Rechnung, bitte.

Sie reicht mir den Beleg. Vermutlich hat sie gar nicht damit gerechnet, dass wir länger bleiben. Ich lege Geld auf den Tisch, greife nach meiner Tasche. Dann gehe ich zu Aaron an der Tür, der gerade auflegt.

»Tut mir leid«, sagt er.

»Ist schon okay. Ich muss sowieso los. Muss dringend wieder ins Büro.«

»Es ist Samstag«, sagt er.

»Spielt bei uns keine Rolle«, erwidere ich. »Außerdem war ich in letzter Zeit nicht viel da.«

Er lächelt mir zu. Sieht enttäuscht aus.

»Danke, dass du dich mit mir getroffen hast«, sage ich. »Wirklich. Danke fürs Kommen. Ich bin dir echt dankbar dafür.«

»Natürlich«, sagt er. »Dannie – du kannst mich immer anrufen. Das weißt du, oder?«

Ich lächele. Nicke.

Die Glocke an der Tür bimmelt, als ich hinausgehe.

handlungszentrums bis nach hinten und einen Flur entlang. Am Ende liegt ein kleiner Innenhof, in dem ein Verkaufswagen von Starbucks steht. Es kommt einem Wunder gleich. Meine Augen werden groß, was Dr. Shaw nicht entgeht.

»Ich weiß«, sagt er. »Das ist das bestgehütete Geheimnis des Krankenhauses. Kommen Sie.«

Er führt mich zu dem Verkaufsstand, wo eine Frau Mitte zwanzig mit zwei geflochtenen Rattenschwänzen ihm ein breites Lächeln schenkt. »Wie immer?«, fragt sie.

Er wendet sich mir zu. »Sagen Sie es niemandem, aber ich bin Teetrinker. Deshalb darf auch nur Irina hier wissen, was ich bestelle.«

»Im Krankenhaus steht man mehr auf Kaffee?«, frage ich.

»Gilt als männlicher«, erwidert er und gibt mir den Vortritt.

Ich bestelle einen Americano, und als unsere Getränke fertig sind, nimmt Dr. Shaw an einem kleinen Metalltisch Platz. Ich setze mich zu ihm.

»Ich will Sie nicht aufhalten«, sage ich. »Aber danke für den Tipp mit dem Kaffee.«

»Gern geschehen«, sagt er. Er nimmt den Deckel seines Bechers ab, damit der Dampf abzieht. »Wussten Sie eigentlich, dass man den Chirurgen die schlechtesten Manieren im Umgang mit den Patienten nachsagt?«

»Wirklich?«, frage ich. Aber ich hatte dieses Gerücht tatsächlich schon gehört.

»Ja. Wir sind Monster. Deshalb versuche ich auch jeden Mittwoch einen Kaffee mit einem Normalsterblichen zu trinken.«

Er lächelt. Ich lache, weil ich weiß, dass es in diesem Moment von mir erwartet wird.

»Und, wie geht es Bella?«, fragt er. In diesem Moment piepst sein Rufgerät, und er wirft einen Blick darauf, legt es auf den Tisch.

»Ich weiß es nicht«, sage ich. »Sie haben Sie kürzlich gesehen, ich nicht.«

Er wirkt verwirrt. Ich rede weiter: »Wir haben uns gestritten. Ich bin dort oben nicht erwünscht.«

»Oh«, sagt er. »Tut mir leid, das zu hören. Was ist denn passiert?«

Mir ist durchaus bewusst, wie wenig Zeit er hat. »Ich kontrolliere sie zu sehr«, bringe ich es auf den Punkt.

Dr. Shaw lacht. Es ist ein nettes Lachen, irgendwie seltsam in dieser klinischen Umgebung. »Mir ist diese Dynamik vertraut. Aber sie kriegt sich schon wieder ein.«

»Ich weiß nicht«, sage ich.

»Das wird schon«, beruhigt er mich. »Sie sind hier. Wenn ich eins gelernt habe, dann ist es, dass man bei dieser Erfahrung hier niemals vergessen darf, wie schlicht die menschliche Natur doch ist.«

Ich starre ihn an. Ich bin mir nicht sicher, was er meint, und das merkt er.

»Sie sind immer noch Sie selbst, und Bella ist es auch. Sie haben immer noch Gefühle. Sie werden sich immer noch streiten. Man kann versuchen, perfekt zu sein, aber der Schuss geht möglicherweise nach hinten los; machen Sie stattdessen lieber weiter und seien Sie einfach hier.«

Sein Rufgerät piepst erneut. Dieses Mal setzt er den Deckel auf sein Getränk und steht auf. »Leider ruft die Pflicht«, sagt er. Er gibt mir die Hand. »Ich weiß, es ist ein steiniger Weg, aber bleiben Sie am Ball. Sie machen es gut so.«

Ich bleibe noch eine weitere Stunde neben dem Starbucks-

Stand sitzen, bis ich sicher sein kann, dass Bella mit der Behandlung fertig ist und das Gebäude verlassen hat. Als ich nach Hause komme, rufe ich David an, doch er geht nicht dran.

*

In der darauffolgenden Woche gehe ich nicht ins Krankenhaus, sondern sitze mit Aldridge in einem Flieger nach Los Angeles. Aldridge will sich dort mit einem anderen Mandanten treffen, einem Pharmariesen, der uns seinen Jet zur Verfügung stellt. Wir besteigen das Flugzeug zusammen mit Kelly James, einem Partner aus der Kanzlei, mit dem ich im Laufe meiner fast fünf Jahre währenden Tätigkeit bei Wachtell nicht mehr als zwanzig Worte gewechselt habe.

Der Flieger verfügt über zehn Plätze, und ich nehme mir einen weiter hinten, am Fenster. Ich lehne den Kopf an die Scheibe. Ich habe die Reise zugesagt, ohne darüber nachzudenken, was das bedeutet. Denn natürlich ist es die Antwort auf Aldridges ursprüngliche Frage. Ja. Ja, ich übernehme den Fall. Ja, ich werde mich darum kümmern.

»Du machst das Richtige«, hat mir David letzte Nacht gesagt. »Das könnte ein gewaltiger Sprung für deine Karriere sein. Und du liebst diese Firma.«

»Das stimmt«, sage ich. »Ich werde bloß den Gedanken nicht los, dass es hier Menschen gibt, die mich brauchen.«

»Wir werden es überleben«, sagt er. »Ich verspreche dir, dass wir alle überleben werden.«

Und da bin ich nun und überfliege eine endlose Bergkette mit dem Ziel, am anderen Ende des Kontinents, an einem anderen Meer anzukommen.

Wir steigen im Casa del Mar in Santa Monica ab, direkt am Strand. Mein Zimmer liegt im Erdgeschoss und hat eine Terrasse, die auf den Gehweg hinausgeht. Das Hotel ist eine Mischung aus Shabby Chic und europäischer Opulenz. Ich mag es.

Zum Abendessen sind wir mit Jordi und Anya verabredet, doch als ich in meinem Zimmer einchecke, ist es gerade mal elf Uhr morgens. Bei unserer Reise quer durch den Kontinent haben wir einen halben Tag gewonnen.

Ich ziehe mir eine Shorts an, T-Shirt und setze einen Sonnenhut auf – meine blasse Haut hat sich noch nie mit Sonne anfreunden können – und beschließe, einen Spaziergang am Strand zu machen. Draußen ist es warm und wird immer heißer – um die Mittagszeit werden es fünfundzwanzig Grad sein –, aber es weht eine angenehm kühle Brise vom Meer. Zum ersten Mal seit Wochen habe ich das Gefühl, nicht einfach nur zu überleben.

Zum Abendessen gehen wir zu Ivy at the Shore, einem Restaurant, das nur wenige Hundert Meter vom Casa del Mar entfernt liegt, doch Aldridge bestellt trotzdem ein Taxi. Kelly ist in der Stadt bei einem Termin mit einem anderen Mandanten, deshalb sind es nur Aldridge und ich. Ich trage ein Etuikleid in Marineblau mit violetten Blümchen und blaue Espadrilles, das Maximum an Lässigkeit, was ich jemals bei einem geschäftlichen Termin getragen habe. Doch das hier ist Kalifornien, die Frauen, mit denen wir uns treffen, sind jung, und wir sind am Meer. Ich möchte Blumen tragen.

Wir sind als Erste im Restaurant. Rattanstühle mit geflochtenen Lehnen und Kissen verleihen dem Lokal einen fröhlichen Touch, die meisten Gäste tragen Jeans und Sakko und lassen lachend die Gläser klingen.

Wir setzen uns. »Wir müssen unbedingt die Calamari bestellen«, sagt Aldridge. »Die sind ein Traum hier.«

Er trägt einen leichten grauen Anzug und dazu ein lila Hemd mit Paisleymuster. Würde man uns zusammen fotografieren, könnte man denken, wir hätten unsere Garderobe aufeinander abgestimmt.

»Gibt es etwas, das wir noch im Vorfeld besprechen sollten?«, frage ich. »Ich habe mir die Eckdaten und Statistiken der Firma eingeprägt, aber ...«

»Das hier ist nur ein Kennenlerntermin, damit sie sich wohlfühlen. Sie wissen doch, wie das läuft.«

»Kein Geschäftstermin ist nur zum Wohlfühlen«, sage ich.

»Das stimmt. Aber wenn man ständig eine Tagesordnung im Kopf hat, kriegt man oft nicht das, was man sich wünscht.«

Jordi und Anya kommen im Doppelpack. Jordi ist groß und trägt eine High-Waist-Hose und einen Pullover mit Wasserfall-Ausschnitt. Ihre Haare sind offen und an den Spitzen nass. Sie sieht aus wie ein Boho-Traum und erinnert mich an Bella. Anya trägt Jeans, ein T-Shirt und einen Blazer. Ihr Haar ist kurz und zurückgekämmt, ihr Gesicht ausdrucksstark.

»Sind wir zu spät?«, fragt sie. Könnte ein wenig zickig werden, das merke ich sofort. Kein Problem. Wir werden das Kind schon schaukeln.

»Überhaupt nicht«, sagt Aldridge. »Sie kennen ja uns New Yorker. Ihre Verkehrssituation ist uns fremd.«

Jordi nimmt neben mir Platz. Ihr Parfüm ist intensiv.

»Ladys, ich würde Ihnen gerne Danielle Kohan vorstellen. Sie ist unsere beste und brillanteste Senior Beraterin und hat bei der Bewertung für Ihren Börsengang bereits Herausragendes geleistet.«

»Bitte nennen Sie mich Dannie«, sage ich und schüttele ihnen die Hand.

»Wir lieben Aldridge«, sagt Jordi zu mir. »Aber hat er eigentlich einen Vornamen?«

»Der wird nie benutzt«, verrate ich ihr und hauche dann: *Miles.*

Aldridge lächelt. »Was trinken wir denn Schönes heute Abend?«, fragt er die Gruppe.

Ein Kellner erscheint am Tisch, und Aldridge bestellt eine Flasche Champagner sowie einen Roten zum Essen.

Anya möchte einen Eistee. »Was schätzen Sie, wie lange es dauern wird?«, will sie wissen.

»Meinen Sie das Abendessen oder Ihren Börsengang?« Aldridge schaut nicht einmal von der Speisekarte auf, als er das sagt.

»Ich war immer schon ein großer Fan von Ihnen«, sage ich. »Was Sie aus diesem Segment gemacht haben, ist großartig.«

»Danke«, erwidert Jordi, doch bevor sie noch etwas sagen kann, fällt Anya ihr ins Wort. »Wir haben nichts aus einem bestehenden Segment gemacht. Wir haben ein neues aufgebaut.« Dabei wechselt sie mit Jordi einen Blick, als wollte sie sagen: *Halt dich raus.*

»Trotzdem bin ich neugierig«, sage ich und stelle dann meine Frage an beide. »Warum jetzt?«

Erst jetzt hebt Aldridge den Blick von der Speisekarte und schnappt sich einen Kellner, der vorübergeht. »Wir hätten gerne die Calamari, und zwar gleich, bitte.« Aldridge zwinkert mir zu.

Jordi schaut zu Anya, als wäre sie sich unsicher, was sie sagen soll, und ich habe das Gefühl, meine nächste Frage wurde schon beantwortet, bevor ich sie stellen kann. Ich schlucke sie herunter. Nicht jetzt.

»Wir sind an dem Punkt angekommen, an dem wir nicht mehr so hart an derselben Sache arbeiten wollen«, sagt Jordi. »Die Einnahmen sollen es uns ermöglichen, neue Geschäftsideen zu entwickeln.«

Wie sie das sagt, kommt mir bekannt vor. Diese gemessenen, kalkulierten Worte. Vielleicht stimmt das ja alles, aber nichts davon fühlt sich authentisch an. Deshalb beschließe ich, einen Schritt weiterzugehen.

»Warum wollen Sie die Kontrolle über etwas, das Ihnen gehört, abgeben, wenn Sie es nicht müssen?«

Bei dieser Bemerkung beginnt Jordi mit ihrem Wasserglas zu spielen. Anyas Augen werden schmal. Ich spüre, wie Aldridge neben mir auf seinem Stuhl herumrutscht. Ich habe keine Ahnung, warum ich das tue. Und zugleich weiß ich es ganz genau.

»Versuchen Sie uns das gerade auszureden?«, fragt Anya. Sie richtet ihre Frage an Aldridge. »Denn ich hatte eigentlich den Eindruck, mit diesem Dinner hier starten wir unser gemeinsames Projekt.«

Ich blicke zu Aldridge, der schweigt. Er wird nicht für mich antworten, das ist mir bewusst.

»Nein«, sage ich. »Ich möchte nur Ihre Motivation begreifen. Das hilft mir, meinen Job zu machen.«

Anya gefällt meine Antwort, das spüre ich. Ihre Schultern entspannen sich deutlich. »Die Wahrheit ist, ich bin mir nicht sicher. Wir haben viel darüber gesprochen. Jordi weiß, dass ich unschlüssig bin.«

»Wir sind jetzt fast zehn Jahre bei QuTe«, erwidert Jordi,

etwas, das sie offenbar schon oft gesagt hat. »Es ist Zeit für etwas Neues.«

»Ich weiß nicht, warum wir dafür die Kontrolle abgeben müssen«, meint Anya.

Der Champagner kommt, prickelnd und mit klingenden Gläsern. Aldridge schenkt ein.

»Auf QuTe«, sagt er. »Auf einen Börsengang, bei dem alles glattläuft. Und auf jede Menge Geld.«

Jordi stößt mit ihm an, während Anya und ich uns in die Augen schauen. Ich sehe, dass sie nach einer Antwort auf eine Frage sucht, die an diesem Tisch niemals ausgesprochen werden wird. *Was würdest du an meiner Stelle tun?*

30

Zwei Stunden später sitze ich an der Bar, statt in meinem Hotelbett zu liegen. Eigentlich sollte ich schlafen, doch ich kann nicht. Jedes Mal, wenn ich es versuche, kommt mir Bella in den Sinn, ich denke, was für eine schreckliche Freundin ich sein muss, weil ich in diesen Zeiten so weit weg von ihr bin, und mit dem Schlaf ist es vorbei. Ich sitze über meinem zweiten Dirty Martini, als Aldridge hereinkommt. Ich kneife die Augen zusammen. Ich bin viel zu betrunken für das hier.

»Dannie«, sagt er. »Darf ich?« Er wartet nicht auf eine Antwort, sondern nimmt neben mir Platz.

»Das war gut heute«, sage ich und versuche dabei nicht zu lallen, aber sehr gut gelingt es mir nicht.

»Sie waren sehr engagiert«, sagt er. »Muss ein gutes Gefühl gewesen sein.«

»Klar«, antworte ich trocken. »Ganz toll.«

Aldridge lässt den Blick zwischen meinem Martiniglas und mir hin- und herwandern. »Danielle«, sagt er. »Ist mit Ihnen alles in Ordnung?«

Plötzlich wird mir bewusst, wenn ich noch ein Wort sage,

werde ich anfangen zu weinen, und ich habe noch nie vor einem Chef geweint, nicht ein einziges Mal, nicht einmal im Büro des Staatsanwalts, wo die Stimmung so mies war, dass wir ein eigenes Zimmer für hysterische Ausbrüche hatten. Ich greife nach meinem Wasserglas. Nehme einen Schluck. Stelle es wieder hin.

»Nein«, sage ich schließlich doch.

Er winkt dem Barkeeper zu. »Ich nehme einen Wodka auf Eis, zwei Scheiben Zitrone«, sagt er. Der Barkeeper kehrt ihm bereits den Rücken zu, als Aldridge ihn zurückruft. »Nein, doch nicht. Ich nehme einen Scotch. Ohne alles.«

Er legt sein Sakko ab, hängt es über den leeren Barhocker neben ihm und beginnt dann, ganz langsam seine Ärmel aufzukrempeln. Während dieses kurzen Zwischenspiels sagt keiner von uns etwas. Bis Aldridge sein Werk vollendet hat, steht sein Drink vor ihm, und ich habe nicht mehr das Gefühl, dass ich weinen werde.

»So«, sagt er. »Schießen Sie los. Oder soll ich noch meine Manschettenknöpfe ablegen?«

Ich lache. Der Alkohol hat so vieles in mir ausgelöst, hat Gefühle in mir geweckt, die auf einmal direkt unter der Oberfläche sitzen und deutlich zu spüren sind, statt wie sonst im tiefsten Inneren meiner Seele verstaut zu sein.

»Ich bin mir nicht sicher, ob ich ein guter Mensch bin«, sage ich. Was ich genau damit im Sinn habe, weiß ich nicht, doch als die Worte heraus sind, wird mir klar, dass sie der Wahrheit entsprechen.

»Interessant«, sagt er. »Ein guter Mensch.«

»Meine beste Freundin ist sehr krank.«

»Ja«, sagt Aldridge. »Ich weiß.«

»Und wir haben uns gestritten.«

Er nimmt einen Schluck Whisky. »Was ist denn passiert?«

»Sie hält mich für einen Kontrollfreak«, sage ich und wiederhole auch damit etwas, das der Wahrheit entspricht.

Als ich das sage, lacht Aldridge, genau wie Dr. Shaw gelacht hat. Es ist ein herzhaftes Lachen, aus dem Bauch heraus.

»Warum denkt eigentlich jeder, das ist so lustig?«, frage ich.

»Weil Sie genau das sind«, sagt er. »Zum Beispiel heute Abend hatten Sie alles unter Kontrolle.«

»War das schlimm?«

Aldridge zuckt mit den Achseln. »Ich schätze, das werden wir sehen. Wie hat es sich angefühlt?«

»Das ist ja das Problem«, sage ich. »Es fühlte sich großartig an. Ich habe es geliebt. Meine beste Freundin ist ... sie ist todkrank, und ich sitze hier in Kalifornien und bin glücklich wegen eines Dinners mit Mandantinnen. Zu was für einem Menschen macht mich das?«

Aldridge nickt, als hätte er begriffen. Und wüsste endlich, worum es geht. »Sie sind aufgewühlt, weil Sie glauben, Sie müssten Ihr eigenes Leben opfern, um bei ihr zu sein.«

»Nein, das lässt sie ja nicht zu. Ich sollte einfach nur nicht glücklich sein über das, was ich hier tue.«

»Aha. Richtig. Glück. Der Feind allen Leidens.«

Er nimmt noch einen Schluck. Einen Moment lang trinken wir schweigend.

»Habe ich Ihnen mal erzählt, was ich ursprünglich werden wollte?«

Ich starre ihn an. So vertraut waren wir bisher nicht miteinander. Woher sollte ich das also wissen?

»Ich vermute mal, das ist eine Fangfrage, und Sie werden sagen, Rechtsanwalt.«

Aldridge lacht. »Nein, nein. Ich wollte Psychiater werden. Mein Vater war auch einer, und mein Bruder ist es immer noch. Es war eine sonderbare Berufswahl für einen Pubertierenden, aber für mich schien es immer schon genau das Richtige zu sein.«

Ich blinzele ihn an. »Seelenklempner?«

»Ich wäre ein furchtbarer Psychiater geworden. Dieses ewige Zuhören liegt mir einfach überhaupt nicht.«

Ich spüre, wie der Alkohol sich einen Weg durch meinen Körper bahnt und alles verschwommen und neblig und blass werden lässt. »Was ist geschehen?«

»Ich kam nach Yale, und an meinem allerersten Tag dort besuchte ich eine Philosophievorlesung. Prädikatenlogik erster Stufe. Eine metatheoretische Diskussion. Das war für mein Hauptfach, aber der Professor war Anwalt, und ich dachte einfach – warum etwas diagnostizieren, wenn man es auch selbst festlegen kann?«

Er schaut mich lange an. Dann legt er mir schließlich eine Hand auf die Schulter.

»Es ist kein Fehler, dass Sie das lieben, was Sie tun«, sagt er. »Sie haben Glück. Nicht jeder bekommt in seinem Leben einen Beruf, dem er mit Leidenschaft nachgehen kann; da haben wir beide wirklich das große Los gezogen.«

»Es fühlt sich nicht so an, als hätte ich gewonnen«, sage ich.

»Nein«, erwidert Aldridge. »Das tut es oft nicht. Dieses Dinner da drüben...« Er zeigt nach draußen, an der Lobby und der Palmentapete vorbei. »Noch haben wir die Sache nicht in trockenen Tüchern. Aber Sie haben es geliebt, weil für Sie das Gewinnen entscheidend zum Spiel gehört. Und genau deshalb wissen Sie, dass Sie dafür gemacht sind.«

Er nimmt seine Hand von meiner Schulter und trinkt sein Glas aus.

»Sie sind eine tolle Anwältin, Dannie. Außerdem sind Sie eine gute Freundin und ein guter Mensch. Lassen Sie es nicht zu, dass dieser Fall an Ihren Zweifeln scheitert.«

*

Am nächsten Morgen nehme ich mir ein Taxi zur Montana Avenue. Es ist bewölkt, der morgendliche Dunst wird sich bis Mittag nicht verziehen, doch bis dahin sitzen wir schon wieder im Flieger. Ich mache einen Abstecher zu Peet's Coffee und schlendere die kleine Einkaufsmeile entlang, wo alles noch geschlossen ist. Ein paar Mütter in Yogakleidung schieben ihre lebhaften Kleinkinder plaudernd durch die Gegend. Die morgendliche Radlertruppe strampelt auf dem Weg nach Malibu an mir vorbei.

Früher habe ich immer gedacht, ich könnte nie in Los Angeles leben. Für mich war es ein Ort für Leute, die es in New York nicht geschafft haben. Plan B bis C sozusagen. Hierherzuziehen würde bedeuten, zuzugeben, dass man sich getäuscht hat und nichts von dem stimmt, was man über New York gesagt hat: dass es keinen anderen Ort gibt, an dem man leben kann; dass die eisigen Winter einem nichts ausmachen; dass man kein Problem damit hat, vier volle Einkaufstüten bei strömendem Regen oder im Schneesturm nach Hause zu schleppen. Man müsste außerdem behaupten, dass man immer schon davon geträumt hat, ein eigenes Auto zu besitzen. Und dass das Leben nicht hart war und ist.

Doch hier ist so viel offener Raum. Man hat Platz – und

muss nicht jedes Kleidungsstück, für das gerade keine Saison ist, unter dem Bett verstauen. Und man darf vielleicht sogar einmal einen Fehler machen.

Ich nehme meinen Kaffee mit zurück ins Hotel, wandere den asphaltierten Fahrradweg bis zum Strand und ans Meer hinab. Zu meiner Linken, in weiter Ferne, sehe ich mehrere Windsurfer, die im Zickzackkurs die Wellen durchpflügen, einander umkreisen, als folgten sie einer eigenen Choreografie. Ein großes Ballett, draußen auf dem Ozean, das sich langsam auf den Strand zubewegt.

Ich mache ein Foto.

Ich liebe dich, schreibe ich. Was gibt es sonst zu sagen?

31

»Die Frage ist nun, ob man Eierschale oder Weiß nimmt«, sagt die Frau.

Ich stehe mitten im Showroom von Mark Ingram, einem Brautmodenladen in Midtown, ein unberührtes Glas Champagner auf einem Glastischchen neben mir. Ich bin allein. Eigentlich sollte meine Mutter mitkommen, doch in allerletzter Minute wurde an der Universität ein Mitarbeitertreffen anberaumt, bei dem eine vertrauliche Angelegenheit bezüglich der Spendenfinanzierung für das nächste Jahr zur Sprache kommt, und so kann sie nicht aus Philadelphia weg. Ich soll ihr Bilder schicken.

Mittlerweile ist es Mitte November, und Bella hat seit zwei Wochen nicht mehr mit mir gesprochen. Am Samstag ist sie mit ihrer zweiten Runde Chemo fertig, und David hat mir gesagt, ich soll sie in Ruhe lassen, bis alles vorbei ist. Ich habe seinen Rat schweren Herzens befolgt. Es ist furchtbar, nicht dort bei ihr zu sein. Nichts zu wissen.

Die Einladungen zur Hochzeit sind rausgegangen, die ersten Zusagen kommen. Die Menüfolge steht. Die Blumen sind geordert. Jetzt brauche ich nur noch ein Kleid, und da stehe ich jetzt, probiere an.

»Wie ich bereits gesagt habe, bei diesem Zeitfenster bleibt Ihnen nur etwas von der Stange übrig, das heißt, nur die Kleider, die hier hängen.« Die Verkäuferin deutet auf drei Kleider zu unserer Rechten – eins in Eierschale, zwei in Weiß. Sie verschränkt die Arme vor der Brust, schaut auf die Uhr. Offenbar findet sie, dass ich ihre Zeit verschwende. Aber weiß sie denn nicht, dass sie mir heute mit Sicherheit etwas verkaufen wird? Ich muss diesen Laden heute mit einem Kleid verlassen.

»Das hier sieht doch ganz schön aus«, sage ich. Es ist das erste Kleid, das ich anprobiert habe.

Ich war noch nie eins dieser Mädchen, die von ihrer Hochzeit träumen. Das war immer Bella. Ich erinnere mich, wie sie einmal vor meinem Spiegel stand, mit einem Kissenbezug auf dem Kopf, und ihrem eigenen Spiegelbild ewige Treue gelobte. Sie wusste ganz genau, wie ihr Kleid aussehen würde – Seidenorganza mit einem weiten, wogenden Tüllrock. Ein langer Spitzenschleier. Und sie malte sich bereits die Deko aus: weiße Calla-Lilien, bauschige Pfingstrosen, winzige Teelichter. Jemand würde Harfe spielen. Alle würden *Aah* und *Ooh* rufen, wenn sie die Kirche betrat und den Mittelgang entlangschritt. Die Leute würden aufstehen. Und dann würde sie langsam auf jenen noch gesichtslosen, namenlosen Mann zugehen. Den einen Mann, der ihr das Gefühl gäbe, das gesamte Universum habe sich für diese ihre Liebe vereint.

Ich wusste damals, dass auch ich eines Tages heiraten würde, so sicher, wie ich wusste, dass man älter wird oder dass auf den Freitag der Samstag folgt. Ansonsten dachte ich nicht viel darüber nach. Dann lernte ich David kennen, alles passte, und ich wusste, er war das, wonach ich gesucht hatte, und dass es uns vorbestimmt war, dieses Kapitel gemeinsam aufzuschlagen, Seite an Seite. Doch über die Hochzeit hatte ich nie nachgedacht. Über das Kleid hatte ich nie nachgedacht. Niemals hatte ich mich vor mir gesehen, in diesem Moment, wie ich hier stehe und Brautkleider anprobiere. Und selbst wenn – *so* hätte ich es mir sicher nicht vorgestellt.

Das Kleid, das ich trage, ist aus Seide und Spitze und hat eine lange Knopfleiste am Rücken. Das Oberteil passt nicht richtig. Ich fülle es nicht aus. Jetzt tritt die Verkäuferin auf den Plan und rafft das Kleid mit einer großen Klammer am Rücken zusammen, um es enger zu machen.

»Das kriegen wir passend.« Sie betrachtet mich im Spiegel. Auf ihrem Gesicht zeigt sich eine Spur Mitgefühl. Wer kommt schon ganz allein hierher und nimmt das erstbeste Kleid? »Wir werden uns sputen müssen, aber das klappt schon.«

»Danke«, sage ich.

Ich habe das Gefühl, dass ich gleich zu weinen anfange, doch ich möchte nicht, dass die Tränen als Freudentränen einer zukünftigen Braut missinterpretiert werden. Und ich will weder das begeisterte Quieken der Verkäuferin hören noch ihren wissenden Blick sehen, der sagt: *Ach, sie ist ja so verliebt.* Rasch wende ich mich ab. »Ich nehme es.«

Verwirrung macht sich kurz auf ihrem Gesicht breit, dann leuchtet es auf. Sie hat gerade etwas verkauft. Dreitausend Dollar in dreizehn Minuten. Vermutlich ein Rekord. Vielleicht bin ich ja schwanger. Wahrscheinlich denkt sie, ich *muss* heiraten.

»Wunderbar«, sagt sie. »Dieser Ausschnitt steht Ihnen ausgezeichnet und schmeichelt Ihnen. Lassen Sie mich nur ein paar kleine Änderungen vornehmen.«

Sie steckt mich ab. Den Schwung meiner Taille, die Saumlänge. Die Schulterpartie.

Als sie hinausgeht, schaue ich mich im Spiegel an. Das Kleid ist hochgeschlossen, und natürlich hat sie nicht recht. Es schmeichelt mir gar nicht. Weder setzt es meine Schlüsselbeine in Szene noch meinen schmalen Hals. Kurz bin ich in Versuchung, David anzurufen. Ihm zu sagen, dass wir die Hochzeit verschieben müssen. Und dass wir eben nächstes Jahr heiraten, im Plaza, oder in Massachusetts, im Wheatleigh. Ich werde mir ein sündhaft teures Kleid maßanfertigen lassen, das Modell von Oscar de la Renta mit den Brokatblumen. Wir werden den besten Floristen der Stadt nehmen, die beste Band. Wir werden unseren Hochzeitstanz zu »The Way You Look Tonight« tanzen, und die allerfeinsten Lichterketten in Weiß und Gold werden über unseren Köpfen funkeln. Die gesamte Decke wird mit Rosen verkleidet sein. Wir werden Flitterwochen auf Tahiti oder Bora Bora machen. Wir werden unsere Handys im Bungalow lassen und weit hinaus bis an den Rand der Welt schwimmen. Wir werden Champagner unter dem Sternenzelt trinken, und ich werde Weiß tragen, nur Weiß, und zwar zehn Tage in Folge.

Wir werden alles richtig machen, die richtigen Entscheidungen treffen.

Doch dann höre ich die Uhr an der Wand ticken. Das *Tickstackticktack* des zweiten Zeigers, das uns unweigerlich dem 15. Dezember näher bringt.

Ich ziehe das Kleid aus. Ich bezahle es.

Auf dem Weg nach Hause ruft mich Aaron an. »Wir haben die Testergebnisse von der letzten Chemo bekommen«, sagt er. »Sieht nicht gut aus.«

Sollte mich das nicht überraschen? Sollte ich nicht das Gefühl haben, mitten im Lauf gestoppt worden zu sein? Sollte sich die Welt im Lichte dieser Nachricht nicht langsamer drehen und schließlich ganz zum Stillstand kommen? Sollten die Taxis um mich herum nicht stehen bleiben und die Musik auf der Straße langsam verhallen?

Nein, das alles geschieht nicht. Ich bin nicht überrascht. Ich habe darauf gewartet.

»Frag sie, ob sie mich bei sich haben will«, bitte ich ihn.

Stille. Ich höre seinen Atem nicht mehr, nur ein leises Rauschen, höre, wie er sich in der Wohnung bewegt, ein paar Räume weitergeht. Ich warte. Nach etwa zwei Minuten – einer Ewigkeit – kommt er wieder ans Telefon.

»Sie sagt Ja.«

Ich fange an zu laufen.

32

Zu meiner Erleichterung – und gleichzeitig zu meinem Kummer – sieht Bella genauso aus wie vor drei Wochen. Nicht schlechter, nicht besser. Ihre Haare hat sie immer noch, und ihre Augen liegen immer noch tief in den Höhlen. Sie weint nicht. Sie lächelt nicht. Ihr Gesicht ist ausdruckslos, und das ist es, was mir am meisten Angst macht. Bella hat ihre Gefühle schon immer nach außen getragen, ihre Stimmungen und Launen waren schon immer ein Spielball des Windes. Doch dieser Stoizismus, diese unergründliche Miene sind für mich ungewohnt. Ich war immer in der Lage, Bella anzuschauen und zu sehen, was in ihr vorgeht, zu begreifen, was sie braucht. Und genau das kann ich in diesem Moment nicht.

»Bella«, sage ich. »Ich habe gehört…«

Sie schüttelt den Kopf. »Lass uns zuerst über uns reden.«

Ich nicke. Trete an ihr Bett, setze mich aber nicht neben sie.

»Ich habe Angst«, sagt sie.

»Ich weiß«, antworte ich behutsam.

»Nein«, sagt sie, jetzt mit kräftigerer Stimme. »Ich habe Angst davor, zu gehen und dir all das aufzubürden.«

Ich sage nichts. Denn auf einmal bin ich wieder zwölf Jahre alt. Ich stehe in der Tür meines Kinderzimmers und höre meine Mutter schreien. Ich höre meinen Vater reden – meinen starken, tapferen, guten Vater, der versucht, all das zu begreifen, indem er Fragen stellt. »Aber wer ist denn gefahren? War er zu schnell?« Als hätte das noch eine Bedeutung; als könnte allein die Vernunft meinen Bruder wieder zurückbringen.

Irgendwie habe ich immer darauf gewartet. Darauf, dass wieder eine Tragödie vor der Tür steht. Etwas so Furchtbares, dass es blind macht vor Schmerz. Und was ist Krebs anderes als das? Was, wenn nicht die Essenz all dessen, was ich mein ganzes Leben lang versucht habe abzuwehren? Doch es hat Bella getroffen. *Ich* hätte es sein sollen. Wenn das meine Geschichte ist, dann hätte *ich* es sein sollen, nicht sie.

»Red nicht so«, sage ich. Doch wenn ich Bella schon immer durchschaut habe, dann ist das umgekehrt natürlich auch so. Sie ist genauso wie ich in der Lage, in mir zu lesen wie in einem Buch und all die Gefühle und Gedanken, die über mein Gesicht huschen, zu deuten.

Es funktioniert in beide Richtungen.

»Du gehst nirgendwohin«, sage ich zu ihr. »Wir werden das hier gemeinsam durchstehen, so wie wir das immer getan haben.«

Und in genau diesem Augenblick entspricht das auch der Wahrheit. Es ist wahr, weil es wahr sein muss. Es ist wahr, weil es gar keine Alternative dazu gibt. Obwohl die Chemo nicht geholfen hat, den Krebs in Schach zu halten. Obwohl er in ihren Unterleib gestreut hat. Obwohl. Obwohl. Obwohl.

»Schau«, sagt sie und hält die Hand hoch. Sie trägt einen Verlobungsring, der anmutig an ihrem Ringfinger sitzt.

»Ihr heiratet?«, frage ich.

»Wenn es mir besser geht«, antwortet sie.

Ich steige zu ihr ins Bett und lege mich neben sie. »Du hast dich verlobt und mich nicht angerufen?«

»Es ist erst gestern Abend passiert, zu Hause«, erzählt sie. »Er hat mir Abendessen gebracht.«

»Und was?«

Sie schaut mich an, die Brauen finster zusammengezogen. »Nudeln vom Restaurant Wild.«

Ich verziehe das Gesicht. »Ich kann es immer noch nicht glauben, dass es dir da schmeckt.«

»Es ist glutenfrei«, sagt sie. »Kein Gift. Sie haben gute Spaghetti.«

»Aha. Und dann?«

»Dann ...«, sagt sie. »Er hat mir die Pasta gebracht, und oben auf dem Parmesan lag der Ring.«

»Was hat er gesagt?«

Sie schaut mich an, und da ist sie endlich wieder – Bella, meine Bella. Sie strahlt, ihre Augen leuchten. »Du findest es bestimmt kitschig.«

»Nein, nein«, flüstere ich. »Bestimmt nicht. Das verspreche ich.«

»Er hat gesagt, er hätte schon immer nach mir gesucht, und obwohl die Situation nicht ideal sei, wisse er, dass ich seine Seelenverwandte bin und dass es sein Schicksal war, mir zu begegnen.« Sie wird rot.

Schicksal.

Ich schlucke. »Er hat recht«, sage ich. »Du hast dir immer jemanden gewünscht, der einfach weiß, dass du die Richtige bist. Du hast dich nach einem Seelenverwandten gesehnt. Und jetzt hast du ihn gefunden.«

Bella dreht sich zu mir. Sie nimmt ihre Hand und legt sie auf das Federbett zwischen uns.

»Ich werde dich jetzt etwas fragen«, sagt sie. »Und wenn ich mich täusche, brauchst du nicht zu antworten.«

Ich spüre, wie mein Herz plötzlich schneller schlägt. Was, wenn sie… Sie kann doch nicht…

»Ich weiß, du denkst, wir sind wirklich verschieden, und das sind wir auch, das habe ich begriffen. Ich werde nie jemand sein, der auf seine Wetter-App schaut, bevor er aus dem Haus geht, oder genau weiß, wie lange die Eier in seinem Kühlschrank noch haltbar sind. Ich habe mein Leben nicht strategisch aufgebaut wie du. Aber du täuschst dich, wenn du denkst…« Sie befeuchtet ihre Lippen. »Ich glaube, auch du bist zu dieser Art von Liebe fähig. Und ich glaube nicht, dass du sie bereits gefunden hast.«

Das lasse ich einen Moment lang im Raum stehen. »Wie kommst du darauf?«, frage ich schließlich.

»Glaubst du nicht, dass es einen Grund dafür gibt, dass ihr nie geheiratet habt? Glaubst du, es kommt von ungefähr, dass ihr seit fast fünf Jahren verlobt seid? Eine fünf Jahre lange Verlobungszeit stand doch nie auf deiner Agenda, oder?«

»Wir heiraten jetzt«, sage ich.

»Genau«, sagt Bella. Ihre Stimme wird ganz leise. Sie scheint neben mir in sich zusammenzusinken. »Weil du denkst, es ist an der Zeit und die Uhr tickt.«

15. Dezember.

»Das stimmt nicht. Ich liebe David.«

»Das weiß ich«, sagt sie. »Aber du bist nicht in ihn verliebt. Vielleicht warst du das ja mal, aber wenn du es warst, habe ich es nie wirklich gesehen, und ich kann mir den Luxus, so zu tun als ob, nicht mehr leisten. Und mir ist klar geworden, du auch nicht. Wenn bei dir die Uhr tickt und die Zeit abläuft, dann sollte es in Richtung deines Glücks gehen.«

»Bella...« Ich spüre, wie etwas in meiner Brust aufsteigt. Und dann purzelt es einfach so aus mir heraus, mitten auf die Bettdecke zwischen uns. »Ich bin mir nicht sicher, ob ich zum Glück fähig bin«, sage ich. »Nicht zu dem Glück, das du meinst.«

»Aber natürlich bist du dazu fähig«, widerspricht sie. »Ich wünschte, du wüsstest das. Ich wünschte, du würdest begreifen, dass du eine Liebe haben kannst, wie du sie dir in deinen wildesten Träumen nicht vorzustellen vermagst. Etwas, das es nur im Film gibt. Auch du bist dafür gemacht.«

»Das glaube ich nicht.«

»Doch. Und weißt du, woher ich das weiß?«

Ich schüttele den Kopf.

»Weil es die gleiche Art und Weise ist, mit der du *mich* liebst.«

»Bella«, sage ich. »Hör mir mal zu. Du wirst wieder gesund. Ich glaube fest daran. Menschen werden die ganze Zeit gesund – allen Widrigkeiten zum Trotz. Jeden verdammten Tag.«

Sie streckt mir die Arme entgegen. Ich erwidere vorsichtig ihre Umarmung.

»Wer hätte das gedacht?«, sagt sie.

»Ich weiß.«

Ich spüre, wie sie an meiner Schulter den Kopf schüttelt. »Nein«, sagt sie. »Ich meine, wer hätte gedacht, dass du zu jemandem werden könntest, der an etwas *glaubt*.«

Und genau in diesem Moment, als ich Bellas ausgemergelten Körper in meinen Armen halte, weiß ich etwas mit mehr Bestimmtheit als alles andere: Sie ist außergewöhnlich. Und zum ersten Mal in meinem Leben spielen Daten und Fakten keine Rolle.

33

Während wir mit intraperitonealer Chemotherapie und Gardenien beschäftigt sind, ist es auf einmal Ende November geworden. Erstere ist eine invasivere Form der Chemo, bei der ein Port, durch den die Medikamente verabreicht werden, in die Bauchhöhle implantiert wird. Dadurch wirkt die Chemo direkter als bei den vorigen Runden, und während der Verabreichung muss Bella flach auf dem Rücken liegen. Ihr ist permanent übel, und sie hat heftige Brechanfälle. Was die Gardenien angeht, so haben sie es irgendwie geschafft, zu unseren Hochzeitsblumen auserkoren zu werden – obwohl ihre Lebensdauer bestenfalls fünfeinhalb Minuten beträgt.

Ich bespreche in der Arbeit gerade die Blumenfrage am Telefon, als Aldridge in meinem Büro vorbeikommt. Ich lege auf, ohne der Floristin eine Erklärung abzugeben.

»Ich hatte gerade ein interessantes Telefonat mit Anya und Jordi«, sagt er zu mir und nimmt auf einem meiner runden grauen Stühle Platz.

»Ach ja?«

»Vermutlich wissen Sie, was ich gleich sagen werde.«

»Nein, weiß ich nicht.«

»Denken Sie mal drüber nach.«

Ich schiebe einen Notizblock und einen Briefbeschwerer auf meinem Schreibtisch hin und her. »Sie wollen nicht an die Börse.«

»Bingo. Sie haben es sich anders überlegt.« Er verschränkt die Hände und legt sie auf meinen Schreibtisch. »Ich muss wissen, ob Sie noch weiteren Kontakt mit ihnen hatten.«

»Hatte ich nicht, nein«, sage ich. Nur dieses eine Dinner, bei dem ich deutlich Anyas Widerstreben gespürt habe. »Aber um ehrlich zu sein, bin ich nicht gänzlich überzeugt davon, dass ein Börsengang im Moment der richtige Schachzug wäre.«

»Für wen?«, fragt Aldridge.

»Für uns alle«, sage ich. »Ich glaube, die Firma wird unter ihrer Leitung immer größere Profite einfahren. Ich glaube, sie werden uns jetzt ein Mandat geben, weil sie uns vertrauen, und wenn sie dann tatsächlich an die Börse gehen, werden wir alle deutlich mehr Geld verdienen.«

Aldridge zieht seine Hände zurück. Seine Miene ist undurchdringlich. Ich bemühe mich um ein Pokerface.

»Das überrascht mich.«

Ich spüre, wie sich mein Magen zusammenzieht, ein Gefühl, das mir vertraut ist. Ich habe mich offenbar zu weit aus dem Fenster gelehnt.

»Und es beeindruckt mich«, sagt er. »Ich hätte nicht gedacht, dass Sie als Anwältin aus dem Bauch heraus entscheiden.«

»Was meinen Sie?«

Aldridge lehnt sich zurück. »Ich habe Sie angestellt, weil ich wusste, dass Ihnen niemals ein Fehler unterlaufen würde. Ihre Arbeit ist ohne Fehl und Tadel. Sie lesen jede einzelne Zeile eines jeden Paragrafen und kennen die Gesetze in- und auswendig.«

»Danke schön.«

»Doch selbst das ist, wie wir wissen, nicht genug. Man mag noch so vorbereitet sein – das Unerwartete kann trotzdem passieren. Wirklich gute Anwälte kennen ihre Deals wie ihre Westentasche, treffen aber oft Entscheidungen, die auf etwas anderem basieren – der Anwesenheit einer unbekannten Kraft, die einem, wenn man auf sie hört, genau den Moment zeigt, an dem sich das Blatt wendet. Genau das haben Sie mit Jordi und Anya getan, und Sie hatten recht.«

»Wirklich?«

Aldridge nickt. »Sie haben uns als firmeneigene juristische Berater eingesetzt und möchten, dass Sie das Team leiten.«

Ich mache große Augen. Ich weiß, was das bedeutet. Das ist mein Fall, meine große Chance. Das ist es, was ich brauche, um Junior Partner zu werden.

»Eins nach dem anderen«, sagt Aldridge, der ahnt, was mir durch den Kopf geht. »Aber ich gratuliere.«

Er steht auf, und ich tue es ihm nach. Er schüttelt mir die Hand. »Und – ja«, sagt er. »Wenn das alles gut geht – ja.«

Ich schaue auf die Uhr. Am liebsten würde ich Bella anrufen, aber sie hatte heute Morgen Chemo, und ich weiß, dass sie schläft.

Ich versuche es bei David.

»Hey«, sagt er. »Ist was passiert?«

Mir wird bewusst, dass ich ihn noch nie tagsüber angerufen habe. Wenn ich ihm etwas zu sagen habe, schicke ich eine E-Mail, oder ich warte einfach bis abends.

»Nichts ist passiert.«

»Oh«, hebt er an, aber ich falle ihm ins Wort.

»Aldridge hat mir gerade den Fall gegeben, durch den ich Junior Partner werden kann.«

»Das gibt's nicht!«, ruft David begeistert. »Toll, einfach toll!«

»Es geht um die Frauen von QuTe. Sie wollen jetzt doch nicht an die Börse, aber ich soll sie juristisch vertreten.«

»Ich bin so stolz auf dich«, sagt David. »Heißt das immer noch, dass du nach Kalifornien musst?«

»Vielleicht irgendwann, aber so weit sind wir noch nicht. Ich bin einfach nur aufgeregt, weil es genau das Richtige ist, weißt du? Und ich hatte es irgendwie im Gefühl. Ich *wusste*, es ist das Richtige.«

Ich höre Stimmen im Hintergrund. David antwortet nicht sofort. »Ja«, sagt er. »Gut.« Dann: »Warte kurz.«

»Ich?«

»Nein«, sagt er. »Nein. Du, hör mal, ich muss jetzt weiter. Lass uns heute Abend feiern. Wann immer du willst. Schreib Lydia eine Mail, und sie wird was reservieren.« Er legt auf.

Auf einmal fühle ich mich furchtbar einsam, ein Gefühl, das mich erfasst wie ein Fieber und meinen ganzen Körper durchdringt. Das sollte nicht so sein. David unterstützt mich. Er ermutigt und versteht mich. Er will, dass ich Erfolg habe. Meine Karriere liegt ihm am Herzen. Er wird Opfer bringen, damit ich das kriege, was ich will. Ich weiß, das ist die Übereinkunft, die wir getroffen haben: dass wir einander nie im Wege stehen werden.

Doch jetzt, hier an meinem Schreibtisch, wird mir auch noch etwas anderes klar. David und ich, wir sind wie parallele Linien. Wir haben uns konstant vorwärtsbewegt, doch uns niemals berührt, aus Angst, den anderen vom Kurs abzubringen.

Als müssten wir keine Kompromisse eingehen, wenn wir nur einfach schnurstracks unserem Weg folgen. Doch das Problem mit parallel verlaufenden Linien ist, dass sie ein paar Handbreit voneinander entfernt verlaufen können, oder eben Kilometer. Und in letzter Zeit fühlt es sich so an, als wäre die Entfernung zwischen uns gewaltig. Wir haben es nur nicht bemerkt, weil wir immer noch auf den gleichen Horizont ausgerichtet sind. Und langsam dämmert mir, dass ich mir wünsche, etwas würde sich mir in den Weg stellen. Ich *will*, dass wir kollidieren.

Ich rufe Lydia an. Ich bitte sie, einen Tisch bei Dante zu reservieren, einem italienischen Café im West Village, das wir beide lieben. Halb acht.

34

Als ich im Restaurant ankomme – es ist eine winzige Eckkneipe mit Kerzen auf altmodischen, rot karierten Tischdecken –, sitzt David schon da, über sein Handy gebeugt. Er trägt einen blauen Pullover und Jeans. Bei dem Hedgefonds, für den er arbeitet, gilt kein so strenger Dresscode wie bei der Bank, und er kann sich meistens leger kleiden.

»Hi«, sage ich.

Er blickt auf und lächelt. »Hallo. Der Verkehr war ein Albtraum, oder? Ich versuche herauszufinden, warum sie die Seventh Avenue gesperrt haben. Wir waren schon lange nicht mehr hier. Seit unseren ersten Dates«, sagt er.

David und ich haben uns durch meinen alten Kollegen Adam kennengelernt. Damals waren wir beide im Büro des Staatsanwalts angestellt. Man arbeitete viel und wurde beschissen bezahlt; außerdem fühlten wir uns alle fehl am Platz.

Ich erinnere mich, dass ich damals etwa sechs Wochen lang in Adam verknallt gewesen war. Adam stammte aus New Jersey, war ein großer Fan von Sitcoms aus den Siebzigern und wusste als Einziger, wie man die launische Kaffeemaschine dazu bringen konnte, einen halbwegs anständigen Cappuccino zu produzieren. Wir verbrachten bei der Arbeit eine Menge Zeit miteinander und saßen in der Mittagspause oft am Schreibtisch, über einen Teller Ramen-Nudeln vom Foodtruck auf der Straße gebeugt. Zu seinem Geburtstag schmiss er eine Party in dieser Bar, in der ich noch nie gewesen war – Ten Bells an der Lower East Side. Sie war dunkel und nur mit Kerzen beleuchtet, man saß an Holztischen und auf Barhockern. Wir aßen Käse, tranken Wein und teilten uns die Rechnung, die wir eigentlich nicht bezahlen konnten, auf unsere Kreditkarten auf, in der Hoffnung, die Schulden eines Tages zurückzahlen zu können.

David war auch da – ein süßer, aber ein bisschen stiller Typ – und fragte mich, ob er mir einen ausgeben dürfe. Er arbeitete bei einer Bank und hatte mit Adam studiert. In ihrem ersten Jahr in New York hatten sie sich eine Wohnung geteilt.

Wir sprachen über die irrsinnigen Mietpreise, über die Unmöglichkeit, in New York gutes mexikanisches Essen zu kriegen, und über unsere gemeinsame Vorliebe für *Stirb langsam*.

Doch ich war immer noch auf Adam fixiert. Ich hatte sogar die Hoffnung gehabt, an diesem Abend endlich bei ihm landen zu können. Ich trug eine enge Jeans und ein schwarzes Top. Und ich dachte, wir würden flirten – genauer gesagt, dachte ich, wir hätten schon längst damit angefangen – und dann zusammen nach Hause gehen.

Bevor die Kneipe zumachte, kam Adam zu uns herübergeschlendert und legte David einen Arm um die Schultern. »Ihr beide solltet unbedingt Nummern austauschen«, sagte er. »Könnte ein Volltreffer sein.«

Ich erinnere mich noch, wie enttäuscht ich war. Dieses vernichtende Gefühl, wenn der Vorhang aufgeht, und die Bühne dahinter ist – leer. Adam stand nicht auf mich. Das hatte er mir gerade mit aller Deutlichkeit zu verstehen gegeben.

David lachte nervös, schob die Hände in die Taschen. Und dann sagte er: »Sollen wir?«

Ich gab ihm meine Nummer. Am nächsten Tag rief er an, und in der darauffolgenden Woche trafen wir uns. Unsere Beziehung entwickelte sich langsam, Schritt für Schritt. Wir gingen etwas trinken, Dinner, dann Lunch, zu einer Broadway-Vorstellung, für die er Tickets geschenkt bekommen hatte. An jenem Abend, unserem vierten Date, schliefen wir zum ersten Mal miteinander. In eine gemeinsame Wohnung zogen wir erst zwei Jahre danach. Wir behielten meine kompletten Schlafzimmermöbel und die Hälfte seiner Wohnzimmereinrichtung und eröffneten ein gemeinsames Konto für die Haushaltskosten. Den Einkauf bei Trader Joe's erledigte er, weil mir dort die Schlangen zu lang waren – und sind –, und Büroartikel bestellte ich bei Amazon. Wir wurden zu Hochzeiten eingeladen, schmissen Partys mit Lieferservice und erklommen unsere jeweiligen Karriereleitern, nur eine Armeslänge voneinander entfernt. So war es doch, oder? Eine Armeslänge voneinander entfernt? Wenn man den Arm nach jemandem ausstrecken und seine Hand halten kann, hat dann die Entfernung überhaupt noch eine Bedeutung? Und ist es nicht kostbar genug, jemanden an seiner Seite zu haben?

»An der Ecke Twelfth Street ist ein Rohr geplatzt«, sage ich. Ich nehme meinen Mantel ab und setze mich, genieße es, in der kuscheligen Wärme des Lokals langsam aufzutauen. Mittlerweile ist der November weit fortgeschritten, und das Wetter hat umgeschlagen.

»Ich habe eine Flasche Brunello bestellt«, sagt er. »Der hat uns das letzte Mal, als wir hier waren, doch so gut geschmeckt.«

David hat eine Excel-Tabelle mit den Restaurants angelegt, wo wir am besten gegessen haben – mitsamt Angaben zu Speisen und Getränken –, auf die wir später immer wieder zurückgreifen können. Die Tabelle hat er auf sein Handy geladen und kann jederzeit nachschauen.

»David«, beginne ich und atme erst mal aus. »Die Floristin hat dreitausend Gardenien für uns bestellt.«

»Wie bitte?«

»Na, für die Hochzeit«, sage ich.

»Das ist mir schon klar«, erwidert er. »Aber wieso?«

»Ich weiß es nicht. Irgendein Missverständnis. Die werden alle braun sein, bevor wir auch nur dazu kommen, Fotos zu machen. Sie halten etwa zwei Stunden.«

»Na ja, wenn das deren Fehler ist, dann müssen sie auch für die Kosten aufkommen. Hast du mit ihnen gesprochen?«

Ich nehme meine Serviette und lege sie mir über die Hose.

»Ich hatte sie an der Strippe, musste aber auflegen, weil ich in der Arbeit war.«

David nimmt einen Schluck Wasser. »Ich kümmere mich drum«, verspricht er.

»Danke.« Ich räuspere mich. »David«, sage ich. »Bevor ich das hier sage, bitte ich dich, sei nicht böse auf mich.«

»Das kann ich dir zwar nicht garantieren, aber leg los.«

»Ich meine es ernst.«

»Sag's einfach«, meint er.

Ich atme aus. »Vielleicht sollten wir die Hochzeit verschieben.«

Er schaut mich an, und in seinem Blick liegt Verwirrung,

aber noch etwas anderes. Irgendwo ganz weit hinten lese ich auch Erleichterung. Zustimmung. Weil er es gewusst hat, oder? Er hatte schon eine Weile den Verdacht, dass ich die Hochzeit abblasen will.

»Warum sagst du das?«, fragt er in gemessenem Ton.

»Bella ist krank«, sage ich. »Ich glaube nicht, dass sie zur Hochzeit kommen könnte. Und ich möchte nicht ohne sie heiraten.«

David nickt. »Was meinst du eigentlich genau? Willst du mehr Zeit?«

»Ich möchte, dass wir das Ganze bis Sommer verschieben. Und dann vielleicht sogar die Location kriegen, die wir wollen.«

»Wollen wir denn diese Location nicht?« David lehnt sich zurück. Er ist doch verärgert. Und das ist eine Gefühlsregung, die ich nicht oft an ihm erlebt habe. »Dannie«, sagt er. »Ich muss dich jetzt was fragen.«

Ich sitze reglos da, höre den Wind draußen heulen. Der Winter steht vor der Tür, und der Wind ist sein Bote.

»Möchtest du eigentlich überhaupt heiraten?«

Erleichterung durchströmt mich, sprudelt förmlich durch meine Adern, als hätte jemand einen Hahn geöffnet. »Ja«, sage ich. »Natürlich.«

In diesem Moment kommt unser Wein. Wir tun so, als wollten wir uns keinen Moment der Prozedur – das Entkorken und Probieren, das Eingießen und Zuprosten – entgehen lassen. David gratuliert mir zu QuTe.

»Bist du dir sicher?«, fragt er und nimmt den Faden wieder auf. »Weil ... manchmal bin ich nämlich ...« Er schüttelt den Kopf. »Manchmal weiß ich es nicht genau.«

»Vergiss meinen Vorschlag«, sage ich. »Das war dumm von mir. Ich hätte das Thema gar nicht anschneiden sollen. Alles ist bereits geregelt.«

»Ja?«

»Ja.«

Wir bestellen, lassen aber das meiste von dem Essen stehen. Wir kennen beide die Wahrheit, wissen, was da gerade zur Sprache gekommen ist. Und ich sollte Angst haben, schreckliche Angst, denn der Grund, aus dem ich seine Frage erleichtert mit Ja beantwortet habe, ist, dass er mir jene andere Frage nicht gestellt hat, die Frage, die undenkbar ist.

Was geschieht, wenn sie es nicht schafft?

35

Die Chemo ist brutal. Viel, viel schlimmer als die letzte Runde. Mittlerweile fällt es Bella schwer, aufrecht zu stehen, und sie verlässt die Wohnung nur noch für die Behandlung. Sie sitzt im Bett, schreibt E-Mails an die Galerie, schaut sich die Bilder von digitalen Ausstellungen an. Svedka lässt mich rein, und ich setze mich zu Bella aufs Bett, auch wenn sie schläft.

Die Haare gehen ihr aus.

Mein Hochzeitskleid kommt. Es passt. Es sieht sogar gut aus. Die Verkäuferin hatte recht, der Ausschnitt ist nicht so schlimm, wie ich gedacht hatte.

Eine Woche lang erwähnt David die Hochzeit mir gegenüber nicht mehr. Eine Woche lang beantworte ich die Mails vom Hochzeitsplaner nicht, drücke Anrufe weg, schreibe keine Schecks aus. Und dann komme ich eines Abends von der Arbeit nach Hause, und David sitzt am Küchentisch, eine Schüssel Pasta und zwei Salate stehen vor ihm.

»Hey«, sagt er. »Komm, setz dich.« *Hey. Komm, setz dich.*

Aldridge hat gesagt, ich hätte ein gutes Bauchgefühl, aber ich selbst konnte mit dem Begriff Intuition nie viel anfangen.

Alles, was man empfindet, hat mit der Verarbeitung von Fakten zu tun. Man nimmt Informationen in sich auf – Worte, Körpersprache, die Umgebung, die Nähe des eigenen Körpers zu einem sich bewegenden Fahrzeug – und zieht daraus einen Schluss. Es ist nicht mein Bauchgefühl, das mich dazu bringt, an diesem Tisch Platz zu nehmen, denn ich weiß, was jetzt folgen wird. Und dass endlich die Wahrheit auf diesen Tisch kommt.

Ich setze mich.

Die Pasta sieht kalt aus. Sie steht offenbar schon lange da.

»Tut mir leid, dass ich so spät dran bin.«

»Du bist nicht spät dran«, sagt er, und damit hat er recht. Wir hatten uns heute gar nicht verabredet, und es ist erst halb neun. Zu dieser Uhrzeit komme ich normalerweise immer nach Hause.

»Das sieht gut aus«, sage ich.

David atmet geräuschvoll aus. Wenigstens hat er nicht vor, mich lange zappeln zu lassen.

»Also«, sagt er. »Wir müssen reden.«

Ich sehe ihm ins Gesicht. Er sieht müde aus, abgespannt, kühl, genau wie das Essen vor uns auf dem Tisch.

»Okay«, sage ich.

»Ich...« Er schüttelt den Kopf. »Ich kann es nicht glauben, dass ich derjenige bin, der das hier tun muss.« Er klingt ein winziges bisschen bitter.

»Tut mir leid.«

Er beachtet mich nicht. »Weißt du, was für ein Gefühl das ist?«

»Nein«, gebe ich zu. »Ich weiß es nicht.«

»Ich liebe dich«, sagt er.

»Ich liebe dich auch.«

Er schüttelt den Kopf. »Ja, ich liebe dich, aber ich habe es satt, der Mensch zu sein, der zwar in dein Leben passt, aber nicht... ach, verdammt... nicht in dein Herz.«

Ich fühle es in meinem Körper. Es ist wie ein Faustschlag, genau dorthin, wo die Haut am dünnsten ist.

»David«, sage ich. Mein Magen zieht sich zusammen. »Das stimmt doch nicht.«

Er schüttelt den Kopf. »Vielleicht liebst du mich ja, aber ich glaube, wir wissen beide, dass du mich nicht heiraten willst.«

Da höre ich es deutlich, das Echo von Bellas Worten. *Du bist nicht in ihn verliebt.*

»Wie kannst du das sagen? Wir sind verlobt, wir planen eine Hochzeit. Wir sind seit siebeneinhalb Jahren zusammen.«

»Und verlobt sind wir seit fünf. Wenn du mich heiraten wolltest, wärst du längst meine Frau.«

»Aber Bella...«

»Es geht nicht um Bella!«, schreit er. Dass er die Stimme erhebt, ist auch so etwas, das er nie tut. »Es geht nicht um sie. Wenn es nur so wäre. Gott, Dannie, ich fühle mich furchtbar mit all dem. Ich weiß, was sie dir bedeutet. Ich liebe sie auch über alles. Aber was ich sagen will, ist... darum geht es nicht. Das hier passiert nicht, weil sie krank geworden ist. Du hast schon vorher gezögert.«

»Wir hatten viel zu tun«, sage ich. »In der Arbeit. Mit dem Leben. Und zwar *wir beide*.«

»Aber ich habe dir einen Antrag gemacht!«, sagt David. »Du wusstest, wo ich stehe. Ich habe versucht, mich in Geduld zu üben. Wie lange soll ich denn noch warten?«

»Bis Sommer«, antworte ich. Ich lege mir eine Serviette auf

den Schoß, streiche sie glatt. Konzentriere mich. »Was ist denn so schlimm an diesen sechs Monaten?«

»Weil es nicht nur um sechs Monate geht«, erwidert er. »Im Sommer wird auch wieder etwas sein, irgendein anderer Grund.«

»Das stimmt nicht!«, widerspreche ich.

»Doch! Weil du mich nämlich überhaupt nicht heiraten willst.«

Meine Schultern zittern. Ich spüre, dass ich weine. Tränen laufen mir das Gesicht herunter, ein eisig kühles Rinnsal.

»Doch, das will ich.«

»Nein«, sagt er. »Willst du nicht.« Er schaut mich an, und ich sehe, dass er von seiner eigenen Aussage nicht ganz überzeugt ist.

Er will, dass ich ihn umstimme. Und das könnte ich auch. Ich spüre, wenn ich es wollte, könnte ich ihn eines Besseren belehren. Ich könnte weiter weinen. Ich könnte mich an ihn schmiegen. Ich könnte ihm all die Dinge sagen, von denen ich weiß, dass er sie hören will. Ich könnte ihn überzeugen. Ihm sagen, dass ich davon träume, ihn zu heiraten. Dass mir jedes Mal, wenn er einen Raum betritt, ganz flau wird vor Liebe. Ich könnte ihm all die Dinge sagen, die ich an ihm liebe: seine lockigen Haare und wie warm sein Brustkorb ist. Und wie sehr ich mich in seinem Herzen zu Hause fühle.

Aber ich kann es nicht. Es wäre eine Lüge. Und David verdient mehr als das – er verdient alles. Das ist das Einzige, das ich ihm geben kann: die Wahrheit. Endlich.

»David«, sage ich. Und beginne: »Ich weiß nicht, warum. Du bist perfekt für mich. Ich liebe unser gemeinsames Leben. Aber...«

Er lehnt sich zurück. Wirft seine Serviette auf den Tisch. Wirft buchstäblich das Handtuch.

Wir sitzen schweigend da, eine gefühlte Ewigkeit. Die Uhr an der Wand tickt. Am liebsten würde ich sie aus dem Fenster schmeißen. Stopp. Bleib endlich stehen. Hör auf, uns weiter und weiter zu drängen. Alles, was vor uns liegt, ist schrecklich. Der Moment dehnt sich so sehr, dass ich fürchte, er könnte bersten. Dann endlich ergreife ich das Wort. »Und was nun?«, frage ich.

David schiebt seinen Stuhl zurück. »Du gehst jetzt«, sagt er.

Er verschwindet im Schlafzimmer und macht die Tür hinter sich zu. Ohne weiter darüber nachzudenken, fülle ich das Essen in Behälter ab. Ich spüle das Geschirr. Stelle es weg.

Dann gehe ich zur Couch und setze mich. Ich weiß, am nächsten Morgen kann ich nicht mehr hier sein. Ich hole mein Handy hervor.

»Dannie?« Bellas Stimme klingt verschlafen, aber kräftig, als sie drangeht. »Was gibt's?«

»Kann ich rüberkommen?«, frage ich sie.

»Natürlich.«

Ich fahre die zwanzig Blocks nach Süden. Bella liegt auf der Couch, als ich ankomme, nicht im Bett. Sie hat sich ein buntes Tuch um den Kopf geschlungen, der Fernseher ist eingeschaltet. Es läuft eine Wiederholung von *Seinfeld*. Trostfutter für die Seele.

Ich lasse meine Tasche fallen. Gehe zu ihr. Und dann weine ich, schluchze.

»Schhhh«, macht sie. »Ist ja gut. Was immer es ist, es ist alles okay.«

Natürlich täuscht sie sich. Nichts ist okay. Aber es fühlt sich so gut an, in diesem Moment von ihr getröstet zu werden. Sie streichelt mit den Händen durch mein Haar, reibt mir kreisförmig den Rücken, tröstet mich mit leisen Lauten und mit Zärtlichkeit, wie nur Bella es kann.

Wie oft habe ich sie auf genau diese Weise im Arm gehalten und getröstet. Nach so vielen Trennungen, nach so vielen Enttäuschungen durch ihre Eltern, doch jetzt, in diesem Moment, habe ich das Gefühl, alles kehrt sich um. Ich dachte immer, ich bin *ihre* Beschützerin. Und dass sie oberflächlich und verantwortungslos und leichtsinnig ist. Dass es mein Job ist, sie zu beschützen. Dass ich die Starke von uns beiden bin, das Gegengewicht zu Bellas Schwäche, ihren Launen. Doch ich habe mich getäuscht. Die Starke war nicht ich, sie war es. Jetzt merke ich, wie sich das anfühlt – ein Risiko einzugehen, bewusst einen anderen Weg einzuschlagen, Entscheidungen zu treffen, die nicht auf Fakten basieren, sondern auf Gefühlen. Es tut weh. Als würde ein Wirbelsturm in meiner Seele wüten. Und als könnte ich das nie und nimmer überleben.

»Das wirst du«, sagt sie. »Du hast es bereits.«

Erst als Bella das sagt, wird mir bewusst, dass ich das mit dem Überleben laut ausgesprochen habe. So bleiben wir lange Zeit liegen, ich auf ihrem Schoß zusammengerollt, sie wie zum Schutz über mich gebeugt, und es fühlt sich an, als würden Stunden vergehen. Wir verharren lange in dieser Haltung, als wollten wir sie einfangen, sie in eine Flasche abfüllen, sie für immer bewahren. Damit sie für ewig bleibt, lange genug, um ein Leben lang zu halten.

Die Liebe braucht keine Zukunft.

Einen denkwürdigen Moment lang sind wir frei von allem, was kommen wird.

36

In der ersten Dezemberwoche ziehe ich zu Bella. In das Gästezimmer, dessen Wände immer noch mit Wolken bemalt sind. Aaron hilft mir mit den Kartons. David sehe ich nicht mehr. Als ich die letzten meiner Habseligkeiten ins Auto geladen habe, hinterlasse ich ihm einen Zettel auf dem Tisch. Er kann mir meinen Anteil an der Wohnung entweder auszahlen, oder wir verkaufen sie ganz, was auch immer er wünscht.
Es tut mir so leid, schreibe ich.
Ich rechne eigentlich nicht damit, von ihm zu hören, doch drei Tage später schickt er mir eine E-Mail mit einigen logistischen Details. Er schließt sie mit den Worten: *Bitte halte mich auf dem Laufenden, wie es Bella geht. David.*
All diese Zeit, all diese Jahre, all diese Pläne gehören der Vergangenheit an. Wir sind jetzt Fremde. Ich kann es kaum fassen.
Krankenhaus. Arbeit. Nach Hause.
Bella und ich kuscheln uns in ihr Bett. Während sie gegen ihre Übelkeit ankämpft, ziehen wir uns jede Menge romantische Komödien aus den frühen Nullerjahren rein; manchmal ist sie zu schwach, um den Kopf zu heben. Sie hat keinen

Appetit. Ich fülle eine Schale nach der anderen randvoll mit Eiscreme. Das meiste davon lässt sie unberührt, und ich schütte das geschmolzene Eis in den Abfluss.

Unser *Stop*-Spiel. »Aphten im Mund. Offene Wunden. Der Geschmack von Galle«, flüstert sie mir zu, unter der Decke zitternd.

»Weiter«, sage ich.

»Literweise Chemikalien, die durch meine Venen gepumpt werden, Venen, die brennen wie Feuer. Finger, die sich in mein Rückgrat krallen, mir die Knochen brechen.«

»Noch nicht«, sage ich.

»Der Geschmack von Kotze. Das Gefühl, dass meine Haut langsam verbrennt. Es wird immer schwerer zu atmen.«

»Hör auf«, sage ich zu ihr.

»Ich wusste, dass ich dich mit dem Atmen kriege«, sagt sie.

Ich beuge mich näher zu ihr. »Ich werde bei dir sein, immer. Egal, was kommt.«

Sie schaut mich an. Ihre Augen in den tiefen Höhlen sind voller Angst. »Ich weiß nicht, wie lange ich das alles noch durchhalte«, sagt sie.

»Du schaffst es«, erwidere ich. »Du musst.«

»Ich verschwende meine Zeit«, sagt sie. »Ich verschwende die Zeit, die mir noch bleibt.«

Ich denke über Bella nach. Ihr Leben. Wie sie das College abbricht. Aus einer Laune heraus nach Europa fliegt. Wie sie sich verliebt, auf die Nase fällt. Wie sie immer wieder etwas anfängt und es dann wieder sein lässt.

Vielleicht wusste sie es ja. Vielleicht ahnte sie ja, dass es keine Zeit zu verschwenden gab, dass sie sich nicht damit aufhalten durfte, alles der Reihe nach zu machen. Und dass selbst der konsequenteste Weg auf halber Strecke geendet hätte.

»Das stimmt nicht«, sage ich. »Du bist hier. Du bist doch hier.«
Nachts schläft Aaron an ihrer Seite. Zusammen mit Svedka bewegen wir uns wie in einer stummen Choreografie durch die Wohnung und weben unser Netz der Unterstützung.

*

In der darauffolgenden Woche komme ich von der Arbeit nach Hause und stelle fest, dass die Kartons aus meinem Zimmer verschwunden sind. Auch meine Klamotten, der Bademantel, alles. Bella schläft, so wie sie es den größten Teil des Tages getan hat. Svedka geht in ihr Zimmer, kommt wieder heraus.

Ich rufe Aaron an.

»Hey«, sagt er. »Wo bist du?«

»Daheim. Aber meine Sachen sind weg. Hast du die Kisten in den Keller getan?«

Aaron hält inne. Ich höre ihn am anderen Ende der Leitung atmen. »Können wir uns treffen?«, fragt er.

»Wo?«

»Bridge Street 37.«

»Das Loft«, sage ich. Auf einmal spüre ich ein Ziehen, weit hinter meinem Brustbein, genau dort, wo mein Bauchgefühl sitzen könnte, wenn ich denn an seine Existenz glauben würde.

»Ja.«

»Nein«, sage ich. »Ich kann nicht. Mit meinen Sachen ist etwas passiert, und ich muss ...«

»Dannie, bitte«, sagt Aaron. Auf einmal klingt er, als wäre er sehr weit weg. In einem fernen, fremden Land, ein ganzes Jahrzehnt entfernt. »Das ist eine Anweisung von Bella.«

Wie kann ich da ablehnen?

Als ich vor dem Haus ankomme, steht Aaron auf der Straße und raucht eine Zigarette.

»Ich wusste gar nicht, dass du rauchst«, sage ich.

Er blickt auf die Zigarette zwischen seinen Fingern hinab, als fiele sie ihm erst jetzt auf. »Ich auch nicht.«

Als wir uns das letzte Mal hier gesehen haben, war es Sommer, alles blühte. Der Fluss war smaragdgrün und aufgewühlt. Jetzt ist alles wie tot... der Vergleich ist unerträglich.

»Danke, dass du gekommen bist«, sagt er. Er trägt ein Sakko, trotz der Kälte aufgeknöpft. Ich bin so dick eingemummelt, dass ich kaum aus Kapuze und Schal herausschauen kann.

»Was gibt es denn?«, frage ich.

Er wirft die Kippe der Zigarette auf den Boden, tritt sie aus. »Ich zeig's dir.«

Ich folge ihm durch die bereits bekannte Tür ins Gebäude hinein, in dem altersschwachen, ruckelnden Fahrstuhl nach oben.

An der Tür zur Wohnung holt er die Schlüssel hervor. Am liebsten würde ich sie ihm aus der Hand schlagen. Würde ihn von dem abhalten, was er gleich tun wird. Doch ich bin wie gelähmt, habe das Gefühl, meine Arme nicht bewegen zu können. Und als die Tür aufgeht, sehe ich alles wieder vor mir, genau das Bild, das ich seit Jahren in meinem Herzen trage.

Die Renovierung, genau wie sie war. Die Küche. Die Barhocker. Das Bett, da drüben bei den Fenstern. Die blauen Samtsessel.

»Willkommen daheim«, flüstert er.

Ich blicke zu ihm auf. Er lächelt. So froh habe ich ihn schon seit Monaten nicht mehr gesehen.

»Was?«, frage ich.

»Das ist dein neues Zuhause«, sagt er. »Bella und ich arbeiten schon seit Monaten daran. Sie wollte das alles für dich herrichten.«

»Für mich?«

»Bella hat diese Wohnung vor Ewigkeiten gesehen, als ich den Auftrag für die Renovierung des Hauses bekam. Da war etwas an der Anordnung der Räume, an dem Licht, an der Aussicht und dem besonderen Charakter der Wohnung, und sie wusste sofort, dass du hierhergehörst.« Er lächelt. »Du kennst ja Bella, wenn sie etwas will, dann bringen sie keine zehn Pferde mehr davon ab. Und ich glaube, dieses Projekt hat ihr geholfen. Es hat ihr etwas Kreatives gegeben, auf das sie sich konzentrieren konnte.«

»Sie hat das alles gemacht?«, frage ich ungläubig.

»Sie hat alles ausgesucht«, sagt er. »Bis ins letzte Detail. Selbst als ihr beide zerstritten wart.«

Ich wandere wie in Trance in der Wohnung umher. Es ist alles genau so, wie ich es in Erinnerung habe. Es ist alles da. Alles ist geschehen.

Ich wende mich zu Aaron, der mit vor der Brust verschränkten Armen in der Mitte der Wohnung steht. Auf einmal hat es den Anschein, als würde sich die Welt nur um uns drehen. Als wären wir der Dreh- und Angelpunkt, um den alles kreist, von dem alles abhängt, von uns ganz allein.

Ich gehe auf ihn zu. Immer näher, zu nah. Er rührt sich nicht.

»Warum?«, frage ich.

»Sie liebt dich«, sagt er.

Ich schüttele den Kopf. »Nein«, sage ich. »Warum du?«

Früher habe ich immer gedacht, die Gegenwart bestimme über die Zukunft. Und wenn ich nur hart und lang an etwas arbeite, würde ich alles bekommen, was ich will. Den Job, die Wohnung, das Leben. Und dass die Zukunft wie ein Klumpen

Lehm sei, der nur darauf wartet, von der Gegenwart zu dem geformt zu werden, was dereinst sein wird. Doch das stimmt nicht. Es kann nicht sein. Denn ich habe alles richtig gemacht. Ich habe mich mit David verlobt. Ich habe mich von Aaron ferngehalten. Ich habe Bella davon überzeugt, die Finger von dieser Wohnung zu lassen. Und doch liegt jetzt meine beste Freundin da drüben auf der anderen Seite des Flusses todkrank im Bett, wiegt nur noch vierzig Kilo und kämpft um ihr Leben. Und ich stehe da, an dem Ort aus meinem Traum.

Aaron blinzelt mich verwirrt an. Dann vollzieht sich eine Wandlung in seiner Miene. Es ist, als würde er die Frage in meinem Gesicht lesen, und ich sehe, wie er endlich begreift, was ich ihn da gerade gefragt habe.

Ganz langsam und sanft, als hätte er Angst, mich zu verbrennen, legt er zur Antwort die Hände an mein Gesicht. Sie sind kalt. Sie riechen nach Zigarettenrauch. Und sie bringen mir die tiefste und köstlichste und wahrhaftigste Erleichterung, die ich mir hätte wünschen können. Wie Wasser nach dreiundsiebzig Tagen in der Wüste.

»Dannie«, sagt er. Nur meinen Namen. Nur dieses eine Wort.

Dann berühren seine Lippen die meinen, wir küssen uns, und ich vergesse alles um mich herum. Sein Kuss löscht alles, alles aus – Bella, die Wohnung, die vergangenen fünfeinhalb Monate, den Ring, den sie am Finger trägt. Nichts davon spielt mehr eine Rolle.

Alles, was ich denken, was ich fühlen kann, ist das hier: dass am Ende alles, wirklich alles, wahr geworden ist.

37

Er zieht sich als Erster zurück. Wir schauen uns heftig atmend an. Mein Mantel liegt auf dem Boden. Ich wende den Blick von Aaron ab, hebe den Mantel auf.

»Ich...«, beginnt er. Ich schließe die Augen. Ich will nicht, dass er sagt, es tue ihm leid. Doch er sagt nichts. Belässt es dabei.

Ich gehe zur Wand. Ich weiß, was ich dort vorfinden werde, aber ich will es sehen. Dieses letzte und alles belegende Beweisstück. Und da hängt es, Bellas Geburtstagsgeschenk: I WAS YOUNG I NEEDED THE MONEY.

»Ich weiß nicht, was ich sagen soll«, kommt Aarons Stimme von irgendwo hinter mir.

Ich drehe mich nicht um. »Ist okay«, erwidere ich. »Ich weiß es auch nicht.«

»All das hier«, sagt er. »Es ist alles so falsch. Nichts davon sollte passieren.«

Natürlich hat er recht. Es sollte nicht passieren. Was hätten wir anders machen sollen? Wie hätten wir es vermeiden können? Dieses unmögliche, unfassbare, undenkbare Ende.

Ich drehe mich um. Schaue ihn an. Sein goldenes, schimmerndes Gesicht. Und dieses Etwas, das zwischen uns ist und das jetzt zum Vorschein kam.

»Du solltest gehen«, sage ich. »Oder ich.«

»Ich gehe«, entscheidet er.

»Okay.«

»Deine Sachen sind alle hier. Bella hat jemanden dafür bezahlt, dass er den Schrank ausgeräumt hat.«

»Den Schrank.«

In diesem Moment klingelt sein Handy, der Klang bringt die Luftmoleküle durcheinander und löst uns voneinander. Er geht dran.

»Hey«, sagt er zärtlich. Zu zärtlich. »Ja. Ja. Wir sind hier. Ich geb sie dir.«

Er hält mir das Handy hin. Ich nehme es entgegen.

»Hi«, sage ich.

Bellas Stimme ist weich und voller Freude. »Na?«, fragt sie. »Gefällt es dir?«

Ich möchte ihr sagen, dass sie verrückt ist, dass ich das nicht annehmen kann, dass sie mir nicht einfach so eine Wohnung schenken kann. Aber es ist sinnlos. Natürlich kann sie das. Und sie hat es getan. »Das ist doch Wahnsinn«, sage ich. »Ich kann es nicht glauben, dass du das getan hast.«

»Gefallen dir die Sessel? Und was ist mit der Küche? Hat Greg dir die Spüle mit den grünen Kacheln gezeigt?«

»Es ist alles perfekt«, antworte ich.

»Ich weiß, die Hocker sind ein bisschen zu verrückt für dich, aber ich finde, sie passen super. Ich denke ...«

»Alles ist perfekt.«

»Du sagst immer zu mir, ich würde nie was fertig machen«,

meint sie. »Das hier wollte ich unbedingt fertig kriegen. Für dich.«

Mir laufen die Tränen über die Wangen. Ich hatte gar nicht gemerkt, dass ich weine. »Bells«, sage ich. »Das ist unglaublich. Es ist so schön. Ich könnte niemals ... ich würde niemals ... Es ist mein Zuhause.«

»Ich weiß«, sagt sie.

Ich wünschte, sie wäre hier. Ich wünschte, wir würden in dieser Küche kochen und ein Riesenchaos veranstalten, und dass wir noch mal zum Lebensmittelladen an der Ecke müssten, weil wir kein Vanillearoma oder keinen Pfeffer zum Mahlen mehr haben. Ich wünsche mir, dass wir in diesem begehbaren Schrank Verkleiden spielen und sie sich über alles lustig macht, was ich trage. Ich wünsche mir, dass sie bei mir übernachtet, dort drüben in dem Bett, wo sie es sicher und gemütlich hat. Was könnte ihr denn in meiner Obhut schon passieren? Was könnte ihr schon zustoßen, wenn ich niemals, wirklich niemals wegschaue?

Doch in diesem Moment begreife ich, dass das alles nicht geschehen wird. Dort, an dieser Stelle, wo ich jetzt stehe und wo etwas wahr geworden ist, das Traum und Albtraum zugleich ist, weiß ich, dass ich hier in diesem Zuhause, das sie für mich geschaffen hat, allein sein werde. Ich bin hier, weil sie *nicht* hier sein wird. Denn sie wollte mir unbedingt etwas geben, an dem ich mich festhalten kann, das mich beschützen wird. Buchstäblich ein Dach über meinem Kopf. Einen Ort, an dem ich vor den Stürmen des Lebens in Sicherheit bin.

»Ich hab dich lieb«, sage ich aus tiefstem Herzen. »Ich liebe dich so sehr.«

»Dannie«, sagt sie. Ich höre sie durch das Telefon. Bella. Meine Bella. »Für immer.«

Aaron geht. Ich wandere durch die Wohnung, fahre mit dem Finger über alle Oberflächen. Über die grünen Kacheln der Spüle, das Porzellan der Badewanne. Es ist eine mit Klauen. Ich gehe durch die Küche – die Schränke sind mit Pasta und Wein gefüllt, im Kühlschrank wartet eine eiskalte Flasche Dom Perignon. Im Badezimmerschränkchen steht all meine Kosmetik, meine Kleider hängen im Schrank. Ich streiche mit der Hand über die Kleider. Eines sticht mir ins Auge. Ich weiß bereits, welches es ist. Es hängt ein Zettel dran. *Trag es,* steht da. *Mir hat es immer an dir gefallen.*

Sie hat die Nachricht selbst geschrieben, in ihrer schwungvollen Handschrift.

Ich drücke das Kleid an meine Brust. Ich gehe zum Fenster, direkt neben dem Bett. Blicke hinaus. Auf das Wasser, die Brücke, die Lichter. Die Skyline von Manhattan spiegelt sich im Wasser, sie schimmert wie eine Verheißung. Mir geht durch den Kopf, wie viel Leben in dieser Stadt pulsiert, wie viele Herzen gebrochen werden und wie sehr in ihr geliebt wird. Ich denke über all das nach, was ich verloren habe, in dieser Stadt, die langsam im Dämmerlicht versinkt.

38

Zuerst geht alles schnell und dann ganz langsam. Wir sinken schnell, und dann liegen wir ganze acht Tage am Grund des Meeres, ohne zu atmen – was zum Überleben kaum reicht. Bella hört mit der Behandlung auf. Dr. Shaw spricht mit uns, sagt uns, was wir bereits wissen und längst mit eigenen Augen gesehen haben – dass es keinen Sinn mehr hat, dass die Chemo Bella nur noch kränker macht, und dass sie zu Hause besser aufgehoben ist. Er ist ruhig und gefasst, als er uns das sagt, und ich hasse ihn dafür, würde ihn am liebsten packen und gegen die Wand schleudern. Ich möchte ihn anschreien. Ich brauche jemanden, dem ich die Schuld geben kann, jemanden, der für all das verantwortlich ist. Denn wer sonst ist dafür verantwortlich? Das Schicksal? Und ist die Hölle, in der wir uns befinden, das Werk göttlicher Vorsehung? Was für ein Ungeheuer hat einfach beschlossen, dass dies das Ende ist, das wir verdient haben? Das *sie* verdient hat?

Der Krebs hat nach oben gestreut, bis in Bellas Lungen. Sie landet im Krankenhaus, wo man die Flüssigkeit absaugt. Dann wird sie nach Hause geschickt. Sie kann kaum atmen.

Jill ist nicht da. Sie wohnt in einem Hotel am Times Square, und am Freitag ziehe ich meine Stiefel an und lasse Bella und Aaron allein in der Wohnung zurück. Ich marschiere durch Midtown, unter den Lichtern des Broadway entlang, inmitten all dieser Menschen, die auf dem Weg ins Theater sind, um sich eine Show anzusehen. Vielleicht haben sie etwas zu feiern. Oder der Theaterbesuch ist Programmpunkt einer Städtereise, und sie schauen sich ein Feelgood-Musical oder das neueste Stück mit irgendeinem bekannten Schauspieler an. Sie leben in einer anderen Welt. Wir begegnen uns nicht. Wir sehen einander nicht mehr.

Ich treffe Jill in der Hotelbar des W an. Ich hatte eigentlich keinen richtigen Plan, was ich nach meiner Ankunft tun würde – sie auf dem Handy anrufen? Nach ihrer Zimmernummer fragen? Doch alle weiteren Schritte erübrigen sich. Da sitzt sie, an der Bar in der Lobby, einen Wodka Martini vor sich auf der Theke.

Das weiß ich, weil es auch Bellas Lieblingsdrink ist. Jill hat sie manchmal am Glas nippen lassen, als wir noch klein waren, später hat sie uns genau diesen Drink gemixt, obwohl wir noch gar nicht volljährig waren.

Jill trägt einen orangeroten Hosenanzug aus Seide mit Schluppenkragen, und in mir wallt Wut auf, weil sie noch die Energie hat, sich dermaßen aufzuputzen. Dass sie all diese Accessoires dabeihat. Dass sie immer noch an solchen Kleinigkeiten hängt.

»Jill.«

Sie erschrickt, als sie mich sieht. Das Martiniglas gerät ins Wackeln.

»Wie ... Ist alles in Ordnung?«

Ich denke über die Frage nach und würde am liebsten lachen.

Was für eine Antwort soll ich ihr darauf geben? Ihre Tochter liegt im Sterben.

»Warum bist du nicht dort?«, frage ich.

Sie war seit achtundvierzig Stunden nicht mehr bei Bella. Sie steht in telefonischem Kontakt mit Aaron, aber persönlich aufgetaucht ist sie nicht mehr.

Jill macht große Augen, ihre Stirn bleibt glatt. Das ist eine Folge ihrer Botoxinjektionen, einer medizinischen Behandlung, die sie hemmungslos nutzen kann, weil ihre Zellen eben *nicht* beschlossen haben, sich in Monster zu verwandeln und sie zu zerstören.

Ich setze mich neben sie. Ich trage eine Yoga-Schlabberhose und ein altes UPenn-Shirt von David, das ich trotz allem aufgehoben habe.

»Möchtest du was zu trinken?«, fragt sie mich. Ein Barkeeper nähert sich, um eine Bestellung aufzunehmen.

»Einen Gin Martini«, sage ich ohne langes Nachdenken. Ich hatte eigentlich nicht vorgehabt, zu bleiben, sondern wollte einfach nur sagen, was ich zu sagen habe, und dann wieder gehen.

Mein Drink kommt schnell. Sie schaut mich an. Erwartet sie etwa, dass ich ihr zuproste? Ich nehme rasch einen Schluck und stelle mein Glas wieder hin.

»Warum bist du hier?«, frage ich sie. Die gleiche Frage, aus einem anderen Blickwinkel. Warum bist du hier, in dieser Stadt? Warum bist du hier, in diesem Hotel, und nicht bei deiner Tochter?

»Ich möchte in der Nähe sein«, sagt sie. Wie eine beiläufige Feststellung. Emotionslos.

»Sie...«, beginne ich, unterbreche mich. »Sie braucht dich dort.«

Jill schüttelt den Kopf. »Ich bin dort nur im Weg«, sagt sie. Sie hat Essen in die Wohnung liefern lassen, einen Zimmermädchendienst geschickt. Am Montag kam sie mit Blumen und fragte, wo die Gartenschere sei.

»Ich verstehe das nicht«, sage ich. »Und Frederick? Wo ist er?«

»Frankreich«, sagt sie schlicht.

Ich möchte schreien. Ich möchte ihr an die Kehle gehen. Ich möchte verstehen, *warum, warum, warum*. Es geht doch um Bella.

Ich nehme noch einen Schluck.

»Ich erinnere mich noch, wie du und Bella euch kennengelernt habt«, sagt sie. »Es war Liebe auf den ersten Blick.«

»In diesem Park«, erwidere ich.

Bella und ich haben uns nämlich nicht in der Schule kennengelernt, sondern in einem Park in Cherry Hill. Wir besuchten ein Picknick zum Nationalfeiertag am 4. Juli. Meine Cousinen lebten damals in New Jersey, und wir waren bei ihnen zu Gast, was nur selten vorkam, denn sie waren konservative Juden, während wir den Reformierten angehörten und sie jede Menge an dem Judentum auszusetzen hatten, wie wir es lebten. Doch aus irgendeinem Grund waren wir nicht ans Meer gefahren, und so fuhren wir eben dorthin.

Bella und ihre Familie waren getrennt von uns in den Park gekommen, obwohl sie wie wir vierzig Kilometer entfernt von dort lebten. Fredericks Firma hatte zu einem Barbecue eingeladen. Bella und ich lernten uns an einem Baum kennen. Sie trug ein blaues Spitzenkleidchen mit weißen Sneakers und hatte ein rotes Band im Haar. Das war jede Menge für ein kleines Mädchen aus Frankreich. Ich weiß noch, dass ich dachte, sie hätte einen Akzent, aber das stimmte vermutlich gar nicht. Ich hatte einfach noch nie mit jemandem gesprochen, der nicht aus Philadelphia kam.

»Sie hörte gar nicht mehr auf, von dir zu reden«, sagt Jill jetzt. »Ich hatte Angst, ihr würdet euch nie wiedersehen, deshalb haben wir sie auf die Harriton getan.«

Ich blicke zu ihr auf. »Was meinst du damit?«

»Wir hatten Sorge, ob sie überhaupt Freunde finden würde. Aber kaum hatte sie dich getroffen, wussten wir, dass wir euch beide nicht trennen konnten. Deine Mutter sagte, du würdest im Herbst an der Harriton anfangen, deshalb haben wir sie auch dort angemeldet.«

»Meinetwegen?«

Jill seufzt. Sie rückt ihre Blusenschleife zurecht. »Ich bin wahrlich keine tolle Mutter gewesen, das weiß ich. Eine ziemlich beschissene sogar. Manchmal denke ich, das Einzige, was ich richtig gemacht habe, war, dass ich ihr dich gegeben habe.«

Ich spüre, wie mir die Tränen in die Augen steigen. Sie brennen wie winzige Bienen unter den Lidern. »Sie braucht dich«, sage ich.

Jill schüttelt den Kopf. »Du kennst sie so viel besser als ich. Was könnte ich ihr denn jetzt schon geben?«

Ich beuge mich vor. Lege eine Hand auf die ihre. Sie zuckt bei dem körperlichen Kontakt zusammen. Ich frage mich, wann sie jemand das letzte Mal berührt hat.

»Dich.«

39

Jill begleitet mich zu Bella. Unschlüssig steht sie an der Tür, und ich höre Bella rufen: »Dannie? Wer ist da?«

»Ich bin's. Mom«, sagt Jill.

Ich überlasse die beiden sich selbst.

Ich gehe hinaus. Ich beginne zu laufen. Als meine Mutter anruft, gehe ich dran.

»Dannie«, sagt sie. »Wie geht es ihr?«

Kaum höre ich ihre Stimme, beginne ich zu weinen. Ich weine um meine beste Freundin, die dort oben in dem Apartment um das Recht kämpft zu atmen. Ich weine um meine Mutter, die einen solchen Verlust nur allzu heftig am eigenen Leib erfahren hat. Einen Verlust, der falscher nicht sein könnte und den niemand erleiden sollte. Ich weine um eine Beziehung, die ich verloren habe, um eine Ehe, die es nicht geben wird, um ein Leben, das ich niemals führen werde.

»Ach, Liebes«, sagt sie. »Ich weiß.«

»David und ich haben uns getrennt«, sage ich.

»Ja«, erwidert sie. Sie scheint nicht überrascht. Und als sie fragt, was passiert ist, klingt es, als wüsste sie die Antwort.

»Wir haben nie geheiratet«, erkläre ich.

»Nein«, sagt sie. »Das habt ihr nicht.«

Einen Moment lang tritt Stille ein.

»Geht es dir gut?«

»Ich bin mir nicht sicher.«

»Na gut«, sagt sie. »Das ist besser als schlecht. Brauchst du Hilfe?«

Es ist nur eine einfache Frage, eine, die sie mir im Verlauf meines Lebens tausendmal gestellt hat. Brauchst du Hilfe bei den Hausaufgaben? Sollen wir dir bei der Finanzierung deines Autos helfen? Soll ich dir helfen, den schweren Wäschekorb hochzutragen?

Ich bin in meinem Leben schon so oft gefragt worden, ob ich Hilfe brauche, dass ich längst die Frage dahinter vergessen habe, die Bedeutung, die sie hat. Jetzt begreife ich, dass die Liebe in meinem Leben zu einem wundervollen Teppich geknüpft wurde, dessen Schönheit ich gar nicht mehr wahrgenommen habe. Doch in diesem Moment kann ich gar nicht anders, als sie zu spüren.

»Ja«, antworte ich schließlich.

Sie sagt, sie wird David mailen und dafür sorgen, dass wir aus dem Verkauf der Wohnung so viel Geld wie möglich herausbekommen. Sie wird sich um die Auszahlung und die Telefonate kümmern. Sie ist meine Mutter. Sie wird mir helfen. So wie sie es immer tut.

Ich gehe wieder nach oben. Jill ist fort. Aaron ist vielleicht im anderen Zimmer, ich kann ihn nicht sehen. An der Tür zum Schlafzimmer merke ich, dass Bella wach ist.

»Dannie«, flüstert sie. Ihre Stimme klingt munter.

»Ja?«

»Komm her«, sagt sie.

Ich betrete das Zimmer, gehe um das Bett herum, schlüpfe zu ihr unter die Decke. Es schmerzt mich, sie anzusehen. Sie ist nur noch Haut und Knochen. Weg sind ihre Kurven, ihr Fleisch, die Weichheit und das besondere Flair dieses Körpers, der mir so lange Zeit vertraut war.

»Deine Mom ist weg?«, frage ich.

»Danke«, sagt sie.

Ich gebe keine Antwort. Schlinge einfach nur meine Finger um die ihren.

»Weißt du noch, die Sterne?«, fragt sie.

Zuerst denke ich, sie meint die Sterne am Himmelszelt, am Strand vielleicht. Oder gar nichts Konkretes. Vielleicht sieht sie etwas, das ich eben nicht sehe.

»Die Sterne?«

»In deinem Zimmer«, antwortet sie.

»Ach so. Die Aufkleber«, sage ich. »An meiner Decke.«

»Weißt du noch, wie wir versucht haben, sie zu zählen?«

»Und wir haben es nie geschafft«, erwidere ich. »Wir konnten sie nicht auseinanderhalten.«

»Das fehlt mir.«

Ich nehme ihre ganze Hand in meine. Am liebsten würde ich auch ihren Körper nehmen und sie halten, an mich drücken, damit sie nirgendwohin gehen kann.

»Dannie«, sagt sie. »Wir müssen darüber reden.«

Ich sage nichts. Die Tränen laufen mir über die Wangen, alles fühlt sich nass an. Nass und kalt – feucht –, und wir werden nie wieder trocken werden.

»Was meinst du?«, sage ich und stelle mich ahnungslos. Ich bin verzweifelt.

»Dass ich im Sterben liege.«

Ich drehe mich zu ihr, weil sie selbst sich kaum mehr bewegen kann. Unsere Blicke begegnen sich. Diese Augen. Diese Augen, die ich schon so lange liebe. Sie sind immer noch da. *Sie* ist immer noch da. Der Gedanke, dass sie irgendwann nicht mehr da ist, ist unfassbar.

Doch sie wird nicht mehr da sein. Bald wird sie nicht mehr da sein. Sie stirbt. Und ich kann ihr diese Aufrichtigkeit nicht versagen.

»Das gefällt mir nicht«, sage ich. »Schlechte Politik.«

Sie lacht, muss husten. Ihre Lungen sind voll.

»Tut mir leid«, sage ich. Werfe einen Blick auf ihre Schmerzdosierung, gebe ihr Zeit.

»Tut mir leid«, sagt sie.

»Bella, bitte nicht.«

»Doch«, widerspricht sie. »Ich meine es wirklich so. Es tut mir leid. Ich wollte so gern bei dir bleiben, für alles, was noch kommt.«

»Aber du bist bei mir«, sage ich. »Du warst und bist bei mir, für alles.«

»Nicht für alles«, flüstert sie. Ich spüre, wie sie unter der Decke nach meiner Hand sucht. »Was ist mit der Liebe?«, fragt sie.

Ich denke an David, an unsere alte gemeinsame Wohnung und an Bellas Worte: *Weil es die gleiche Art und Weise ist, mit der du mich liebst.*

»Du hast sie noch nie erlebt«, sagt sie. »Und ich wünsche mir so sehr, dass du die wahre Liebe findest.«

»Du täuschst dich«, entgegne ich.

»Nein, ich täusche mich nicht«, sagt sie. »Du warst nie richtig verliebt. Du hast dir nie das Herz brechen lassen.«

Ich denke an Bella im Park zurück, Bella in der Schule, Bella am Strand. Bella, wie sie in meiner allerersten Wohnung in New York auf dem Boden herumliegt. Bella mit einer Flasche Wein im Regen. Bella auf der Feuertreppe um drei Uhr morgens. Bellas Stimme an Silvester, knisternd, als sie aus Paris anruft. Bella. Immer Bella.

»Doch«, flüstere ich. »Habe ich schon.«

Ihr Atem stockt, und sie schaut mich an. Ich sehe alles. Das Meer unserer Freundschaft. Jahrzehnte unseres Lebens. Und die Jahre, Jahrzehnte, die noch kommen werden – mehr als die, die zurückliegen. Ohne sie.

»Es ist nicht fair«, sagt sie.

»Nein«, entgegne ich. »Fair ist es nicht.«

Ich spüre, wie die Erschöpfung uns beide übermannt, uns überspült wie eine große Welle, und uns nach unten zieht. Ihre Hand in meiner wird schlaff.

40

Es geschieht am Donnerstag. Ich schlafe. Aaron liegt auf der Couch, Jill und die Krankenschwester sitzen an Bellas Bett. Diese unfassbar langen, grausamen letzten Augenblicke – ich verpasse sie. Ich liege in der Wohnung, ein paar Meter entfernt und nicht an ihrer Seite. Als ich aufwache, ist sie nicht mehr da.

Jill plant die Beerdigung. Frederick kommt. Sie streiten über die Blumen. Frederick will eine kirchliche Trauerfeier. Ein Achtmannorchester. Und wo findet man nur einen Gospelchor in Manhattan?

»Das ist nicht richtig«, sagt Aaron. Wir sitzen in ihrer Wohnung, spät in der Nacht, zwei Tage, nachdem Bella von uns gegangen ist. Wir trinken Wein. Zu viel Wein. Ich bin seit achtundvierzig Stunden nicht mehr nüchtern. »Das ist es nicht, was sie wollte.« Er meint die Beerdigung, glaube ich, aber ich bin mir nicht sicher. Vielleicht meint er die ganze Sache. Und da hätte er recht.

»Dann sollten wir es planen, wie sie es wollte«, sage ich und treffe damit für ihn die Entscheidung. »Lass uns unsere eigene Feier machen.«

»Du meinst, das Leben feiern?«

Ich strecke bei der Formulierung die Zunge raus. Ich will nicht feiern. Das alles ist so ungerecht. Das alles hätte niemals so sein sollen.

Doch Bella hat ihr Leben geliebt, jeden einzelnen Moment davon. Sie liebte, wie sie es lebte. Sie liebte die Kunst und das Reisen, und ihren Croque Monsieur liebte sie auch. Sie liebte Paris übers Wochenende und eine Woche Marokko, und dann noch den Sonnenuntergang auf Long Island. Sie liebte ihre Freunde, sie liebte es, wenn alle zusammen waren: Sie liebte es, im Zimmer herumzulaufen und ihnen nachzuschenken, und alle mussten versprechen, bis in die Nacht hinein dazubleiben. Ihr würde eine Feier des Lebens gefallen.

»Ja«, sage ich. »Okay.«

»Und wo?«

Irgendwo ganz weit oben, über den Dächern, wo es eine Terrasse gibt. Irgendwo, wo man einen Blick auf die Stadt hat, die sie so sehr geliebt hat.

»Hast du noch die Schlüssel?«, frage ich Aaron.

*

Zwei Tage später ist der 15. Dezember. Wir schleppen uns durch die Trauerfeier. Überstehen die Verwandten, die Ansprachen. Und wir ertragen es, degradiert zu werden, wenn nicht nach hinten, so doch an die Seite geschoben zu werden. *Gehören Sie zur Familie?*

Wir stehen die ganze Logistik durch. Der Grabstein, die Einäscherung, die Dokumente. Wir ackern uns durch den Papierkram und die E-Mails und die Anrufe. *Was?*, fragen die Leute.

Nein. Wie kann das denn sein? Ich wusste gar nicht, dass sie krank war.

Frederick will die Galerie nicht aufgeben. Sie wollen jemanden finden, der sie übernimmt. Sie wird immer noch Bellas Namen tragen. *Die Wohnung ist nicht das Einzige, was du vollbracht hast*, möchte ich ihr sagen. Warum ist mir das nicht früher eingefallen? Wie sie diese Galerie aufgebaut und geführt hat. Warum habe ich ihr das nicht gesagt? Ich möchte es ihr so gern sagen, möchte ihr sagen, dass ich sehe, was sie in ihrem Leben alles geleistet und vollendet hat.

Wir treffen uns, als es dunkel wird. Berg und Carl, unsere ersten Freunde in New York, als wir gerade mal zwanzig waren. Morgan und Ariel. Die Mädels aus der Galerie. Zwei Freunde aus Paris, ein paar Freundinnen vom College. Die Typen vom Leseclub, den Bella früher besucht hat. All die Leute, die sie geliebt haben, die sie schätzten und die verschiedenen Facetten ihrer blühenden, pulsierenden Seele kannten.

Wir treffen uns auf der winzigen Terrasse, frierend, in unsere Mäntel gemummelt, doch wir müssen draußen sein, an der frischen Luft. Morgan schenkt mir Wein nach. Ariel räuspert sich.

»Ich möchte gerne etwas vorlesen«, sagt sie.

»Natürlich«, sage ich.

Wir stellen uns in Hufeisenform zueinander. Breiten uns ein wenig aus. Von den beiden ist Ariel die Schüchterne und ein wenig reservierter als Morgan. Sie fängt an.

»Bella hat mir vor einem Monat dieses Gedicht geschickt. Sie bat mich, es vorzulesen. Sie war eine großartige bildende Künstlerin, aber sie war auch eine hervorragende Schriftstellerin. *War*...« Sie schüttelt den Kopf. »Jedenfalls wollte ich euch das Gedicht nicht vorenthalten.«

Sie räuspert sich. Und beginnt zu lesen.

Es gibt ein Stückchen Land,
das liegt zwischen Himmel und Meer.

Hinter den Bergen,
und sogar weit hinter den Hügeln.

Jenen grünen Auen,
die sich bis zum Horizont erstrecken.

Ich bin dort gewesen, mit dir.

Es ist nicht groß, aber auch nicht zu klein.
Vielleicht solltest du dort ein Häuschen bauen,
aber wir haben nie darüber nachgedacht.

Wozu wäre es gut?
Wir leben ja bereits dort.

Wenn es Nacht wird
und die Stadt zur Ruhe kommt,
bin ich dort, mit dir.

Mit lachendem Mund, den Kopf ganz leicht,
denn darin ist nur das, was ist.

Und was ist?, frage ich.
Das, sagst du. Du und ich, hier.

Als sie geendet hat, schweigen wir alle. Ich kenne diesen Ort. Es ist ein Feld, von Bergen und Nebel umgeben, durch das ein Fluss verläuft. Es ist still und friedlich und ewig. Es ist jene Wohnung.

Ich ziehe meinen Mantel enger um mich. Es ist kalt, doch die Kälte fühlt sich gut an. Sie erinnert mich zum ersten Mal seit einer Woche daran, dass ich noch hier bin, dass ich aus Fleisch und Blut bin, dass ich real bin. Berg tritt als Nächster nach vorne. Er liest etwas von Chaucer, einen Vers, den Bella auf der Graduate School besonders geliebt hat. Er ahmt jemanden nach. Alle lachen.

Es gibt Champagner und ihre Lieblingskekse aus einer Bäckerei an der Bleecker Street. Es gibt auch Pizza von Rubirosa, aber die rührt keiner an. Damit wir endlich wieder Appetit bekommen, muss Bella zurückkommen, lächelnd, strotzend vor Leben.

Dann endlich bin ich an der Reihe.

»Danke euch allen, dass ihr gekommen seid«, sage ich. »Greg und ich wussten, dass sie sich etwas mit den Menschen, die sie geliebt hat, wünschen würde, etwas, das nicht so steif ist.«

»Obwohl Bella nichts gegen einen hübschen Mann im Smoking einzuwenden hatte«, tönt Morgan.

Wir lachen. »Das stimmt. Sie war ein quirliger Geist, ein Wirbelwind, der uns alle berührt hat. Ich vermisse sie«, sage ich. »Und ich werde sie immer vermissen.«

Der Wind fegt über die Stadt hinweg, und ich denke, das ist Bella, die uns einen letzten Abschiedsgruß schickt.

*

Wir bleiben, bis uns vor Kälte die Finger abfallen und unsere Gesichter taub werden, und dann ist es Zeit, nach Hause zu gehen. Ich umarme Morgan und Ariel zum Abschied. Sie versprechen mir, in der nächsten Woche vorbeizukommen und mir dabei zu helfen, Bellas Sachen durchzusehen. Berg und Carl gehen. Die Mädels aus der Galerie sagen, ich soll doch mal vorbeischauen, und ich verspreche es. Demnächst hätten sie eine neue Ausstellung. Bella sei stolz darauf gewesen. Ich solle sie mir unbedingt ansehen.

Dann sind nur noch wir beide da. Aaron fragt mich nicht, ob er mit mir mitkommen kann, aber als das Taxi da ist, steigt er mit ein. Schweigend fahren wir in Richtung Downtown. Wir überqueren die Brooklyn Bridge, auf der wundersamerweise ganz wenig Verkehr ist. Keine Staus. Nicht mehr. Vor dem Gebäude halten wir an.

Die Schlüssel, die nun in meinem Besitz sind.

Durch die Tür, den Fahrstuhl hoch, in die Wohnung. Alles, wogegen ich angekämpft habe, liegt direkt vor mir, liegt in meinen Händen.

Ich ziehe die Schuhe aus. Ich gehe zum Bett. Ich lege mich hin. Ich weiß, was gleich passieren wird. Ich weiß ganz genau, was das Leben in den nächsten Stunden für uns bereithält.

41

Ich muss eingeschlafen sein, denn als ich aufwache, ist er da, und alles, was geschehen ist – Bellas Tod, die vergangenen Monate – wirbelt um uns herum wie ein drohender Sturm.

»Hey«, sagt Aaron. »Alles okay?«

»Nein!«, sage ich. »Gar nichts ist okay.«

Er seufzt. Dann kommt er zu mir herüber. »Du bist eingeschlafen.«

»Was machst du hier?«, frage ich ihn, weil ich es wissen will. Ich will, dass er es sagt. Ich will, dass es endlich heraus ist.

»Na komm«, sagt er, ohne auf meine Frage einzugehen. Auch wenn ich nicht weiß, ob er sich gegen das Unvermeidliche sperrt oder einfach die Frage nicht beantworten will.

»Kennst du mich?«

Ich möchte es ihm erklären, obwohl ich den Verdacht habe, er begreift, dass ich nicht diese Art von Mensch bin. Dass das, was geschehen ist, was hier geschieht, zwischen uns, nichts mit mir zu tun hat. Dass ich sie niemals betrügen würde. Aber sie ist nicht mehr da. Sie ist fort, und ich weiß nicht, wie ich mit dem hier umgehen soll – mit all dem, was sie zurückgelassen hat.

Er stützt ein Knie aufs Bett. »Dannie«, sagt er. »Fragst du mich das wirklich?«

»Ich weiß nicht«, sage ich. »Ich weiß nicht, wo ich bin.«

»Es war ein schöner Abend«, sagt er und ruft mir damit alles, was geschehen ist, ins Gedächtnis. »Findest du nicht?«

Natürlich war es das. Es war genau so, wie sie es sich gewünscht hätte. Diese Zusammenkunft, diese Erinnerung an all das, was man mit Bella verbindet. Spontaneität. Liebe. Eine gute Aussicht auf Manhattan.

»Doch«, sage ich. Das war es.

Mein Blick fällt auf den Fernseher. Den Wetterbericht. Ein Schneesturm kommt auf uns zu. Fünfzehn Zentimeter Schnee.

»Hast du Hunger?«, fragt er. Wir haben beide kaum etwas gegessen.

Ich winke ab. Nein. Aber er fragt noch einmal, und jetzt antwortet mein Magen mit einem deutlichen Knurren. Ja. Genauer gesagt, bin ich am Verhungern.

Ich folge Aaron zum begehbaren Schrank, weil ich es kaum erwarten kann, aus diesem Kleid herauszukommen. Er zieht seine Jogginghose, die er während der Renovierung der Wohnung hier deponiert hat, aus der Schublade, zusammen mit einem T-Shirt. Die einzigen Sachen, die nicht mir gehören.

»Ich bin nach Dumbo gezogen«, sage ich ungläubig. Aaron lacht. Es ist alles so absurd, wir können einfach nicht anders. Fünf Jahre sind vergangen, und ich habe Murray Hill und Gramercy hinter mir gelassen und bin nach Dumbo gezogen.

Ich ziehe mich um und wasche mir das Gesicht. Creme mir das Gesicht ein. Gehe zurück ins Wohnzimmer. Aaron ruft aus der Küche, dass er Nudeln kocht.

Ich sehe Aarons Hose, die über einem Stuhl hängt. Ich falte

sie zusammen, und seine Brieftasche fällt heraus. Ich klappe sie auf. Die Stempelkarte für Kaffee steckt drin. Und dann sehe ich es – das Foto von Bella. Sie lacht, ihre Haare wirbeln um sie herum, wie Schmuckbänder an einem Maibaum. Das Foto ist am Strand aufgenommen. Amagansett, diesen Sommer. Ich habe es gemacht. Heute fühlt es sich an, als wäre es eine Ewigkeit her.

Wir entscheiden uns für Pesto zu den Nudeln. Ich setze mich an den Küchentresen.

»Bin ich immer noch Anwältin?«, frage ich ihn müde. Ich war schon seit fast zwei Wochen nicht mehr im Büro.

»Natürlich«, antwortet er. Er hält eine Flasche Rotwein in die Höhe, und ich nicke. Er schenkt mir ein.

Wir essen. Es fühlt sich gut an, war wirklich notwendig. Es bringt mich auf den Boden der Tatsachen zurück. Als wir fertig sind, nehmen wir unsere Weingläser auf die andere Seite des Raumes mit. Aber ich bin nicht bereit, noch nicht. Ich denke darüber nach zu gehen, vielleicht. Und das, was gleich geschieht, einfach nicht geschehen zu lassen.

Ich gehe sogar in Richtung Tür.

»Hey, wo willst du hin?«, fragt mich Aaron.

»Nur ins Deli.«

»Ins Deli?«

Und dann ist Aaron bei mir. Seine Hände auf meinem Gesicht, genau wie vor ein paar Wochen, auf der anderen Seite der Welt. »Bleib«, sagt er. »Bitte.«

Und ich bleibe. Natürlich bleibe ich. Das war immer schon klar. Dort in der Wohnung schmiege ich mich an ihn, wie Wasser in eine Mulde. Alles fühlt sich so fließend an, so unabwendbar. Als wäre es längst geschehen.

Er hält mich in seinen Armen, und dann küsst er mich. Langsam und dann immer schneller, als versuche er mir etwas mitzuteilen, zu mir durchzudringen.

Wir ziehen uns aus, schnell.

Seine Haut an meiner fühlt sich heiß an, nackt und drängend. Und seine Zärtlichkeiten sind schon bald nicht mehr genüsslich, sondern gierig. Ich spüre das alles um uns herum, überall. Ich möchte schreien. Ich möchte uns zerreißen. Wir lieben uns in dem Bett. Dem Bett, das Bella gekauft hat. Eine Vereinigung, die Bella aufgebaut hat. Er streicht mit den Fingern über meine Schultern, die Brüste entlang. Er küsst meinen Hals, die Kuhle in meiner Halsbeuge. Sein Körper auf dem meinen fühlt sich schwer und wirklich an. Er stößt den Atem aus, sagt meinen Namen in mein Haar. Das alles geht viel zu schnell, schon bald werden wir uns wieder voneinander lösen. Ich will, dass es nie aufhört.

Dann ist es vorüber, und als er langsam über mir zusammensinkt, mich bebend küsst und streichelt, spüre ich auf einmal die Klarheit, so deutlich, als hätte sie jemand in mich hineingeprügelt. Ich sehe sie in den Sternen. Überall. Überall, über uns.

Das alles habe ich schon damals gewusst, vor fünf Jahren; ich habe alles gesehen. Ich sah sogar diesen Moment. Doch jetzt, wo ich Aaron anschaue, da neben mir, wird mir auch etwas klar, was ich noch nicht wusste, nicht bis zu diesem Moment – dreiundzwanzig Uhr neunundfünfzig.

Ich habe gesehen, was kommen würde, aber ich wusste nicht, was es bedeutete.

Ich schaue auf den Ring hinab, den ich trage. Er steckt an meinem Mittelfinger, wo er immer schon saß, seit ich ihn trage.

Und natürlich ist es ihrer, nicht meiner. Ich trage ihn, um mich ihr nah zu fühlen.

Das Kleid ist wie ein Leichentuch.

Dieses Gefühl.

Dieses tiefe, endlose, unüberwindliche Gefühl. Es erfüllt die ganze Wohnung. Es droht, die Fenster zum Bersten zu bringen. Doch es ist keine Liebe, nein, Liebe ist es nicht. Ich habe es missverstanden. Ich habe es falsch verstanden, weil ich das alles nicht wusste; ich hatte noch nicht all die Dinge erlebt, die uns hierherführen würden. Es ist nicht Liebe, dieses Gefühl.

Es ist Trauer.

*

Die Anzeige an der Uhr klappt um. Mitternacht.

Danach

Aaron und ich liegen nebeneinander, regungslos. Es ist kein unangenehmes Gefühl, auch wenn wir nicht reden. Ich habe den Verdacht, wir müssen beide mit dem zurechtkommen, was wir gerade entdeckt haben: dass wir uns nicht verstecken können, auch nicht beim anderen.

»Sie lacht«, sagt er schließlich. »Das weißt du, oder?«

»Wenn sie mich nicht zuerst umbringt.«

Aaron hebt die Hand, um sie auf meinen Bauch zu legen, überlegt es sich dann jedoch anders und wählt meinen Arm. »Sie weiß es«, sagt er.

»Ja, glaube ich auch.« Ich rolle mich auf die Seite. Wir schauen uns an. Zwei Menschen, durch ihre Trauer aneinandergebunden. »Möchtest du bleiben?«

Er lächelt mich an. Streckt die Hand aus, schiebt mir zärtlich eine Haarsträhne hinters Ohr. »Ich kann nicht.«

Ich nicke. »Ich weiß.«

Ich möchte zu ihm kriechen. Möchte mich in seine Arme betten. Dortbleiben, bis der Sturm vorübergezogen ist. Doch natürlich kann ich das nicht. Er hat gegen seine eigenen Unwetter zu kämpfen. Wir können einander nur in unserer Geschichte helfen, nicht in unserem Begreifen. Das ist bei jedem von uns anders. Es war immer anders.

Ich schaue mich in der Wohnung um. Diesem Ort, den sie für mich errichtet hat. Diesen sicheren Hafen.

»Wo gehst du hin?«, frage ich ihn.

Natürlich hat er seine eigene Wohnung. Sein eigenes Leben. Das Leben, das er noch im vergangenen Jahr geführt hat. Bevor die Gezeiten des Schicksals ihn erfasst und hierhergespült haben. 16. Dezember 2025. *Wo siehst du dich selbst in fünf Jahren?*

»Hast du Lust, morgen mittagessen zu gehen?«, fragt er. Er setzt sich auf. Zieht seine Hose diskret unter der Decke an.

»Ja«, sage ich. »Das wäre nett.«

»Vielleicht könnten wir uns einmal die Woche treffen«, schlägt er vor und zieht damit eine klare Grenze, die nicht viel mehr als eine Freundschaft zulässt.

»Gerne.«

Ich blicke auf meine Hand hinab. Ich will nicht. Ich will es für immer behalten, dieses Versprechen an meinem Finger. Aber natürlich ist es nicht mein Versprechen. Es ist seins.

Ich nehme den Ring ab.

»Hier«, sage ich. »Den solltest du haben.«

Er schüttelt den Kopf. »Sie wollte, dass du ihn...«

»Nein«, erwidere ich. »Wollte sie nicht. Er gehört dir.«

Er nickt. Nimmt ihn zurück. »Danke.«

Er steht auf. Zieht sein T-Shirt an. Ich nutze die Zeit, um mich auch anzuziehen.

Auf einmal hält er inne, als wäre ihm etwas eingefallen. »Wir könnten noch ein bisschen Wein trinken«, sagt er. »Wenn du nicht allein sein willst.«

Darüber denke ich nach, über die Verheißungen, die dieser Ort hier mit sich bringt. Diese Zeit. Heute Nacht.

»Es geht mir gut«, sage ich. Und habe keine Ahnung, ob das der Wahrheit entspricht.

Wir gehen schweigend durch die Wohnung, unsere Schritte leicht auf dem kühlen Betonboden. Er umarmt mich. Seine Arme fühlen sich gut an und stark. Doch die elektrische Aufladung ist verschwunden, die kinetische Energie, die danach drängt, darum fleht, alles in Brand zu setzen.

»Komm gut nach Hause«, sage ich. Und dann ist er fort.

Lange Zeit starre ich die Tür an, durch die er verschwunden ist. Ich frage mich, ob ich ihn morgen sehen werde oder ob ich ihm eine Nachricht schicken und ihm unter einem Vorwand absagen werde. Ob das hier der Beginn eines Abschieds auch für uns ist. Ich weiß es nicht. Ich habe keine Ahnung, was nun geschehen wird.

Ich gehe eine Stunde lang in der Wohnung umher, berühre die Dinge darin. Die Arbeitsflächen aus Marmor, die in einem körnigen Grün gehalten sind. Die Schränke aus schwarzem Holz. Die Hocker aus Kirschholz. In meiner eigenen Wohnung war immer alles weiß, doch Bella wusste, dass ich eigentlich ein Farbenmensch bin. Ich gehe zu der orangeroten Kommode, und erst jetzt sehe ich das gerahmte Foto, das darauf steht. Zwei junge Mädchen, Arm in Arm, vor einem kleinen weißen Haus mit einer blauen Markise.

»Du hattest recht«, sage ich. Und beginne zu lachen. Das fast hysterische Schluchzen eines Menschen zwischen Ironie und Trauer. Selbst in diesem Moment, in dem sie nicht mehr da ist, rollt er sich weiter auf, der gewobene Teppich unserer Freundschaft, und zeigt seine Farben.

Draußen, auf der anderen Straßenseite, direkt neben dem Galapagos, sehe ich Schneeflocken tanzen. Der erste Schnee des Jahres. Ich stelle das Bild wieder hin. Wische mir über die Augen. Und dann ziehe ich meine Gummistiefel an. Hole meine Jacke und den Schal aus dem Schrank. Schlüssel, Tür, Fahrstuhl.

Die Straßen sind leer. Es ist spät; wir sind in Dumbo. Und es schneit. Doch etwa einen Block entfernt sehe ich Licht. Ich biege um die Ecke. Das Deli.

Ich marschiere hinein. Hinter der Theke steht eine Frau und wischt. Drinnen ist es warm und hell, und sie sagt nichts davon, dass geschlossen sei. Es ist also offen. Ich schaue auf die Tafel. Die große Auswahl an Sandwiches, von denen ich noch nie eins probiert habe. Ich habe keinen Hunger, überhaupt nicht, aber morgen werde ich wieder hierherkommen und mir überlegen, was ich nehmen könnte – einen Eiersalat auf Bagel oder Thunfisch auf Roggenbrot. Ein Frühstückssandwich – Ei, Tomate, Cheddar und gedämpfter Rucola. Mal was anderes.

Hinter mir bimmelt die Türklingel. Es klingt weihnachtlich. Ich drehe mich um, und da steht er.

»Dannie«, sagt Dr. Shaw. »Was machen Sie denn hier?«

Seine Wangen sind rot. Sein Gesicht offen. Er trägt keine OP-Kleidung mehr, sondern Jeans und eine Jacke mit offenem Kragen. Natürlich sieht er gut aus, auf die Art und Weise, wie Vertrautes gut aussieht, wenn auch ein bisschen abgenutzt, abgeblättert.

»Dr. Shaw.«

»Bitte nennen Sie mich Mark«, sagt er.

Er streckt die Hand aus, und ich nehme sie. Wir werden im Deli bleiben, bis es zumacht, Kaffee schlürfen, der langsam kalt wird, etwa eine Stunde lang. Er wird mich nach Hause bringen. Er wird mir sein Beileid aussprechen. Und sagen, er habe nicht gewusst, dass ich in Dumbo wohne. Ich werde ihm antworten, das sei auch gar nicht der Fall. Zumindest bis jetzt nicht. Er wird mich fragen, ob wir uns wiedersehen, vielleicht in dem Deli. Wenn ein bisschen Zeit vergangen ist. Ich werde sagen, ja, vielleicht. Vielleicht.

Doch all das geschieht erst in einer Stunde. Jetzt, diesseits von Mitternacht, wissen wir noch nicht, was kommt.

So sei es. Belassen wir es dabei.

Dank

Ein ganz besonderer Dank geht an...

...meine Lektorin Lindsay Sagnette, die bei mir buchstäblich vom ersten Augenblick an gewonnen hatte. Danke, dass du mich umgehauen hast und mich dazu gebracht hast, den Ausdruck »die Eine« zu verwenden. Denn das bist du... und ich bin die Glückliche.

...meine Agentin Erin Malone, die meine Karriere mit ausgefahrenen Krallen, den Fähigkeiten einer unfassbar guten Lektorin und echtem Respekt vorantreibt. Erin, ich danke dir dafür, dass du an die Dinge glaubst, die wir noch nicht erkennen können, und für dein Vertrauen in mich als deine wahre Partnerin. Ich kann mich glücklich schätzen, dich an meiner Seite zu haben, und dankbar. Und ich sage es klipp und klar: Mich wirst du nicht mehr los.

...meinen Manager Dan Farah – danke für deinen Willen, zu wachsen, für deine absolute Hingabe an meine Karriere, für unsere Freundschaft und für deinen beispiellosen Glauben an meine Zukunft. Ich bin stolz auf uns.

...meinen Agenten David Stone, der dafür sorgt, dass alles

wie am Schnürchen läuft. Ich brauche dich, deine Klugheit, deine Weisung, deine Unterstützung mehr, als du weißt. Und unser erwachsenes *Für immer*.

…an alle bei Atria, besonders Libby McGuire, die mich mit solch offenen Armen empfangen hat.

…an Laura Bonner, Caitlin Mahony und Matilda Forbes Watson, die Dannie und Bella in die Welt hinausgeschickt haben.

…an Kaitlin Olson. Danke für deine Zeit und deine Aufmerksamkeit. Und ich danke Erica Nori für ihre ganz besondere Schlüsselfunktion in diesem Team.

…an Raquel Johnson, denn die wahrste Liebe hat es für uns immer schon gegeben.

…an Hannah Brown Gordon, schon immer meine allererste Leserin. Danke, dass du gesagt hast, das hier sei etwas ganz Besonderes und anders als alles andere vorher. Ich habe es gebraucht. Ich brauche es immer.

…an Lexa Hillyer, die mich mit solcher Innigkeit liebt. Mein New York ist unser gemeinsames Leben, und ich werde es immer hüten wie einen Schatz.

…an Lauren Oliver für die Offenbarung(en).

…an Emily Heddleson, die beste Recherchefrau(chefin) im gesamten Business.

…an Morgan Matson, Jen Smith und Julia Devillers, die mich so mutig begleitet haben, als der Weg beschwerlich wurde, und mich dazu brachten, den Sprung zu wagen.

…an Anna Ravenelle, die mich auf Kurs hielt.

…an Melissa Seligmann, die nach wie vor all meine Geschichten inspiriert. Du bist es für mich.

…an Danielle Kasirer für ihre Nachsicht. Ich bin so dankbar für unsere Geschichte, für jedes letzte Kapitel.

… an Jenn Robinson für die herzlichsten Umarmungen und die freundschaftlichsten Klapse. Danke, du Schl…, dass du die Latte so verdammt hoch gelegt hast.

… an Seth Dudowsky, weil ich es bei dem anderen nicht wusste, deshalb sage ich es bei diesem. Die längste Phase.

… an meine Eltern, die mir wieder und wieder zeigen, wie bedingungslose Liebe aussieht. Danke, dass ihr mich liebt, alles an mir und jeden einzelnen Tag. Zu sagen, dass ihr ein Segen für mich seid, wäre sträflich untertrieben. Das alles hier geschieht euretwegen.

Die Danksagung in meinem letzten Buch, *The Dinner List*, endete mit den Worten »an alle Frauen, die sich je vom Schicksal oder von der Liebe betrogen gefühlt haben. Lasst euch nicht unterkriegen. Eure Geschichte ist noch lange nicht zu Ende«. Dem möchte ich noch hinzufügen: selbst nach Mitternacht nicht, besonders nach Mitternacht nicht. Macht weiter, Mädels, und geht dem entgegen, was auf euch zukommt.